中公文庫

七人の鬼ごっこ

三津田信三

中央公論新社

目次

七人の鬼ごっこ

第一章　生命の電話

（だぁーれまさんがぁ、こぉーろしたぁ……）

受話器の向こうから、かすかに聞こえてきた声を耳にした瞬間、沼田八重《ぬまたやえ》の背筋にぞくっと悪寒《おかん》が走った。

意味が分からないのに不吉さの漂う台詞《せりふ》、童謡のようにも聞こえる無気味な声の抑揚《よくよう》、さらに子どもとしか思えぬあどけない声音《こわね》も相まって、何とも言えぬ戦慄《せんりつ》を覚えた。とっさに脳裏をよぎったのは、暗がりの中で小さな子どもが囁《ささや》いているイメージである。

若いころに失ってしまった息子の顔が、ふっと浮かんだ。この数年、もう滅多《めった》なことでは思い出さなくなっていたのに、それが鮮明に蘇《よみがえ》ってきた。

そのとたん、まるで異界から聞こえたような薄気味の悪い歌声が、極めて現実的な子どもの声となって、耳朶《じだ》の奥で鳴り響いた。

でも、こんな時間に？

あと十数分で午前零時《れいじ》になる。声の感じから考えて、電話をかけてきたのは五、六歳くらいの男の子か、それとも女の子だろうか。

親は何をしているの？

思わず立腹しかけたが、すぐに子どものおかれた状況が気になった。この電話の番号がどこに通じるのか、子どもが分かってかけているとは思えない。

八重は今、生命《いのち》の電話の事務局にいた。正確には「西東京生命の電話」の準夜勤に入っており、もう少しで今日の活動も終わる。彼女と交代する相談員は、すでに顔を見せている。一件の電話にかかる平均時間を考えた場合、この通話の相談者は、次の相談員に回しても特に問題はない。それでも彼女はためらわずに受話器をとっていた。

一日のうちでも午後七時から午前二時の時間帯は、生命の電話にかかるダイヤル数が飛躍的に伸びる。そのため準夜勤と夜勤の相談者の人数と電話回線の数は、日勤よりは増やされている。とはいえ人にも電話にも、当たり前だが数に限りがあった。どうしても受信できる数は減ってしまう。

「何回かけてもつながらない」

生命の電話に寄せられる意見で、最も多い苦情である。相談員たちも日ごろから忸怩《じくじ》たる思いを抱《いだ》いていた。助けを求めている人がいて、せっかく勇気を出して電話をかけてきてくれたのに、それに応えることができない。考えれば考えるほど辛い状況である。

生命の電話は現在、各都道府県にひとつ以上のセンターを持っていた。センターのひとつが二十四時間体制を維持するためには、二百人の相談員が必要だと言われている。ただし相談員は全員がボランティアであり、しかも誰もが簡単になれるわけではない。

年に一回だけ募集する電話相談員の養成講座に応募して、書類と面接の審査、心理テストなどの結果により、まず研修生にふさわしいかどうかを判断される。これに通ると様々な講義、グループ研修、体験学習、実習といった養成課程が二年ほど続く。この間の費用は、すべて研修生の自己負担となる。全課程を終えると認定委員会の審査があって、そこで認められてはじめて、正式な電話相談員になれる。

もっとも相談員になったからといって、こういった研修がなくなるわけではない。養成研修に代わって、今度は継続研修への参加が求められる。西東京生命の電話を例にとると、必修課程である月に一度の自主研修会や、相談員歴に応じた事例研究会への参加、選択課程による全体学習会や専門講座や公開講演会などの受講がある。

また年に一度、各自がテーマを決めて研究した成果を発表しなければならない。八重は今年のテーマを「電話相談を支える基本図書」としていた。他の支部や同じ目的を持つ他団体の蔵書を調査し、その比較を試みるという時間のかかる研究だったが、これをまとめることができれば、必ずや後進の相談員の育成に役立つと信じている。

沼田八重が電話相談員になってから、もう十八年が経つ。とはいえ相談員の学習に終わりはない。より良い相談ができるように、つねに自己を磨き続ける必要がある。

何度やめようと思ったことか。

人の悩みを熱心に聞く。それもボランティアで取り組む。専門家のようなアドバイスをするわけではない。いや、決してしてはいけない。ただ相談者のことを思い、相手の立場になって、ひたすら耳をかたむける。誰にでもできて、また続けられる活動ではないはずだ。

そういう自負を、もちろん八重も持っていた。だが、そんな気持ちだけで務まるほど、電話相談員は甘くない。ひとりでも多くの苦悩する人の役に立ちたい――という真摯《しんし》で謙虚な姿勢が、その根本に必ず求められるからだ。

一期一会《いちごいちえ》。

生命の電話にかけてくる相談者と、それを受ける相談員ほど、この四文字熟語の意味が当てはまる関係もない。という当然の事実に気づけたのは、十年が過ぎてからだろうか。本当に実感できたのは、ここ数年のことかもしれない。

目の前の電話が鳴ったとき、八重が何のためらいもなく手を伸ばしたのは、そういった過去の積み重ねのせいである。

「はい」

受信するベルが三回鳴るのを待ってから、おもむろに受話器をとる。いきなり出ると、驚いて切る人がいるためだ。また相談員のほうも、ひとつ前の電話の相手から新しい相談者へと、自分の気持ちを切り替えなければならない。だからベルが鳴る十数秒間は、とても貴重な時間だった。

「西東京生命の電話です」

落ち着いた口調で、ゆっくりと話す。すでに彼女の関心は、この電話をかけてきた人物に向いている。

つい先ほどまで話を聞いていたのは、東北出身の五十前の男性だった。高校を卒業して上京し、大手の不動産会社に就職した。大卒に負けないようにと必死に働いた。お陰で課長にまで昇進することができた。しかし無理が祟《たた》って体調を崩した結果、退職に追いこまれた。しばらく同業の小さな会社を転々と渡り歩いたが上手《うま》くいかず、三年前から自動車工場の期間工の職に就いた。だが昨年の三月に突然、雇い止めになってしまう。

実家に戻った男性は、就職活動をはじめた。履歴書を送った先は二百社を超えたが、そのうち面接にたどり着けたのは十社にも満たない。しかも最初の会社を退職したあとの転職の多さ、期間工だった経歴、そして年齢をあげつらわれ、どこも採用してくれない。面接を重ねるにしたがい、男性の自尊心はぼろぼろになった。

やがて貯金も底をつき出した。年金暮らしの両親に食わせてもらう羽目になって、次第に父親との折り合いが悪化しはじめた。いたたまれなさのあまり再び東京に出てきたものの、たちまち所持金が減って、相変わらず仕事も見つからない。もう死ぬしかないのか……と思いつめたところで、電話をしてきたらしい。

（有名な青木《あおき》ヶ原《がはら》の樹海に、実は行こうとしたのですが――）

なぜか、ふと交通費が惜しくなった。冗談のような話だが、本当だという。だったら同じ金額を、別のことに使おうと考えた。できれば自分の救いになるものが良い。とはいっても、わずか数千円である。色々と思案したあげく、生命の電話に行き着いた。どうやらそういうことらしい。

「ありがとうございます」

八重が心から礼を述べると、男性が急に黙りこんだ。やがて電話の向こうから、くぐもった嗚咽《おえつ》が漏れてきた。それまでの人生をふり返り、辛い体験を語っているときでも泣かなかった男が、彼女の一言で落涙《らくるい》した。

（……すみません）

しばらくして男性は、再び話しはじめた。大学を卒業した若い人でも就職難なのに、自分のような年齢と職歴の持ち主に仕事があるとは、とうてい思えない。頑張りたい気持ちはあるが、いつまでも報《むく》われないのでは、という不安がつきまとう。

（でも、生きなければいけない……。そうですよね）

話を聞いてもらったことで、自分でも驚くほど楽になった。そう男性は言った。電話をする前とあとで、相談者を取り巻く厳しい状況が改善されたわけでは当然ない。もし何か変化があったとすれば、それは男の心の中だけである。

「またお話しなさりたいと思われたら、ぜひお電話を下さいね」

男性が礼を口にして切ろうとしたので、最後に八重はしっかりと伝えた。

生命の電話にかけたことで、少なくとも相談者が自殺を考えずに、前向きに生きようと決めたのは事実である。だが明日から、いや電話を切った瞬間から、目の前には情け容赦のない現実が横たわる。いつ何時《なんどき》、男が同じ不安にかられるか分からない。もしそうなったときは、この電話を思い出して欲しい。またかけてきてもらいたい。そんな願いが彼女の言葉にはこめられていた。

それでもこの相談者の男性には、八重も希望を覚えることができた。まず青木ヶ原の樹海へ行く前に、生命の電話にダイヤルしようと考えた。誰かに助けて欲しい、止めてもらいたいと願っている証拠である。ついで自分の辛い体験を口にした結果、電話を終えるころには、かなり精神的に癒《い》やされた感じを、相手の男からは受けた。これなら、ひとまず大丈夫だろう。

過去の相談では、「もう死にたい」という話を聞いている最中に、いきなりガチャンと電話を切られた。向こうの相談に散々のったあとで、「では、これから死にます」と通話を一方的に終えられた。といった例が少なからずある。そういう相談者たちに比べると、この男性の場合は上手くいったと言えるだろう。

　交代時間が迫っているにもかかわらず、八重が次の電話を自然にとったのは、ひとつ前の相談に満足のいく手応えを覚えたため、という理由もあったかもしれない。彼女も人間である以上、本人が意識するかしないかに関係なく、事前に受けた相談の影響をこうむってしまう。今回は良いほうに作用したらしい。

　ところが――、

「はい。西東京生命の電話です」

　いつものように落ち着いた声で、柔らかい口調で話しかけたのに、

（…………）

　相手から返ってきたのは、まったくの無言だった。

　生命の電話にかけてくる相談者で、最初から饒舌《じょうぜつ》な人はあまりいない。こちらで「どうされました？」と促《うなが》すうちに、ぽつりぽつりと語り出す。はじめの無口が嘘のように、そのまましゃべり続ける。という傾向が、どちらかと言えばある。

「……もしもし？」

　だから彼女も急《せ》かすことなく、少し間を空けてから話しかけた。何も言わずに電話を切られるケースもあるが、ほとんど相談員が男性の場合だった。おそらく「生命の電話」のイメージから無意識に年配の女性を想像したのに、いきなり男の声が聞こえたせいだろう。

でも新しい相談者には、少なくとも電話を切りそうな気配は感じられない。電話をかけたものの、いざとなると口籠《くちご》もってしまったのか。別に珍しくはない。出たのが年配の女性と分かれば、そのうち話し出すかもしれない。

八重は気長に待つことにした。ただし気まずい雰囲気にならないように、適度な声かけを心がける。「こちらは、あなたを気にしていますよ」というメッセージを、それとなく伝えるように気をつけた。

すると突然、なんとも無気味な抑揚をつけた、まるで小さな子どもがお遊戯《ゆうぎ》をしているような声が、かすかに受話器の向こうから聞こえてきた。

(だぁーれまさんがぁ、こぉーろしたぁ……)

たちまちうなじの毛が逆立った。

……な、何なの、これ？

だが、とても子どもの悪戯《いたずら》とは思えない。童謡のような調べなのに、なぜか小さな子がたったひとりで、必死に助けを求めている。そんな風に聞こえた。

たまたまかかった電話かしら？

子どもがデタラメに数字を押した結果、偶然にも西東京生命の電話につながった。そういう可能性はある。ただ、それにしても訳が分からない。

ゆえに八重は大いに困ったのだが、

「もしもし、どうしたの？」

とっさに幼い子どもに話しかける調子で尋ねていたのは、十八年の経験がものを言ったのだろう。

「ひとり？　お母さんは？」

（…………）

「今、どこにいるの？」

（……もしもし）

すると男の声が返ってきた。三十代から四十代くらいの感じである。

「……あっ、お父さんですか」

（えっ……）

受話器の向こうから届いたのは、戸惑いと困惑だった。

「この電話をかけてきたお子さんの、お父さんではありませんか」

（…………）

「もしもし？」

（…………）

「もしもし、聞こえますか」

少し間があってから、

（あのう……）

ためらいがちな声音で、意外な問いかけをされた。

（そこは……、い、生命の電話だろ？）

「はい、そうです。西東京生命の電話センターです」

（合ってるのか）

八重に応えたというより、自分にあいづちを打ったらしい。

「こちらにお電話をかけられたのでしょうか」

（ああ。ただ……）

「はい？」

（子どもがどうとかって話だけど、何のことか……）

「…………」

今度は八重が黙りこむ。

（だから、お父さんかと訊《き》かれても……）

「…………」

（もしもし？）

「……はい」

すぐさま八重は拉致《らち》と誘拐を疑った。男はその犯人であり、攫《さら》われた子どもが彼の隙《すき》をついて、密かに携帯電話を操作したのではないか。

けど、それなら１１０番にかけるよね。

子どもでも普通に判断できるだろう。わざわざ生命の電話にかけてくるなど、まず有り得ない。先ほど頭に浮かんだ、ここに偶然かかったという推理も、ほとんど現実的ではないように思え出した。

（この電話、切ったほうがいいか）

八重が考えこんでいると、男に尋ねられた。その不安そうな声を耳にした瞬間、はっと彼女は我《われ》に返った。

「いえ、どうか切らないで下さい」

（……）

「すみませんが、こちらにお電話をいただいたとき、電話がつながったときの様子を、ちょっと教えてもらえないでしょうか」

（電話がかかってからの？）

「そうです。こちらがお電話に出たあと、です」

やや躊躇《ちゅうちょ》するような間があってから、男が口を開いた。

（様子も何も……、つながった感じはあったのに、まったく何も聞こえなくて……）

「西東京生命の電話です、という言葉は？」

（人の声はいっさい聞こえなかった）

「雑音は？」

（……いや）

なぜか男が少しためらったように感じた。

「どのくらいの時間ですか」

（けっこう長く感じたけど、実際は十数秒だろうな）

「それから？」

（幼い子どもに話しかけるような口調で、どうかしたのか、お母さんは——って、急に訊かれて……）

「どうやら混線していたようですね」

　自分でも信じていない解釈を、とりあえず八重は口にした。

（そっちには、子どもの声が聞こえたのか）

「はい。こんなに遅い時間ですから、何かあったのかと、かなり心配しました」

（混線か……）

「申しわけありません」

（生命の電話にさえ、俺には邪魔が入るのか……）

　男の自嘲的《じちょうてき》な声には、明らかに負の感情がふくまれている。それが八重を緊張させた。

　そもそも普通に社会生活を営む大人なら、どこの誰とも分からない子どもとはいえ、安否《あんぴ》くらい気にするのではないか。「大丈夫だろうか」「なんともなければ良いのだが」といった常識的な台詞が、まず口をついて出るはずである。

　しかし、この男は違った。自分がかけた電話なのに、邪魔をされたと嘆いている。「生命の電話にさえ」という表現から、これまで他にも辛い目に遭《あ》い、理不尽な経験をしてきているらしいと容易に想像できた。

「こちらが、こんなことを言うのはおかしいと思いますが――」

（…………）

「生命の電話に何回かけても、なかなかつながらない、というお叱《しか》りをよくいただきます。実際に調査してみたところ、百四十回に一回とか、百六十回に一回という割合でしかつながらない、そんな結果が出たそうです」

（………）

「これではいけないと、相談員の人数や電話回線の数を増やせるように、私どもも取り組んではいるのですが――」

（なるほど）

男が割って入った。

（混線はあったものの、こうして話ができるのは、とても運がいいってわけか）

遠回しに八重が伝えたかったことを、幸い相手は察してくれた。どれほど当たり障《さわ》りのない言い方をしようと、この事実を彼女が公言するのはまずい。

「だからといって電話でお話しできた方が、他の人より運に恵まれているからだとは、もちろん私どもも思っているわけでは――」

そのため急いでフォローしようとした。だが意外にも男は、こちらの立場を理解してくれたようで、

（だろうな。生命の電話のほうで、そんなこと言えるわけがないよな。でもそれが現実なんだから、まぁ仕方ないんじゃないか）

「今後の大きな課題です」

本当は永遠の課題だったが、今そんな話をする必要はない。

（ああ）

あいづちを打つと、そのまま男は黙りこんだ。

同時に八重も口を閉ざす。ここから男が本来の相談を口にするかどうか、彼女には待つことしかできない。

奇妙《きみょう》な混線によって気を削《そ》がれ、男は何も話さずに切るかもしれない。また逆に今の件で気が紛《まぎ》れ、電話をかけた当初よりも落ち着いたため、自分の悩みをしゃべりはじめるとも考えられる。いずれにしろ相手の出方を見るしかない。

よく誤解されるが、生命の電話の相談員に求められるのは、電話の相手に有益なアドバイスをする、または優秀なカウンセリングを行なう——ことでは決してない。電話相談員の養成講座の応募者にも、自分の成功あるいは失敗した人生経験や、長年にわたって修得した専門知識を活かして相談者を助けるのだ、という勘違いをしている人が実に多い。そういう傲慢《ごうまん》な姿勢は——その気が本人になくても——実際の相談には少しも役立たないばかりか、むしろ害になった。

生命の電話の相談員が目指すのは、相談者の良き隣人になること、それだけである。とても簡単そうに思えるが、実践するのは非常に難しい。

電話をかけてきた相手の話に、ただひたすら耳をかたむける。相手の立場になって、その気持ちに寄り添う。あなたはひとりではない。あなたのことを知り、気づかい、元気に過ごして欲しいと願う者がここにいる。そんな想いを伝えるのが、生命の電話の役目だった。

（けど……）

ぽつりと男がつぶやく。

（やっぱり運があったのかな）

「電話がつながったからですか」

（ああ。もしかからなかったら、今ごろは首を縊《くく》ってたからな）

いきなり男が問題発言をした。

生命の電話の研修では、「希死念慮《きしねんりょ》」なる聞きなれない言葉を習う。すなわち「死にたい」という気持ちである。

かなり現実的なレベルで本人が自殺を考えており、だからこそ電話をしてきたはずなのに、肝心要《かなめ》の「死」の話題に抵抗を感じる相談者は意外と多い。それでも相談員が会話を続けるうちに、やがて相手の絶望や孤独、自責や自棄《じき》といった隠された心情がちらちらと見えてくる。そんなときは希死念慮の確認を行なう。もちろん相談を通して信頼関係を築いたうえで、あくまでも慎重に進める。相手に「死にたい」という気持ちが存在するのかどうか、それを密かに探っていく。

ところが相談者の中には、ストレートに「自殺したい」と打ち明ける人がいる。これまで誰にも話せなかった自分の苦しみを、わざわざ聞いてもらえる。その期待感から、あまり抵抗なく自殺に対する思いが口にできるのかもしれない。

生命の電話の相談員を何年続けていようと、自殺の告知に慣れることは当然ながらない。いつもドキッとする。

でも、この男性は幸いにも思い止まった。

もし電話がつながらなかったら……、もし自分が切ってしまっていたら……と考えるとぞっとするが、ひとまず八重は安堵《あんど》した。とにかく男は今、首を吊らずに電話の向こうにいるのだから。

「そうご自分で決めて、こちらにお電話を下さったのですか」

（今夜だけじゃないけどな）

男の意味深長な台詞に、再び八重は緊張した。

相談者の希死念慮の確認ができると、次に相談員は自殺の危険度について判断しなければならない。そのためには「計画」「手段」「場所」「時期」の、四つの項目について考える必要がある。

一つ目の計画については、漠然と死を考えているだけなのか、すでに何か具体的な案があるのか、それを確かめる。

二つ目の手段については、どんな方法で死ぬつもりなのか、そのための準備をもうすませているのか、そこを探る。

三つ目の場所については、実行する現場を決めているのか、まだ不明なのか、その点を聞き出す。

四つ目の時期とは、今日か明日にも死ぬつもりか、それとも何ヵ月も先の予定なのか、それを突き止める。

一から三が詳細になればなるほど、そして四の時期が早ければ早いほど、言うまでもなく自殺の危険性は高まる。

男の口ぶりから察するに、今夜までに何度か、すでに自殺を試みようとしたらしい。つまり計画を実行に移している最中と言える。手段は首吊り。場所は分からない。時期はまさに今である。

落ち着いて。まだ大丈夫よ。

八重は相手に対してではなく、自分自身に言い聞かせた。

自殺の危険がある相談者への対応は、大きく三つに分かれる。緊急度が高い「実行中」と「予告・通告」、緊急度が比較的低い「念慮・危険」である。どの段階に当てはまるかによって、相手への接し方も大きく変わってくる。

実行中は電話をかけてきた段階で、手首を切っている、薬物を嚥下《えんか》した、あるいは飛び降りる建物を物色しているなど、死が目前に迫っている場合を指す。そのため早急な対処が求められる。

予告・通告は実行中に比べると、まだ猶予《ゆうよ》がある。ただし今日か明日という場合もあるため、自殺の危険度を判断する四つの項目について、相談者から慎重に聞き出さなければならない。

念慮・危険は自殺を示唆《しさ》する、いわゆる死の仄《ほの》めかしと言える。一般の人々に比べると、生命の電話にかけてくる相談者には、そもそも希死念慮を持つ人が多い。念慮・危険の段階で自殺のサインに気づければ、その人の命を救える可能性も高くなる。

この男の場合は、間違いなく実行中に当たる。だが、そこに何かルールのようなものが介在している。それも電話に関することらしい。そう八重には感じられた。

「こちらには前にも、お電話を下さったのですか」

（いや、そうじゃない。これがはじめてだ）

電話といっても、生命の電話ではないのか。

（はじめてなのに三コールで出て、混線したのにつながったんだから、やっぱり俺はラッキーなんだろうな）

「そうですね。しかも自殺を思い止まられた。本当に良かったと思います」

（まだだ）

「はい？」

（まだ完全にやめたわけじゃない）

「どういうことなのか、お話を聞かせて下さいませんか」

（今日は土曜だろ）

まったく話が見えないが、八重は素直に答えた。

「そうです。八月の第三土曜になります」

（月曜からな、ずっと試してたんだ）

「何をでしょう？」

（もちろん、首吊りだよ）

第二章　電話ゲーム

「……毎日ですか」

思わず沼田八重は確認した。電話をかけてきた男は、月曜日から金曜日までの毎晩、おのれの首を吊ろうとしたのだろうか。

（ああ、そうだ。今夜こそ首を縊《くく》るんじゃないか、って思いながらな。自分で決めておいて変だけど、この状況はかなりドキドキするぞ）

「月曜から昨日まで、思い止まられた理由を教えてもらえませんか」

質問しながらも八重は、男が今いる場所を突き止める必要があると判断した。

（だから、電話をかけたんだよ）

「どなたにです？」

（昔の友だちだ）

男は携帯電話を使い、どうやら野外でかけているらしい。時おり風が樹木を揺らすような音が聞こえてくる。

（月曜からひとりずつ、五人にかけた）

生命の電話の各センターにダイヤルする相談者の多くは、その事務局の所在地に居住または滞在している場合が多い。年に一度、一週間だけ実施されるフリーダイヤル「自殺予防・生命の電話」は無料通話になるが、通常は電話料金が普通にかかる。わざわざ高いお金を払ってまで他の地方へ電話をする人など、まずいないだろう。つまり男は二十三区内ではなく、西東京のどこかにいる可能性が高いと言える。

西東京生命の電話における「西東京」とは、二〇〇一年に田無《たなし》市と保谷《ほうや》市が合併してできた西東京市を指しているわけではない。昔から使用されている地域としての西東京のことで、つまり東京都の西部を意味する。二十三の区部と伊豆《いず》諸島や小笠原《おがさわら》諸島の島嶼部《とうしょぶ》を除いた市町村で、いわゆる多摩《たま》地区である。

ちなみに高校野球で西東京代表と言う場合、多摩地区の各市町村と杉並《すぎなみ》区と中野《なかの》区と練馬《ねりま》区を合わせた地域になる。東東京の代表は残りの二十区と伊豆・小笠原諸島である。

西東京生命の電話の事務局は、武蔵名護池《むさしなごいけ》にあった。多摩地区の電話とエリアを分け合っているため、担当地域は約半分になる。それでも、たったひとりの自殺志願者を捜すのには広過ぎる範囲だった。

（電話がつながらなかったら、俺は首を吊る。そう決めてかけた）

男は話し続けている。

「お友だちが出なかったら……ですか」

（そうだ。生死をかけた電話ゲームだな）

まったくとんでもないことを考えたものだ。自分が電話をとらなかったせいで友だちが死を選んだと、あとから知らせを受けた当の友人が、どれほどショックを受けることか。電話ゲームなどと言っているが、本人の命がかかっており、理不尽にも友人は精神的な苦痛を強いられるのだから。

ただ、それを相談者に指摘してはいけない。「死ぬなんてやめなさい」「絶対にだめだ」という直接的な命令や、「あなたが死んだあとの、まわりの人のことを考えて下さい」という間接的な説得は、ほとんどの場合まず役には立たない。

「お友だちのみなさん、お電話に出られたのですね」

（ああ……。こんなときに限って、すぐつながるんだからな）

相変わらず男は自嘲的な物言いをしたが、八重は希望を見出していた。相談者が首吊りを計画しているのは間違いない。だが、それを誰かに止めて欲しいと思っている。本人に自覚はないのかもしれないが、友だちに電話をして出なかったら死ぬ、というルールを決めたのが何よりの証拠である。

「昔のお友だちというのは、いつごろの？」

（小中学校だよ）

「ずいぶんと長いお付き合いですねぇ」

（三十年も経つか……）

その感慨めいた台詞から、男の年齢が三十六から四十二くらいだと分かる。

「そんなに長い間、仲の良いお友だちがいらっしゃるなんて、本当に羨《うらや》ましいと思います」

（……そうか）

「どんなお話をされました？」

子ども時代の懐かしい思い出を語ったのであれば、そこに話題を戻すことで男の気持ちを癒やせるかもしれない。

しかし、八重の思惑ははずれた。

（去年の十二月、十五年以上も勤めた会社をリストラされてな）

そこから男は、いきなり自分の苦境についてしゃべりはじめた。

（新しい仕事を探したけど、まったく見つからない。実家に戻って親父《おやじ》の会社でも手伝うかと思ってたら、その親父が首を縊った）

しかも父親が自殺したという。身内に自ら命を絶った者がいる場合、やはり当人の自殺の危険度は高まってしまう。

（死んだ親父から引き継いだ会社は、負債が二億五千万円もあった。数年前に親父は、もう経営から退《しりぞ》いていた。認知症になったおふくろの介護をするためだ。だから会社をたたんでも良かったんだ。けど借金の連帯保証人は社員のひとりだったので、その家族を路頭に迷わせるわけにはいかない、倒産だけはできないと、ずっと悩んでいたらしい）

八重が口をはさむ間もないほど、男は話し続けた。

（そうこうするうちに、おふくろの症状が進行しはじめた。親父は次第に家に閉じこもるようになり、元気がなくなり、ふさぎこみ出して……）

電話の向こうで、男が首をふっているのが伝わってくる。

（昔から親父は客商売が好きでな。おふくろは長年、保険の外交員をやっていた。両親そろって人当たりが良かったのに、最期《さいご》はこの有り様だ。最後の一週間は保証人の社員も、親父と連

絡がとれなかったっていうしな）

「お母さんは、どうされています？」

遠慮がちに尋ねると、またしても自嘲的な声音が返ってきた。

（幸いに……とこれは言うべきなんだろうな。親父の自殺を理解できないまま、葬式の一ヵ月後に死んだよ）

まさに不幸の連続である。

（それほど親が大変なときに、ろくに連絡もしなかった俺は何も知らずに、しかも無職で毎日ぶらぶらしていたわけだ）

あえて何も言わずに、黙って耳をかたむける。

（親父の会社は、繁華街のファッションビルに入っていた。衣服の小売業だよ）

重い話にもかかわらず、男は淡々と語り続けた。

（例のリーマン・ショック以来、それまで得意客だった若いやつらが、突然ぱったり来なくなった）

二〇〇八年の秋に起きた、アメリカの投資銀行リーマン・ブラザーズの経営破綻《はたん》に端を発した世界的な金融危機によって、会社または自営の仕事が立ち行かなくなった、と打ち明ける相談者は実際かなり増えてきている。

（若い客のほとんどは、製造業で働くやつらだった。だから無理もない。それに親父の会社だけじゃなく、同じビルの他の店も閑古鳥《かんこどり》が鳴いていた。そのうえ空き店舗も目立つようになって、まったくビルに活気がなかった。シャッターが下りた商店街といっしょだよ）

男と同じような苦境を訴える相談者には、自殺を仄めかす人も多い。経済にはうとい八重でさえ、リーマン・ショックの影響の計り知れなさを痛感していた。

（いろんなところに相談したけど、どこも返ってくる言葉は同じだった。自己破産しか道はないって言うんだ）

本当にそうなのか、なかなか判断は難しい。債務を整理して、返済の条件や優先順位を変えることで、解決策が見出せる場合もある。もちろん、すべてが元通りというわけにはいかない。事業、会社、連帯保証人、社員、自宅など、守りたいと思うものの中で何を選ぶのか、それを決める必要がある。全部を守り通すのは不可能でも、ひとつくらいなら大丈夫だという。

様々な相談を受けるにしたがい、また自分でも勉強をした結果、八重は債務整理や自己破産に関する知識に少しは通じるようになった。ただし、電話相談の参考になればと考えただけで、それを訳知り顔で相談者に教えるためではない。

（生命保険をかけて、偽装自殺でもするかって考えたよ。親父が救いたかった連帯保証人の社員一家が、その保険金で守れるかなと思ってな）

必要があれば関連機関への紹介も行なうが、彼女の役目は相談者の希死念慮を軽減し、できる限り取り除くことにある。この男の場合がそうであるように。

（だけど、やっぱり親父の会社を倒産させたくない。そう思って色々と考えて、あちこち動き回ってるうちに、もう疲れてしまって……）

男が急に沈黙すると、受話器の向こうで風の唸《うな》りが聞こえた。相変わらず樹木のざわめきも感じられる。自宅の庭か、あるいは近所の公園にでもいるのか。

（すべてを投げ出したくなった）

　これまでとは明らかに違う、低いトーンの声がした。

（それで、死のうと思った）

　声に抑揚が少しも感じられない。

（ロープを買ったのは、親父の首吊りが頭にあったからだろうな……。でも、実家ではやりたくない。死に場所を求めてうろついていたら、いつの間にかこの神社に来ていて……）

　どうやら男がいるのは、実家のある地元の神社らしい。

（昔よく遊んだ大きな樹があるんだけど、桜だったんだな。すっかり忘れてたよ。その裏の枝にロープをかけて、いざ首を縊ろうとして、みんなの顔がふと浮かんだ。子どものときの顔が、この神社でいっしょに遊んでいたころの顔が……）

　元同級生の友だちも、その地元に残っているのだろうか。もしそうなら、この男性に自殺を思い止まらせる力になるかもしれない。そう八重は考えた。

（何だか不思議な気持ちだった。どうしてか分からないけど、ちょっと怖かったな）

　無邪気に遊んでいた子ども時代を思い出したことで、生に対する気持ちが芽生えたせいだろうか。

（そのとき、この運だめしを思いついた。これから毎晩ひとりずつに電話をしてみて、相手が出たら首吊りはしない。一週間これを続けて生きていたら、もう一回だけ頑張ってみよう——ってな）

　そこで男が苦笑した。

(ところがうかつにも、友だちは俺を入《い》れて六人だった。最初っから一週間も、もつわけがなかったんだよ)

困った男は、六日目に当たる土曜の今夜、生命の電話にかけてきた。そういう事情があったらしい。

ようやく相談者の現状をつかめた八重は、やはり希望があると感じた。電話をかける友だちが零《ゼロ》になった時点で首を吊らずに、生命の電話にダイヤルしたのは、死にたくないという気持ちが男の中に存在する証拠と言える。

(そんな当たり前のことが分からないくらい、俺は追いつめられていたんだな)

とはいえ油断はできない。時おり男が見せる自嘲的な態度は、まだ完全に危険が去ったわけではない、いわゆる黄色信号の状態とも見なせた。

(こうして六人目に選ばれたあんたは、いい迷惑だろ)

「いいえ。この電話に出られることができて、心から良かったと思っています」

(結果的に首吊りを阻止したわけだから、そりゃそうか)

揶揄《やゆ》するような男の声を聞きながら、改めて八重は緊張した。

男は一週間、この運だめしを続けると決めた。明日まだ一日ある。七人目にかけて出なかったら、自殺するかもしれない。仮に出たとしても、首吊りをやめる保証は何もない。本人にその気がなくても、相談者は助けを求めて電話をしている。しかし、それを友だちが察したかどうか。運だめしが終わっていないことから、男のＳＯＳに反応した者はいなかったに違いない。このままだと誰からも助けてもらえないまま、絶望して計画通りに自殺しかねない。

やっぱり絶対にここで止めないと。

この相談者は「実行中」と「予告・通告」の間にいる。今夜は大丈夫かもしれないが、明日の夜には危険度が非常に高まってしまう。

それにしても、七人目はどうするつもりかしら？

八重は気になった。今はそんな心配をしている場合ではないと思いつつも、なぜか不安に感じた。

男の小中学生のときの友だちは、五人しかいない。三十年近く経っても友情が続いていることを思えば、五人という数は決して少なくない。だが一週間の運だめしをするには、あと二人も足りない。とりあえず六人目は、生命の電話が代役を果たした。では最後の七人目は、いったい誰が務めるのか。男はどこへ電話をかけるつもりなのか。

今夜この電話で自殺を思い止まらなければ、相談者は明日の日曜の夜に、きっと最後の電話をかけるだろう。その場合、二つの心配事がある。相手が電話に出るかどうか。仮に出たとしても、どんな会話を男とするのか。前者の可否と後者の内容によって、相談者の生死が決まるとも言える。

一瞬のうちに八重が目まぐるしく頭を働かせていると、しんみりとした声が聞こえてきた。

（もう一日、あんたのお陰で生き長らえたよ）

「お友だちにも、今と同じ話をされたのですか」

（ああ、お互いの近況報告ってことでな。けど、みんなは順調なようだった。もうすぐ会社で昇進しそうだとか、ようやく生まれた赤ん坊が可愛《かわい》くて仕方ないとか、仕事で方々《ほうぼう》を飛び回っ

ているとか。切羽詰まってる俺とは、あまりに差があり過ぎたよ）

「でもみなさん、心配されたでしょう」

（驚いたのは——）

男が急に興奮した口調で、

（誰もが俺の自殺の心配をしたことだよ。そんな台詞なんて、これっぽっちも吐いてないのにな……）

確かに男の身の上話だけで、すぐに自殺を危惧《きぐ》する者はいないかもしれない。まして一般の人であれば、そのサインを見落とす恐れも充分にある。だが、この相談者は具体的な計画を立てて、そのうえで実行の有無を電話の相手に委《ゆだ》ねている。おそらく本人は気づいていないが、受話器の向こうの友だちには、男の希死念慮が伝わってしまったに違いない。

「あなたの話をお聞きになって、みなさん、とても心配されたんですよ」

（………）

「そんなに長いお付き合いですからね」

（まぁな）

「きっとお友だちの全員が、今も気になさってると思いますよ」

（それにしては、そのあと誰も電話してこないぞ）

またしても自嘲的な調子になったが、すぐ男は自らに言い訳するように、

（みんな忙しいからな。それぞれ生活があって、いくら友だちとはいえ、なかなか他人のことまで手が回らない。それが大人ってもんだ）

「そうですね。お友だちは、何とおっしゃったのですか」

（自分の失敗経験を話すやつもいれば、債務関係に強い弁護士や事業再生コンサルタントを紹介するって言った者もいた）

「役に立つお話はありませんでしたか」

（おいおい、俺の話を聞いてなかったのか）

男が不満そうな声を出した。

（あいつらに電話したのは、運だめしだって言っただろ）

「すみません。そうでしたね」

あくまでも本人は自殺をする気なのだ。止めて欲しいと思う気持ちもあるが、自分ではどうすることもできない。自殺志願者に見られる特有の矛盾《むじゅん》した心理が、男の内面で蠢《うごめ》いているのが分かる。

「子どものときの話は出たのでしょうか」

（えっ？）

「みなさんとは、その神社の境内《けいだい》で遊んだんですよね。そこにいると、お電話でおっしゃらなかったのですか」

（いや、言った。今とても懐かしい場所にいるけど、どこか分かるか——ってな）

「どうでした？」

（ヒントを出したら、みんな当てたよ）

「みなさんにとっても、きっと思い出の場所なんでしょうね」

(ああ……。その後、名古屋や京都に行った者もいれば、都心に出たやつもいる。ここに戻ってきたのは、俺だけだったからな)

その台詞から男の実家の所在地が、やはり西東京のどこかだと見当がつく。

(だから神社や城跡や町並みの話をしたら、みんな懐かしがってな)

城跡と町並みという情報は、大きな手がかりになりそうだった。おそらく「まちなみ」とは飲食店などが軒を連ねる街路の「街並み」ではなく、城跡から連想される城下町としての「町並み」のほうではないか。

まさか摩館《まだて》市では……。

若いころに八重が住んでいた地域の風景が、ぱっと脳裏に浮かんだ。とたんに胸が苦しくなり、息ができないような恐怖を覚える。

彼女が住んでいた当時、摩館市は多摩地区の中でも地味な町だった。それが十数年前から観光に力を入れはじめた。城下町特有の古い町並みを保存して整備したうえで、江戸時代から昭和五十年ごろまで開かれていた朝市を復活させるなど、観光客を呼べる町作りに取り組み出した。その結果、今では歴史を体感できる町として人気が出ている。

自分の推測はおくびにも出さず、それとなく八重が探りを入れると、さらに男が子どものころに遊んだ特徴的な場所を口にし出した。

やっぱり摩館市だ……。

彼女の夫が生まれ育った土地である。彼の実家は曽祖父の代から続く「鮭富《さけとみ》」という魚屋で、二十代の八重はそこに嫁《とつ》いだ。そして夫と二人で家業の魚屋を切り盛りした。やがて息子を授かり懸命に育てた。商売以上に子育ては大変だったが、母親としての幸せを実感できた。「息子さんはお母さん似ね」と言われるのが、何よりもうれしかった。それなのに突然……。

最愛の人を喪失《そうしつ》した痛みが薄れるまで、十年の歳月が必要だった。これが長いのか短いのか、未《いま》だに八重には分からない。ただ彼女はそのとき、自分と同じような思いをしている人の役に立とう。そう決めた。だから生命の電話の養成研修に応募した。

相談員になって十五年、ずっと八重は二十三区内で活動してきた。それが三年前、西東京地区に移った。そのとき摩館市在住の自殺志願者の相談をもし受けたら……と考えて、とても不安になった。果たして平常心で相手の話を聞くことができるのか、と非常に危惧した。

彼女の夫は自殺している。発作的に自らの命を絶っていた。

私は見捨てられた……。

夫はひとりで逝《い》ってしまった……。

このとき八重は妻や母親の立場ではなく、八重という人間そのものを完全に否定された気持ちになった。

四十九日をすませると、八重は自分たちが住んでいた家ごと店舗を売り払い、すぐ摩館市を出た。以来、結婚前の旧姓を名乗るようになる。そして西東京方面には、一度も足を踏み入れようとはしなかった。

親の遺産や保険金などがあり、贅沢さえしなければ生活に困ることはなかった。だから電話相談員になっても、それに専念できた。

ところが、家族と家を失《な》くして二十七年、電話相談員になって十五年が経ったころ、生命の電話の西東京地区へ移る話が出た。彼女が不安を覚えたのも無理はない。

しかし、そこには時の流れがあった。すべては時が解決する――とまでは言えないが、もはや昔の自分とは違う。それは間違いなかった。

きっと大丈夫よ。

八重は自信を持って新しいセンターに移った。

このボランティア活動をはじめてから、どれほど自殺を考えている相談者と向き合ってきたことか。当初は不安と恐れから狼狽《ろうばい》もしたが、少しずつ相手の気持ちに寄り添って、彼女も話を聞けるまでに成長した。

生命の電話に出る相談員も、電話をかけてくる相談者も、どちらも基本的には匿名《とくめい》をつらぬく。電話の向こうにいる相手が見ず知らずの人間であるからこそ、重くて辛い話も、悲しくて暗い体験談も、相談者はありのままを口にできる。その匿名性に、実は八重のほうも救われていた。

もちろん、そこには嘘や誇張《こちょう》もふくまれる。また中にはセックス・テレフォンまがいの電話もあり、女性相談員の多くが被害に遭っていた。だが特に実害のない戯言《ざれごと》ですむのなら、それで相手の気が晴れるのなら、一概に悪いとも言えない。これは匿名で話ができる、生命の電話の最大の利点なのかもしれなかった。

ただし、相談者の自殺の危険度が高い場合、この匿名性は文字通り命取りになってしまう。どこの誰かが分からなければ、とうてい助けられない。もしも自殺の実行中であれば、なおさら救うなど不可能である。そのため緊急を要するケースのみ、相談者の素性にまでふみこんでも良いと認められていた。

　この男性がいるのは、摩館市にある神社のどこかだ。

一瞬で自分の過去を回想した八重は、そう悟った。そのとたん、彼女の心臓はドクドクとうるさいほど鳴り出した。

　この十八年間、自殺を考えている何十人もの相談者の相手をしてきた。その経験から一応は落ち着いて受け止められるほど、彼女の肝《きも》もすわっている。にもかかわらず相手が摩館市の人だと分かっただけで、これほど動揺するとは思いもしなかった。という事実が彼女を、さらに不安にさせた。息子と夫を立て続けに亡くした、あの当時の自分に戻りそうな気がして、パニックに陥《おちい》りそうになった。

　大丈夫よ……。心配ないわ。

　八重は必死に自分に言い聞かせながら、とにかく電話の男性に、今は意識を集中させようとした。相手のことだけを考えるように努めた。でも、どうしても息子と夫を思い出してしまう。

　このピンチに思わず絶望しかけたとき、はっと八重は気づいた。

　これってチャンスかも……。

　彼女には摩館市の土地勘がある。男性が口にするヒントをもとに、彼が現在いる場所を特定できるのではないか。

　今夜これから男が首を吊る危険性は、かなり低いと思われる。とはいえ明日の夜は分からない。何しろ電話次第なのだから。つまり冷静に考えると、すぐ警察に連絡をして保護を求めるほどの緊急性はないが、明日の夜までには男性と必ず接触しなければならない。そういう判断ができる。

そのために必要なのは、まず男の希死念慮を弱めて、自殺の危険性を下げておくこと。次に男が明晩も向かうはずの、今いる場所を突き止めること。この二点である。

あとは私が、どこまでできるか……。

ピンチをチャンスに変えられると意気込んだものの、やはり八重は自分の対応に自信が持てなくなっていた。

男の電話を受けてから、相手の状況や情報について記したメモに、彼女は急いで現状を書き加えた。それからセンターの職員を手招きして、急いでメモ用紙を渡した。自殺の危険度が高い相手には、電話に出た相談員ひとりでは限界があるため、他のスタッフに応援を求める規則になっている。

もっとも今回のケースは、少し違う。八重の個人的な不安のほうが、その理由としては大きかった。だが彼女の事情を職員は知らないし、打ち明けるつもりもない。ここは通常の取り決めにしたがうふりをして、手助けを乞《こ》うしかない。

メモ用紙に目を通した職員は、さっそく彼女と交代する予定の相談員と、この件の善後策について話しはじめた。

その間も八重は、もちろん男と話し続けていた。もっぱら相手がしゃべるのを聞く格好だったが、さらなる情報を求めつつ、できるだけ相談者の「死にたい」という思いを和らげるような会話を心がけた。

あまり間を置かずに職員がメモ用紙を差し出してきた。そこには明日、西東京精神保健福祉センターに連絡して、しかるべき対応をしてもらう、という書きこみがあった。

すでに午前零時を回っているので、関係各所はどこも開いていない。かといって警察に頼る危機的状況とは言えない。明日の夜まで猶予はあるため、とにかく今は誠心誠意の対応をするべきである。そういうことらしい。八重の判断は間違っていなかったのだ。

いつしか男の話は、電話をかけた友だちの近況にまで広がっている。それは一見、他愛《たわい》のない無駄話のように思えた。だが実は自分と友人の境遇を比べて、男は悲観しているのかもしれない。

（子どものころは、みんな同じだった）

ため息まじりの声がする。

（親の経済力は違っていたけど、小学生には関係なかった）

「子どもは友だちと遊びはじめると、もう夢中になりますからね」

（俺の場合は、その友だちがいなかった）

電話をかけた人たちは違うのか、と八重は首をかしげたが、あえて尋ねない。男が何か別の話をする気配を感じたからだ。

（最初は、顔のあざのせいだと思った。俺には生まれつき左のほおに、昔のアニメに出てくるような形の、黒い雲に見えるあざがあってな）

「それで、いじめられたりしたのですか」

（いや）

意外にも男は否定した。

（だけど、友だちはできなかった。あざがあるとかないとか、本当は関係ない。ぜんぶ本人のせいだからな。ただ子どものころは、それが分からない）

「そうですね」

（仮に分かっていても、まぁ同じだったかもな。まずは見た目で判断されるんだから。他のやつらより、いらぬ苦労がいるってわけだ）

「残念ながら、大人でもそうかもしれません」

（うん、言えてるな。でも、あいつらは違った）

「月曜から電話をかけている人たちですね」

（ああ）

少しだけ男の声が明るくなった。

（昔の自分に戻って人生をやり直したい……とは別に思わない。けど、あのころの子どもになって、もう一度みんなといっしょに遊べるなら、ちょっとやってみたいな）

「もし子どもに戻れたら、何をしますか」

自然に問いかけながらも、同時に八重は考えた。

過去の思い出に浸らせるより、現在直面している厳しい現実に目を向けさせ、そのうえで生きる希望を持ってもらう。電話相談のあり方としては、そうあるべきだろう。

ただ、この男性の中で子ども時代の記憶は、どうやら現在、唯一の心のよりどころになっているらしい。しばらく小学生のころの話を続けながら、少しずつ現実へと戻していくのが良いのではないだろうか。

それに今は、男の居場所も突き止めなければならない。子どものころの話題は、幸いその手助けになりそうだった。

「その神社では、どういった遊びをしました？」

（一番よくしたのは……、そうだよ。この場所のヒントにした遊びだな）

「どんなヒントだったのか、お聞きしていませんでしたね」

すると突然、

（だーるまさんがぁ、こーろんだぁ）

子どものような男の声音が聞こえてきた。

「………」

危うく受話器を取り落としそうになり、八重は慌てた。

（今みたいに調子をつけて言うと、分かるまでの時間差はあったけど、誰もが『ああっ』って気づいたな。あの神社の樹の側《そば》にいるのかってな）

普通の口調に戻った男の説明を耳にしながら、何とも言えぬ薄ら寒さに、ふと彼女は包まれていた。

……偶然なの？

この電話に出たとき、真《ま》っ暗《くら》な闇《やみ》の中から響くように伝わってきた、あの子どもらしき声の気味の悪い抑揚と、今の男の声音がだぶって聞こえる。

だぁーれまさんがぁ、こぉーろしたぁ……。

あれは「だるまさんがころんだ」の、もじりだったのか。「だるまさん」を「だれまさん」

に、「ころんだ」を「ころした」に変えたのだろうか。

どういう意味かしら？

だれまさんとは何者か。そして、いったい誰を殺したのか。だるまさんの歌をもじっているのは、なぜか。分からないことだらけである。

だるまさんがころんだ。

これ自体は昔から伝わる遊びだ。五、六人くらい子どもが集まって、ちょっとした広場さえあれば、どこでも簡単にできる。

じゃんけんをして、負けた者が鬼になる。鬼は民家の壁や塀、または電柱や樹木などの前に、みんなに背中を向けた状態で立つ。他の者は鬼から数メートル離れ、鬼の背中に向かう格好となる。準備が整うと、鬼が「だるまさんがころんだ」と唱《とな》える。これは早口でも、わざとゆっくり口にしても良い。みんなは「だるまさんがころんだ」と聞こえている間に、なるべく早く鬼に近づく。ただし唱え終わったとたん、鬼はふり返る。そのとき、まだ動いているところを鬼に見つかれば、「何々ちゃん動いた」と指摘される。すると捕虜《ほりょ》となり、鬼の肩に片手を置いたまま、じっとしていなければならない。

鬼が背中を向けている間に動き、ふり返っているときは身動きせずに静止する。この動と静のくり返しが、だるまさんがころんだの醍醐味《だいごみ》である。

遊びが進むにつれ、捕虜の数は増えていく。その一方で、鬼に接近する者も出てくる。動いているところを見つからずに、鬼の側まで行くことができた者は、鬼の肩に触れている最初の捕虜の片手を、手刀《てがたな》でカットする。捕虜がひとりもいなければ、鬼の背中をたたく。その瞬間、全員でいっせいに逃げる。でも鬼がふり返って「ストップ！」と叫べば、その場で止まらなければならない。鬼は自分が立つ位置から三歩だけ跳ぶことができる。そうして誰かにタッチできれば、その者が次の鬼となる。誰も捕まえられなければ、引き続き鬼をやらされる。細かい違いはあるかもしれないが、だるまさんがころんだは、そんな遊びだった。相談者も今いる樹を使って、友だちといっしょにこの遊びをしたのだろう。

そう思ったところで、はっと八重は疑った。

そもそも「だれまさんがころした」と電話口で歌ったのは、やっぱりこの男性だったのではないかしら……。

だが、すぐに自分で首をふって否定した。

まず男に、そんなことをする理由が見当たらない。彼が語った苦境は本物だった。長年の経験から、それは間違いなく確信できる。電話を使った首吊りの賭《か》けも、おそらく本当だろう。そこまでの危機的状態に陥っているのに、こんな悪戯はまったくそぐわない。

だいたい悪戯だと考えるには、「だれまさんがころした」と歌ってから「だるまさんがころんだ」と口にするまでの間が、いくら何でも空き過ぎている。

さらに男の「だるまさんがころんだ」は子どものような口調だったが、明らかに大人と分かる声だった。それに比べて「だれまさんがころした」と歌った声音は、どう考えても子どもとしか思えない。男の子か女の子か判断はつかないが、五、六歳か、大きくても小学校の低学年くらいではないか。

無気味な歌と男性は無関係……？

あれは電話の混線に過ぎず、男が「だるまさんがころんだ」の遊びに触れたのは偶然で、双方は無関係なのかもしれない。

ふに落ちない薄気味の悪さは残るが、とにかく八重は電話に集中した。男の希死念慮に対応しつつ、今いる場所を突き止めるために、彼女は全力をつくした。

このときの八重は、まだ何も知らなかった。自殺を計画する男の電話が切っかけとなり、あのような恐ろしい連続殺人事件が起きることを……。

第三章　瓢簞山《ひょうたんやま》

西東京精神保健福祉センターの職員である常葉良光《ときわよしみつ》が、西東京生命の電話の事務局長である山片保《やまがたたもつ》から電話を受けたのは、府中《ふちゅう》市の自宅で珈琲《コーヒー》を飲んでいる日曜の午前十時過ぎのことだった。

「おはようございます。お休みの日に、ご自宅にお電話を差しあげて、誠に申しわけありません。幕間《まくま》課長にご連絡したのですが、ちょっとお話しできませんでしたので――」

五十代後半の山片は、三十代半ばの良光に対しても、いつも丁寧な口調で話す。

「おはようございます。課長は……すみません。幕間には、私から連絡を入れておきます」

あやまりながらも良光は、どうして幕間に連絡ができないのか理解していた。おそらく幕間家の電話は留守録になっており、本人の携帯は電源が切られているに違いない。

まいったなぁ。

その事実を山片も察しているのに、常葉を気づかって口にしない。相手の心遣いが分かるだけに、よけい精神的にこたえる。恥ずかしくて仕方がない。

しかし、そんな気持ちはおくびにも出さずに、

「生命の電話に、深刻な相談があったのでしょうか」

「はい。今夜中に自殺する恐れの高い、相談者がひとりいます」

西東京生命の電話に昨夜かけてきた男性の相談者について、山片は簡単にその概要を説明してから、

「詳細はのちほどファックスいたしますが、この男性が今夜の十一時以降に、摩館市の通称〈瓢箪山《ひょうたんやま》〉で自殺を決行する可能性は、かなり高いと思われます」

「分かりました。幕間とも相談しますが、我々が現地に向かって、その方に対応するようにいたします」

受話器から安堵のため息が漏れた。

「よろしくお願いします」

「警察に協力をあおいで、事前に相談者の身元を突き止める必要はありませんか」

山片の話では、それも難しくないと思えた。

去年の十二月から数ヵ月のうちに、摩館市で自殺した五十代半ば以降の男性で、衣服の小売業を営んでいた人物さえ捜し出せれば、相談者の父親が分かるかもしれない。そこから息子である男にたどり着くのは、きわめて簡単だろう。

「いちおう検討したのですが、家に行って説得を試みても、今夜になると気が変わるかもしれません。おそらく一番良いのは、自殺を考えている現場で思い止まらせることでしょう。それに相談者は家にはいない公算が大きく、また警察も今のような状況では、なかなか動いてくれないのではないかと思います」

「確かに……おっしゃる通りです」

さすがに細かいところまで、よく考えている。

「瓢簞山へは、できれば十時半前に行っていただけませんか」

少し遅過ぎるのではないか、と良光は危惧した。

「本当に危ないのは、十一時半から午前零時にかけてです。つまり一時間前ということになります。このタイミングが、非常に難しくて……」

「早過ぎてもいけないのでしょうか」

「待ち伏せしていたという印象は、できるだけ与えたくありません。相談者が現場にやって来たあとで、そちらが顔を出されるのが良いでしょう。ただし間に合わなければ何にもなりません。この電話を受けた相談員によりますと、男性はここ一週間ほど毎晩、十一時ごろに瓢簞山に登っているようです。そういった状況をすべて考慮したうえで、十時半という時間を割り出しました」

「相談者が現れるまで、こちらは隠れていて、それから呼びかける。そういう段取りでよろしいでしょうか」

「はい。お手数をおかけいたします」

「自殺を早める恐れについて、そちらでは心配されていますか」

「相談者がかける電話次第でしょうが、今日が最後の夜ということもあり、ちょっと油断ができません。不測の事態に備えておく必要はあるでしょう」

「よく分かりました」

山片さんもいっしょに行って下さい――という言葉を、いつものように良光は辛うじて飲みこんだ。

生命の電話は、あくまでもボランティア団体である。電話をかけてきた人の悩みや愚痴《ぐち》を聞き、場合によっては相談にも乗る。だが、できるのはそこまでだった。それ以上の行動が必要になった場合、あとは行政の仕事になる。もちろん自殺対策そのものに、国も都も市も取り組んでいないわけではない。生命の電話と同じ機能を持つ部署を、各自治体で設けているケースも多い。

しかし、当たり前だが自殺志願者は時間を選ばない。一方で役所の仕事は、相談窓口は午前九時から午後五時までという風に、どうしても画一的な対応になる。実情に即した態勢をとることは、非常に困難だった。

だからこそ二十四時間の対応を一年中にわたって無給で実施している、生命の電話の相談員には本当に頭が下がる。そのあとの実務的な対応を、東京都福祉保健局の管轄にある当センターの自分たちが引き継ぐのは、きわめて当然のことである。つねづね良光はそう思っていた。

それが幕間課長ときたら……。

休日は言うまでもなく、平日も終業の定時以降に対処しなければならない場合の、西東京生命の電話からの連絡を毛嫌いする。

その気持ちは分からなくもないけど……。

一年を通じると、それなりの負担になることは否《いな》めない。だが昨今の一般企業のサービス出社やサービス残業に比べても、はるかにましである。いや、それ以前に自分たちの任務の基本は、人の命を救う尊い行為にあるのではないか。

そう言うと幕間は決まって怒り出す。

「サービス出社やサービス残業を自分から認める、そんなおめでたい労働者が、いったいどこの世界にいる？」

確かに正論だとは思う。しかし、一般市民がボランティアで取り組んでいる活動で、自殺志願者の命を救うために支援が必要だと訴えられれば、それを何とかするのが自分たちの仕事ではないのか。

「通常の勤務時間内でならな」

幕間の返答はどこまでも、それこそ見事にお役所的だった。

「だいたい当センターの使命は――」

そして決まって最後には、四角四面なお役所言葉で誤魔化《ごまか》そうとする。

「精神保健および精神障害者福祉に関する法律に基づき、東京都民の精神的な健康の保持と向上、さらに精神障害者の医療の充実と社会的な自立の促進を、総合的に支援しつつ推進することにある」

今さら言われなくても、日々の業務で充分に理解できている。そして理解しているからこそ、精神的な健康状態にある人は希死念慮など抱かないし、そういう人への対応こそ当センターの役目だと思っている。実際、地方自治体の自殺対策の要所という位置づけを、西東京精神保健福祉センターは担《にな》っているではないか。

それにしても……。

せめて対外的な面くらいは、きちんとした態度を見せて欲しい。西東京生命の電話の山片事務局長には、きっと呆《あき》れられているだろう。それが実感できるだけに、なんとも情けない気持ちに良光はいつもなる。

幕間は課長どころか平職員の先輩としても、おそらく荷が勝つに違いないほど部下の指導ができない。できないどころか見事に足を引っ張る。そのうえ子どものような嫌がらせまでする。一方で上司に対しては、仕事のできる管理職という演技をする。そういう印象を与えるように腐心《ふしん》している。とはいえ少しでも人を見る目があれば、普通は騙《だま》されないと思う。にもかかわらず、なぜか上の覚えが悪くない。

それは課長の部下たちが頑張っており、幕間自身の仕事まで彼らがやっているから――だと良光は分析している。ただ、いくら何でも上の評価が高過ぎる。これで幕間が処世術にでもたけていれば、一種の才能かと認めもするのだが、実際はおそまつなものである。

よほど強力なコネか、後ろ盾があるのか。

良光は二十代の後半まで大学の研究室にいて、そこから公務員試験を受けて合格し、この春、今の職場に転属したばかりである。社会に出ると様々な苦労があるだろうと、それなりに覚悟はしていた。しかし、少なくとも閉鎖的な大学よりはもっと開かれているはずだと、期待もしていた。

ところが、実際は幕間課長のような無能人間が大手をふって歩いている。こんな釈然としない状態が平気で存在するとは、まったく想像もできなかった。これが公務員の社会かと、異世界でも見るような気持ちだった。

今から思えば、とうの立った新人として当センターに配属が決まったとき、使えない課長のお守《も》り役という言わば人身御供《ひとみごくう》に、良光はされたのかもしれない。自殺対策用の特別なプロジェクトチームを組むためだと言われたが、それは表向きの理由だったのではないかと彼は睨んでいる。

ある親しい女性職員が言うには、部下の中でも良光への嫌がらせが一番ひどいらしい。陰では「よしみつ」ではなく「よしこう」と、侮蔑《ぶべつ》的な口調で呼んでいるという。新人だからかと訊くと、彼女は少しはにかみながら、信じられない理由を口にした。

「常葉さんの容姿に、きっと嫉妬《しっと》してるのよ」

良光は幼いころ、母親が女の子の格好をさせたほど、整った女性的な容貌をしている。声も美しく綺麗《きれい》で、それは変声期を迎えてもあまり変わらなかった。そのため異性だけでなく同性からも、気がつけば熱い視線を受けるようになっていた。

そんなことは言うまでもなく、彼の個人的な問題である。

「……意味が分からない」

戸惑う良光に、その女性は眉をひそめて忠告した。

「あのね、女よりも男の嫉妬のほうが怖いのよ」

結局、多摩市に自宅のある幕間方正《ほうせい》に連絡がとれたのは、その日の午後だった。

最初のうちは例によって、あからさまに幕間は邪魔くさがった。それが相談者の詳細が分かるにつれて、なぜか次第に興味を持ちはじめた。

「山片から届いた資料を、こちらにファックスしてくれ」

十歳以上も年上の事務局長を、相変わらず呼び捨てにするのはいただけないが、珍しく積極的に関わる態度を見せた。

「この男性にどう対処するか、今夜まで互いに考えておこう。そうだなぁ……十時に君の家に、車で迎えに行く。そこから摩館市まで、まぁ三十分くらいだろう。車中で打ち合わせもできるしな」

　事前に時間をかけて対策を練らないところは、いつも通りである。ただ、少なくとも課長自らが今夜の段取りを決めたことに、良光は驚いた。自分ひとりで対応するつもりだったため、なおさらである。

　まさか知り合いとか……。

　とっさに相談者との関係を疑った。だが、どうも違う気がする。男性の現在の境遇を説明したとき、いつも通り無反応だった。仮に知己なら、あそこで察しがついただろう。部下に気取《けど》られないように注意した――という芸当など、まず幕間にできるわけがない。

　だったら課長は、いったいどうして？

　そんな疑問を覚えることが、そもそも変なのは分かっている。でも、これまでの幕間の言動をよく知っているだけに、まるで狐につままれたような気分である。

　とにかく今は、この男性を助けることに集中しないと。

　良光は頭を切り替えた。山片から送られてきた資料を何度も読みながら、男性への対応方法を考えはじめる。幸い手元には、他のセンターをはじめ上司や先輩たちが取り組んできた事例の資料が豊富にある。それを参考にしながら相手の反応も想定しつつ、ベストと思われる対応策をノートに記していく。

一通り作業が終わったところで、信頼しているセンターの先輩に電話をかけ、まとめた内容を聞いてもらう。いくつかアドバイスを受けて改善し、ようやく満足のいく出来栄《できば》えになったときには、もう日が暮れかかっていた。

夕食のとき母親に、仕事で出かけるので遅くなると伝えると、あからさまに心配そうな顔をされた。こんなときの仕事がどんな内容なのか、母親も承知している。危険なことは何もないと日ごろから説明しているのだが、なかなか信用してくれない。自分の息子が巻き添えになって死ぬのでは……と、そのたびに恐れている。

良光に記憶はないのだが、子どものころに一度だけ、彼は迷子になったらしい。無事に見つかったが、まる一日どこに行って何をしていたのか、まったく覚えていなかったという。以来、母が心配性になったのは仕方ないとしても、もう彼も子どもではない。すでに三十代も半ばなのだから勘弁して欲しい。

「幕間課長もいっしょだから、大丈夫だよ」

母親が少しでも安心するのは、皮肉にも幕間方正との同行業務のときだった。息子が公務員になったさい、何にも増してその安定性を喜んだ母は、きわめて保守的な課長の姿勢を支持していた。いくら良光が自分たちの使命を説いて、その意義を訴えても、いつも同じ言葉が返ってきた。

「何もお前がやらなくても……」

では、いったい誰がやるのか。もちろん母に、その答えはない。自分の息子が危ない目に遭う仕事をさせられている……という強い思いこみが、母にはあるだけだった。

とっくに家を出ておくべきだったか。

良光の父親は、彼が小学校の低学年のころまで、今とは別の地域で客商売をしていた。しかし経営に失敗して店をつぶし、それが原因で母親と離婚した。その後、父親には数えるほどしか会っていない。三つ上の姉は、四年前に結婚した。母と二人だけだと思うからこそ、就職してからも同居を続けている。

だが最近、母の息子に対する依存度が増している気がしてならない。互いが子離れと親離れをするためにも、彼がひとり暮らしをはじめるべきではないか。年齢を考えると遅過ぎるくらいだろう。

夕食後、母親とテレビを見ながら、あれこれと良光は考えた。

同居しているほうが、もちろん彼も何かと便利である。まず炊事、洗濯、掃除の心配がいらない。月々の生活費は入れているが、独立すると家賃、光熱費、食費などの費用は、それを大きく上回ってしまう。ただ、ここで親から完全に自立しないと、ずるずると今の生活を続けてしまいそうで怖い。

気がつくとテレビ台の時計が、十時十分前を告げていた。そろそろ幕間が来るころだ。慌てて着替えると、資料類を鞄《かばん》につめて、出かける準備をする。

やがて十時になり、五分が過ぎ、十分になり、十五分が経過しても、一向に幕間は現れない。

携帯に電話してもつながらない。

おかしいと思った。

妙に積極的だったのは、ただのポーズに過ぎなかったのだ。そんな幕間を信じて待っていた自分自身に、何より良光は腹が立った。もし課長と約束しているのが西東京生命の電話のスタッフの誰かだったら、とっくに見切りをつけて出発したのではないか。幕間のズボラでいい加減な性格は、先方にもバレているに違いない。そう考えることで落ち込みそうになって、ますます良光はおのれに腹を立てた。

結局、幕間の車が到着したのは十時半前だった。やんわりと遅刻の抗議をすると、しれっと言い返された。

「自殺の危険性があるのは、十一時半から午前零時だろ。三十分前には着くんだから、別に何の問題もない」

何を言っても時間の無駄だと悟り、良光は車に乗ろうとした。自分の運転で少しでも遅れを取り戻すつもりだった。それなのに、いつもなら当然のように運転を代わる幕間が、今夜に限って彼を助手席に座らせた。しかも車はのろのろ運転で、ひたすらイライラが募《つの》っていく。他の先輩職員であれば、はやる彼の気持ちを落ち着かせるために、そんな配慮をしたとも考えられる。けれど幕間の場合は、どうしても水を差された気分になる。もっと率直に言えば、嫌がらせを受けている気持ちである。

車の中でするると言っていた打ち合わせも、おざなりだった。良光が相談者への対応について意見を述べても、幕間の返答はそっけない。

「それでいい」

「課長のお考えを聞かせて下さい」

納得できずに食い下がると、不機嫌な口調で、

「相手は追いつめられて、死のうとしている。そんなやつに、マニュアル通りの対応が通用するか。その場で臨機応変《りんきおうへん》に判断するしかないだろ」

だからこそ想定できる状況については、シミュレーションしておくべきです――という反論を、どうにか良光は飲みこんだ。口にすれば確実に言い合いとなり、男性を助ける行為に支障が出る。目の前の自殺志願者を放っておくほど、そこまで幕間もひどい人間ではない。とはいえ二人が仲たがいをしていれば、いらぬ失策を犯す危険がある。

摩館市に着いたのは、十一時六分前だった。国道から田圃《たんぼ》の中を走る道にそれ、布引町《ぬのびきちょう》という地域に入ってしばらく進んでから、墓地の側の空き地で車が止まった。

「ここからは歩きだ」

幕間が車から降りたので、急いで良光も続く。

空が曇っているため、あたりは暗い。近くに民家は一軒もなく、田圃と畑が広がるだけである。そのため街灯《がいとう》も異様に少ない。頼りになる明かりは、二人の懐中電灯くらいしかない。それでも周囲には田畑の他に、こぢんまりした墓地と小さな森が見てとれる。さらに自分たちが向かう先に、こんもりと二つの瘤《こぶ》のような山があった。

「あれが瓢箪山ですか」

良光の問いかけに、幕間が無言でうなずく。

「低いほうには、家がありますね」

ところどころに窓の明かりが灯《とも》っており、けっこうな大きさの家だと分かる。

「このあたりの地主でしょうか」

立地的に見ても、その可能性はありそうだ。

「家が建っている山だけでなく、隣も持ち山ですかね」

「あの屋敷は関係ない」

ぶっきらぼうに幕間が答えたところで、問題の高いほうの山の麓《ふもと》に着いていた。

「ここって神社だと聞いていますが、やけに寂《さび》れていませんか」

古ぼけた木の鳥居を目にして、良光は少し驚いた。そこから延びた土道《つちみち》の先には、幅のせまい急勾配《きゅうこうばい》の石段が見えている。

「おい、行くぞ」

早くも鳥居を潜《くぐ》った幕間が、石段の下でふり向いた。

「待って下さい」

急ぎ足であとを追うと、先に登るように促された。

はぁっ。

心の中でため息をつき、石段を上がりはじめる。両側は樹木が鬱蒼《うっそう》と生い茂り、ただでさえ暗い足元をまったく見えなくしている。そのため慎重に一段ずつ登って行く。ここで足をふみ外したら、後ろの幕間も巻き添えに、二人で落ちる羽目になる。腕か脚の骨折ですめば良いが、下手をすると命に関わるかもしれない。

他人の命を救いにきて、自分が事故で死ぬなんて……。

縁起《えんぎ》でもない想像ながら、かなりまぬけである。もし息子がそんな目に遭えば、きっと母親も悔やむに悔やめないだろう。

暗がりの中、足場の悪い石段を登る緊張感に音をあげかけたとき、ようやく天辺《てっぺん》にたどり着いた。そこから凹凸《おうとつ》の激しい石畳の参道が延びている。前方に明かりを向けると、狛犬《こまいぬ》らしき二体の像が突如として現れ、その間にお堂のように見える古びた建物が、かすかに浮かびあがった。

やっぱり神社なんだ……。

それにしては、あまりにも朽《く》ちた眺めだった。と同時に、とてつもなく無気味である。懐中電灯の光でさえそう映るのだから、日の光の中で目にすると、ほとんど廃屋《はいおく》と見紛《みまが》うばかりの、きっと薄気味の悪い代物《しろもの》に違いない。

「こっちだ」

そんな異様なお堂には見向きもせずに、幕間は境内の右手を指さした。もっとも指示を出しただけで、先に進むのは良光である。

そろそろと足を前に出す。参道をはずれると、靴の裏に土の感触が伝わってくる。明かりは足元を照らすのが精いっぱいのため、とにかく周囲の様子がまったく分からない。

やがて大きな樹木らしきものが見えてきたので、懐中電灯の光を弱くする。自殺の恐れのある男性を、いたずらに刺激しないためだ。すでに十一時を過ぎている。もう来ていてもおかしくない。数秒遅れて幕間も、部下にならって懐中電灯の明度を落とした。

「あの樹でしょうか」

良光の囁き声に、こっくりと幕間がうなずく。山片から送られてきた資料には、境内の東の端に位置する大きな桜の樹で、男性は首を吊る危険があると記されていた。目の前の巨木が、おそらくそれだろう。

「そっちから覗《のぞ》いてくれ」

幕間は樹の右手を指さしてから、自分は左手へ回りこむ仕草をした。

「分かりました」

巨木の手前で二人は、それぞれ忍び足で左右に分かれた。だが、わざわざ足音を殺す必要はなかった。地面のいたるところから、巨大な根っ子が地表へ出ており、とても普通に歩けたものではない。いやでも慎重な足取りになる。だから物音も立たない。

静かだな。

しーん……と境内が静寂に包まれている事実に、ようやく良光は気づいた。男性がいるのなら、まだ電話をかけていないにしても、それなりの気配があるはずではないか。ふり返って考えてみると、石段を登り切ったときから、すでに山の上には誰もいない雰囲気が漂っていた気がする。

それだけなら問題はない。男性が来なかったか、すでに帰ったか、まだ来ていないか、いずれかに違いないからだ。しかし今、この樹に近づくにしたがい、何とも言えぬ妙な空気があたりに満ちはじめた。まるで、この場でとても忌《い》まわしい出来事が起きたかのような、そんな感覚に囚《とら》われてしまう。

どうも変だ……。

これまでも自殺志願者に会いに行って、色々と怖い思いをした経験はある。だが、ここで感じる得体の知れぬ異様さほど、ぞっとする気配は覚えたことがない。

……帰りたい。

珍しく良光が弱気になったときだった。彼の視線の先に、ぼんやりと暗闇に浮かんで蠢く何かが、ぬっと現れた。

「うわっ！」

飲みこもうとした悲鳴が、夜の山の暗闇の中で、かすかながら鋭く響いた。

な、な、何だ？

恐る恐る懐中電灯を向けると、横に伸びた一本の枝から、首を吊るための白いロープがたれ下がっていた。その輪の部分が夜風に吹かれて、少しだけゆれている。

「ふうっ」

安堵のため息をついたが、見ていて気持ちの良い眺めではない。男性が早々と首を縊っていなかったのは、もちろん救いだったけれども……。

「ど、ど、どうした？」

左手から幕間の囁きが聞こえ、懐中電灯のゆれる明かりが良光に向けられた。暗闇に響く声も、暗がりに伸びる光も、どちらも震えている。

返事をする前に、まず良光は樹の周囲を照らしてみた。地面には表側と同じく巨大な根っ子がうねうねと這《は》っており、その間から時おり大きな岩が覗いている。それ以外に変わったところは特に見当たらない。

誰もいない……。

問題の男性の気配も、ここにいた痕跡も、まったく何もない。それなのに恐ろしい出来事が起こったような、そんな空気がこの場に充《み》ち満《み》ちている気がする。

「ど、どうしたんだ？」

　今や声を押し殺すことも忘れて、幕間は半ば怒り半ば泣きそうな声を出している。

「ここの枝に、首吊り用のロープが下がっています」

「……ロ、ロープだけか」

「はい。男性の姿はありません」

「なんだ……。まだ来てないんじゃないか」

　あからさまに安堵したようだが、

「でも、課長……」

「………………」

　良光の物言いに不穏さを感じたのか、幕間は返事をしない。

「どうも妙なんです」

「………………」

「課長？」

「……な、何が？」

「この樹のあたりに漂う空気と言いますか……」

「……そんなものは、き、気のせいだ」

　幕間のうわずった声が暗闇に消え、しばらく寂《じゃく》とした時が流れた。

がさがさっ。

どこかで物音がした。かすかながらも草木がざわめく音である。どうも巨木の向こう側、それも山の下のほうから聞こえた気がする。

「ひぃぃ！」

幕間が悲鳴をあげた。そのとたん、ぴたっと物音がやんだ。

「課長、静かに」

小声で注意しながら、地面から出ている根っ子をよけつつ、良光は大きな木をぐるっと迂回《うかい》した。

樹木の裏側は鬱蒼と木々が茂っていた。ただし一箇所だけ、雑草しか生えていない箇所がある。慎重に近づきながら明かりを当てると、その向こうは崖《がけ》だった。むやみに突き進まなくて良かった。そう良光が思っていると、ぐいっと後ろから背中を押された。

「お、落ちてるのか」

「課長、脅《おど》かさないで下さい」

腹立ちを必死に抑えているのに、幕間は聞いていない。

「首吊りじゃなくて、飛び降りだったのか」

「まだ判断できません。この暗がりでは、何も見えませんから」

「もっと覗いてみろ」

「危ないですよ」

「我々には確認する義務があるだろ」

良光はふり返って、我々と言うからには課長も入っていますよね――と訊きたかったが、やめておいた。

無駄だと思いながらも、懐中電灯の光を崖下に向ける。案《あん》の定《じょう》まったく届かない。その明かりを手前に持ってきたところで、崖から突き出した根っ子の先に引っかかった男性のものらしい靴を見つけた。

「課長、靴があります」

「えっ……」

がさがさっ。

今度は確実に崖の下で、はっきりと物音が聞こえた。やはり草木がすれ合わさっている様子である。

「どなたかいますか。大丈夫ですか」

良光は崖下に呼びかけた。大きな声を出したつもりなのに、囁きよりも少しましな程度の音《おん》声《じょう》で、たちまち山を覆う暗闇に呑《の》まれて消えた。

「……誰もいないな」

早過ぎる結論を幕間が出した。きっと午前零時まで待ったうえで、問題の男性は現れなかったと、生命の電話の山片には報告するつもりなのだろう。

「しかし課長、あんなところに靴があるんですよ。そう決めつけるのは――」

「あのな、返事がないんだから――」

がさがさっがさがさっ。

明らかに藪《やぶ》をかき分けている音が、そのとき崖の下で大きく響いた。

「大丈夫ですかぁ。怪我《けが》をされていませんかぁ」

良光は先ほどより大きな声が出せた。

「私たちは、あなたを助けにきた者です」

依然として返事はない。

相変わらず藪の中で動く物音が聞こえるだけで、何の応答もない。

「色々とご相談に乗ることもできます」

「どうすれば良いか、いっしょに考えましょう」

いや、ますます草木のざわめく音が大きくなっている。

「お、おい……」

背後から幕間が怯《おび》えたような声で、

「な、何か変だぞ、あれ……」

良光のうなじが粟立《あわだ》った。ぞっとする戦慄が、たちまち背筋を伝い下りる。

その瞬間、はっと彼は気づいた。かなりの無理をして、自分は崖下のそれに呼びかけていたことに。本当は関わるべきではないと本能が告げるのを、仕事なのだからと自分を誤魔化していたことに。

さっさと良光が逃げ出さなかったのは、皮肉にも幕間が側にいたからかもしれない。

「課長、行きましょう」

崖の前を離れると、良光は石段を目指した。

「行く？　行くって、帰るってことか」

　幕間が慌てて後ろからついて来る。良光は何も答えず、ひたすら足元に注意しながら、できるだけ速く歩いた。石段を下りるときも、慎重さと速さを共に心がける。矛盾する行為だったが、彼は一心に集中した。

　山の麓に下り立つまで幕間は無言だったが、良光が隣の低い山との間に入る道を探しはじめると、すっとんきょうな声をあげた。

「おいおい、何をしてるんだ？」

「あの崖の下に行く道が、どこかにあるはずです」

「……なさそうだぞ」

　ろくに目も向けないで、すでに幕間は帰る素ぶりを見せている。午前零時までさえ、ここにいる気はないらしい。

「あっ、あそこ」

　石段から数メートル離れた右手の藪に、細い切れ目があるのを、周囲を熱心に探していた良光が見つけた。

「あんなところ、とても入れないだろ」

　さっそく渋る幕間を無視して藪の中を調べると、せまい道らしきものが左手に曲がりつつも、ずっと奥へと続いている。

「大丈夫そうです」

　返事を待たずに藪へふみこむ。

「おい、ちょっと待て……」

聞こえないふりをして、どんどん先へ進む。

「待てよ……。待てったら」

それでも幕間があとからついて来たのは、課長という立場を考えてか、もしくはひとりで残るのが厭《いや》だったからか。

「常葉！　勝手なことするな」

背後で叱咤《しった》する声が響くものの、とても小さくて弱々しい。まるで誰かに聞かれて、こちらの存在を知られるのを恐れているかのように。

もっとも、それは無意味な行為と言えた。二人が動くたびに、がさがさっ……という物音が、どうしても立ってしまう。

「くそっ、藪蚊だ！」

しかも悪態をつくときだけ、幕間の声は大きくなった。崖の下で何者かが待つにしろ、近づいてくる二人をとっくに認めているに違いない。

前進するにつれ、周囲の雑草が高くなっていく。時おり藪の隙間《すきま》から、低いほうの山の上に建つ屋敷の明かりが、ちらちらと目に入る。ただし良光たちがいる山間《やまあい》を照らすほど、その光は近くも明るくもない。ひたすら頭上から無表情に、彼らの行動を睥睨《へいげい》している。そんな風にしか映らない。

見下ろす家……。

実際、その屋敷に見られているような気がした。ひとつひとつの明かりが、山の家の目玉のように思えてならなかった。

「おい、まだか」

後ろから、いらだった幕間の声がした。

「蚊に食われて痒《かゆ》いうえに、藪の枝葉が当たって痛くてたまらん」

どうやら恐怖心は、一時《いっとき》だけ薄れているらしい。

「あと少しだと思います」

すでにかなり歩いている。方角的にも合っているはずだ。そろそろ瓢箪山の東の崖下に出ても良いころである。

すると突然、藪が終わって目の前が開けた。そこは地面に大きな平たい岩がごろごろしている草地で、左手にはほぼ垂直に見える崖があった。

「誰もいないじゃないか」

幕間は早くも結論を出すと、もう踵《きびす》を返しかけている。

「でも山の上で、物音を聞きましたよね」

やんわり反論しつつ、良光は周囲に懐中電灯の明かりを向けた。

「そう思っただけで、きっと気のせいだ」

「二人とも、ですか」

「だったら風だ」

「藪の一部だけが、ざわつくなんて――」

「見たわけじゃないだろ。真っ暗で何も見えなかったんだからな」

「しかし、音の加減で……」

「そんな曖昧《あいまい》なものを根拠に、君は――」

「あっ……」

そのとき懐中電灯の光が、崖下の岩の横に落ちている何かを照らした。

「男性用のポーチです」

拾いあげて中を覗くと、黒革の財布があった。取り出して調べたところ、運転免許証が出てきた。

「多門《たもん》英介《えいすけ》さん、住所は摩館市になっています。えーっと、四十歳ですね」

「それが問題の男のものかどうか――」

「確かに断定はできません。ただポーチは汚れていないので、ここに落とされてから大して時間が経っていないはずです」

「お前、探偵にでもなったつもりか」

馬鹿《ばか》にした幕間の物言いを無視して、その周辺をさらに調べていると、近くの岩の上に広がる黒い染みが目に入った。

「これって、血じゃないですか」

近づこうとした良光の鼻先に、ぷんっと金気《かなけ》臭《くさ》さが漂ってきて、自然に足が止まる。

「や、やっぱり飛び降りたのか……」

たった今、部下を馬鹿にしたことは忘れて、現金にも幕間が問いかけてきた。

「まだ新しい血のようです」

「け、けど、いったい死体はどこに……」

そう口にしながら幕間は、すでに二、三歩ほど後ずさっている。

「死に切れなかったのかもしれません」

「な、何ぃ？」

崖の高さと血の量から、その可能性は低そうだった。だが、この場の状況を説明するためには、そうとでも考えるしかない。

なおも崖下の岩の周囲を調べていると、他にも血糊《ちのり》が付着した岩が見つかった。

「どうも向こうのほうへ、血が続いているようです」

崖下から見て北北東の方角に、飛び飛びながら血がしたたっており、その先の藪へと消えているように映る。

「飛び降りたものの死ねなかったので、ここから這っていなくなったのか」

「そんな風に見えますけど……」

ならば先ほど良光が呼びかけたとき、なぜ助けを求めなかったのか。この場から離れるにしても、どうして山の表側ではなく奥へと入って行ったのか。

「……妙ですよね」

しばし沈黙の間があって、

「おい……戻ろう」

びっくりするほど真剣な声を幕間が出した。

「おかし過ぎる。どうにも変だぞ」

「……はい」

思わず良光も素直に返事をした。これが普段なら反射的に、相談者の安否を確認するべきです――と反論しただろう。

だけど、この状況は……。

気味が悪いだけでなく、あまりにも異様である。何が起きたのか見当もつかないが、とても忌まわしい出来事があったことだけは間違いないだろう。

それでも良光は最後に、さっと懐中電灯の明かりを一通り周囲に向けた。他に見落としているものがないか、念のためにチェックした。

「……課長」

「何をしてる？　さっさと戻るぞ」

「あそこに、道があります」

問題の血のしたたりは、鬱蒼と茂った藪の前で消えている。しかし目をこらすと、そこに細い獣道《けものみち》のような筋があった。明かりの中に浮かびあがっていた。

「……やめとけ」

「血痕が続いているか、ちょっと確かめてきます」

その藪に向かって良光は歩き出した。

「行くな……」

呼び止めようとする幕間の囁きが、背後から聞こえる。

「少し覗くだけです」

ふり返らずに返事をして、さらに藪へと近づく。

「常葉、戻ってこい」

「すぐにすみますから」

見つけてしまった以上、確認せずに帰れないではないか。

「おい、行くんじゃない！」

低いながらも鋭い幕間の声が、崖下の草地に響いたときである。

がさがさっ。

目の前の藪の奥で、何かの蠢く物音がした。

「ひぃぃ！」

幕間の悲鳴が暗がりの谷間に木霊《こだま》する。

がさがさっ。

良光の背後からも、同じような草木のざわめきが聞こえてきた。

「えっ？」

前方だけでなく後方も……と驚きふり返ると、幕間の姿がない。どうやら一目散《いちもくさん》に逃げたらしい。二人が通ってきた藪の中から、うるさいくらいの物音が響いている。

厄介払《やっかいばら》いができた。

良光は喜んだが、それも束の間だった。目の前の藪の奥で蠢いている、がさがさっ、ざわざわっ……という気配を耳にしているうちに、とてつもなく怖くなってきた。

もしかすると良光と幕間の会話を、それは藪の中で身動きもせずに、じっと聞いていたのではないか。そして彼が藪の中を覗く気だと察したからこそ、こうして急に動き出したのではないだろうか。

生命の電話にダイヤルした男が、山片の資料に記されていた自殺志願者が、そんな奇妙な行動をとるとは思えない。

今この藪の中にいるのは……。

気がつくと常葉良光は、その場から脱兎《だっと》のごとく逃げ出していた。

ある光景（一）

「だぁーれまさんがぁ、こぉーろしたぁ」

大きな樹に右腕と顔をつけながら叫んだあと、ぱっと鬼が左肩越しにふり返った。

そのとたん、西日を受けて黒々としている人影の動きが、ぴたっと止まる。全員が鬼のほうへ、まさに今にも歩き出しそうな格好のままで。

ひとり、二人、三人、四人、五人……、誰も身じろぎひとつしない。

でも鬼が樹に向き直って背中を見せると、いっせいに五人は動き出す。

第四章　ホラーミステリ作家

月曜の朝、速水《はやみ》晃一《こういち》はいつも通り七時半に起きた。

洗面をすませたあと、新聞を読みながらパンの朝食をとる。珈琲を淹《い》れて書斎に入り、パソコンを立ちあげてメールのチェックをする。すぐに目を通すべきもの、返信が必要なものにだけ対応し、あとは夕方まで放っておく。朝の時間は貴重だからだ。

パソコン内の「原稿」と記されたフォルダを開く。表示された十数個のうち、「七人の鬼ごっこ」とあるファイルをクリックして、彼の一日の仕事がはじまる。

晃一は三年前、ホラーミステリ『深紅《しんく》の闇』でデビューした新進作家である。処女作を発表する前は、学術書の専門出版社である知層舎《ちそうしゃ》で十五年近く編集者をしていた。創作はあくまでも趣味に過ぎず、作家になるつもりは少しもなかった。

当時、彼が懇意《こんい》にしている著者の中に、もう十年以上の付き合いになる天谷《てんこく》大学の仕手《して》河原《がわら》史夫《ふみお》がいた。顔が強面《こわもて》のうえに身体つきが四角く見え、おまけに口が悪いので、昔から学生には「仕手河原」ではなく「鬼瓦《おにがわら》」だと言われている。六十歳を超えて少しは温和になるかと思われたが、その鬼瓦ぶりに最近はますます磨きがかかっていた。

この仕手河原は近代文学の教授のくせに、専門分野の著作よりも幻想文学や怪奇小説、妖怪や幽霊の民間伝承、葬送儀礼や憑《つ》き物《もの》信仰などの怪異な民俗学、さらにホラー映画に関する本など、趣味の自著のほうが多いという変わり者である。ゆえに陰で鬼瓦と呼ばれていても、学生たちには妙な人気があった。

ただし、晃一のような学術書の版元の編集者にとっては厄介な男で、打ち合わせのたびに会社の経費で飲み食いしたがる。それなのに肝心な仕事の原稿は、なかなか書こうとしない。他にも色々と問題のある人物なのだが、とにかく怪異的なものに対する造詣《ぞうけい》が深いため、同じ嗜《し》好《こう》を持つ晃一とは仕事を超えた間柄になっている。

あるとき、当然のように会社の経費で鰻重《うなじゅう》を食べている仕手河原から、天山天雲《てんざんてんうん》という名前が出た。敗戦後すぐにデビューした怪奇幻想系の作家で、探偵小説も書いていたらしい。代表作に『牛蒡《ごんぼう》谷の惨劇』や『瘋癲《ふうてん》病院殺人事件』があると言われたが、不勉強にも晃一は知らなかった。

「天山天雲の作風は、かなり癖があるんや。一般受けは決してせえへんけど、いったん魅せられると、とことん追いかけとうなる。雑誌に発表したままで、書籍化されてない作品も多い。追いかけがいのある作家やな」

「先生のことですから、完全にそろえられたんでしょう」

「まぁな」

ここで話が終わっていれば、そんな作家がいたという知識を得ただけで、特に晃一も気にしなかったと思う。どうやって経費で鰻重代を落とすか、いつものように頭を悩ませる必要はあったけれど。

しかし続けて仕手河原が、なんとも妙な話をした。

「ただな、著作と掲載誌はほとんど集めたもんの、彼には最後の原稿が実はあるんや」

「絶筆ですか」

「そう言えるやろな」

「執筆中に亡くなられたわけですね」

「いや、行方不明になってしもうたんや」

なんでも曰《いわ》く因縁のある墓地の取材をしている最中に、忽然《こつぜん》と姿を消したらしい。そのとき執筆中だった『深紅の闇』という題名の小説原稿と一緒に、まったく行方が分からなくなってしまったという。

教授の蘊蓄《うんちく》によると、アンブローズ・ビアスや藤本泉《ふじもとせん》のように、行方不明のまま消息を絶った作家は過去にもいたという。とはいえ天山天雲ほど謎めいた、と同時に無気味な状況下で消えた者は、ちょっと見当たらないらしい。

このエピソードに、たちまち晃一は魅せられた。創作意欲を大いに刺激され、一気呵成《いっきかせい》にホラーともミステリともつかぬ長篇を、タイトル未定のまま書きあげた。そうなると誰かに読んで欲しくなる。でも周囲をいくら見回しても、適任者は仕手河原しかいない。

何かおごる羽目になるかな。

自腹を覚悟で教授の研究室に行き、思い切って原稿を見せた。仕手河原は「おっ」と少しだけ驚いた顔をしたが、すぐその場で読みはじめた。あとは晃一が何を言っても無反応で、ひたすら原稿に目を落としている。仕方なく「失礼します」と辞したのだが、そこから連絡がまったくとれなくなった。

　ようやく数週間後の夜、教授の自宅にかけた電話で捕まえられたが、開口一番とんでもないことを言われた。

「あの原稿な、刊行が決まったから」

「はっ？」

「なんや忘れたんか。『深紅の闇』やないか」

　慌てて事情を尋ねると、晃一には何の断りもなく勝手に大手出版社の文芸編集部の編集長に、あの原稿を渡したというのだ。

「そんな……無茶ですよ」

「何が無茶やねん。実際こうやって、見事に決まっとるやないか」

「しかし……」

「持ちこみ原稿で、こんなに早《はよ》う出版が決まるなんて、そうはないぞ」

　それには晃一も驚いていた。畑違いとはいえ彼も出版社の編集者である。そのあたりの事情はよく分かる。

「ええか。わしが強力に推《お》したお陰で、本になるんやぞ」

　つまり仕手河原の趣味の方面の実績が、あの原稿の売りこみに役立ったらしい。さすがに晃一も、この教授を見直さざるを得なかった。

「……あ、ありがとうございます」

　自分に無断で話を進めたのはどうかと思うが、ちゃんと結果を出しているのだから、とりあえず礼は言うべきだろう。

「いやぁ良かった！　こんなうれしいことはない」

電話の向こうで仕手河原は、無邪気なほどはしゃいでいる。作者本人よりも、よっぽど歓喜している様子である。

「これも先生のお力の賜物《たまもの》です」

相手の喜ぶ様子を耳にしているうちに、次第に晃一にも実感が湧《わ》いてきた。

「うんうん、わしの推薦《すいせん》のお陰やもんな」

否定や謙遜《けんそん》をしないのは、やっぱり仕手河原である。

「ところで印税やけど、六四でええか」

「はっ？」

念のために確認すると、教授が六で晃一は四だという。どうにも納得しかねたが、仕方ないかと思った。まったく無名の新人の原稿が、いきなり本になるのだ。仕手河原の影響力の大きさが分かるではないか。それに彼自身、作家になるつもりはない。自分の作品が本になって、不特定多数の読者に届くだけで満足だった。

だから担当編集者との何度目かの打ち合わせのとき、本に献辞《けんじ》を入れたほうが良いかどうか、晃一は相談した。

「どなたへの献辞をお考えですか」

「もちろん仕手河原教授です」

一瞬の沈黙のあと、

「どうしてです？」

「……どうしてと言われましても、本書が出るのは教授のお陰ですからね」

「えっ？」

「あれ？」

何かかみ合わないものを感じた晃一は、

「刊行が決まったのは、仕手河原教授の推薦があったからでは……」

「いえ、違います。この原稿が面白かったからです」

編集者はあっさり否定すると、ついで首をふりながら、

「あの先生は、学生が書いた小説もどき――つまり小説として体をなしていない、ひどい出来の原稿をしょっちゅう持ちこむので、ここだけの話ですが、まったく信用がありません。速水さんの作品を編集長が読んだのは、たまたま出だしの数枚に目を通したところ、そのままやめられなくなったからです。それから私とあと数人の、編集部の者が拝読しました。そのうえで編集会議にかけて、刊行が決まったわけです」

つまり晃一が持ちこんでいても、ほとんど同じ結果だったかもしれないわけだ。むしろ仕手河原の手を経由したがために、そのまま読まれずに埋もれてしまった可能性が大いにあったことになる。

晃一が呆れ返っていると、

「あのうー」

とても遠慮がちに、まだ何か言いたそうな顔を編集者がした。

「な、何でしょう？」

嫌な予感を覚えつつ尋ねたところ、

「ご存じなさそうなので、お伝えしておいたほうが良いかと……」

「はい？」

「編集長が原稿を受け取ったとき、作者名は仕手河原史夫とあったそうです」

「はっ⁉」

とっさに意味が理解できない。

「でも、原稿に目を通した編集長が、すぐに悪い冗談だと気づいて――」

冗談ですむ問題ではないだろう。

「仕手河原先生に、本当の作者は誰ですと問いただしたところ、目を白黒されたそうです」

「……いえ。無駄な抵抗をしたようです。そこで編集長が怖い顔で、『先生の著作として刊行したあと、もし他の人の作品だと分かった場合は、莫大《ばくだい》な損害賠償を請求させていただきますが、よろしいですね』と言ったとたん、先生は『他愛のない悪戯やないか』とおっしゃったそうで……」

まったく恐ろしい人物である。

「ま、まさか学生の作品でも、同じような――」

編集者はうなずきながら、

「そのときも先生は、これは自分が書いたと主張なさるので、編集長が原稿に出てくる若者言葉の意味を尋ねると、トンチンカンな答えをされて、あっさりばれたという……」

「なるほど」

いかにも教授らしい。

「すぐに分かる嘘なんですが、ご本人は真顔だったりする。本当に冗談なのかどうか判断しにくいところが、なんとも始末に悪いと、編集長も対処に困っているようです」

「ご迷惑をおかけしております」

自分も被害者なわけだが、とっさに晃一は頭を下げていた。仕手河原に怒りを覚えるよりも先に、教授の悪い評判が広まることを懸念したためだ。このあたりの奇妙な心理は、自分が担当編集者であることもふくめて、長年の腐《くさ》れ縁《えん》ゆえだろうか。

しかし、本人に対しては別だった。誰から聞いたとは言わずに、だが全部ばれていることを伝えてから、ほとほと呆れ果てたとばかりに強い口調で怒った。

「先生、仮にも大学教授という立場の方が、何をしてらっしゃるのですか」

「仮にもってどういうことや。わしみたいに立派な大学教授を捕まえて」

「この場合の『仮にも』は意味が違いますよ。いえ、そんなことより立派な大学教授が、そもそも学生や担当編集者の原稿を、自分が書いたと出版社に持ちこみますか。いったい何を考えておられるのです？」

「本の売れ行きに決まっとるやないか」

仕手河原が悪びれずに答える。

「無名の新人の作品として出すより、すでに著作が多数あるわしの本として刊行したほうが、絶対に売れるからな」

「確かに先生の著作数は、とても多いです」

「せやろ。分かっとるんやったら――」

「そのうち重版がかかったのは、何冊でしたっけ？」

「………」

　仕手河原の本は出すと、確実にある一定の部数が売れた。よって各社から執筆依頼が途切れることはないが、なかなか一般読者までは広がらない、という悩みもあった。

「そもそも編集長が君の原稿に目を通したんは、わしの助言があったからやないか」

　旗色が悪くなったと見るや否や、教授は話題を変えた。

「そうでもないようですが」

「謙遜しとるんや」

　明らかに間違った日本語の使い方をして、そのまま誤魔化そうとする。

「だいたいやな、君のあの原稿が本になるんは、わしが持ちこんだからやぞ。その重要で大切な事実を蔑《ないがし》ろにして、他の微細な取るに足りん小さな問題にのみ目を向けるんは、いかがなものかと思わんか」

「おっしゃっていることが逆です。最も大きな問題は――」

「よし、ほんならこうしたるわ」

　まるで自分が折れてやろうとばかりに、

「君の『深紅の闇』の帯に、わしが推薦文を書いてやる」

「えっ……」

「わしは頼まれても、なかなか他人の本は推《お》さんのやが、まぁええやろ。君には少しくらい世話になっとるからな」

「い、いえ……結構です」

「遠慮はいらん」

純粋に嫌がっているのだが、それが通じる相手ではない。

「わしの名前を帯に大きく載せれば――別に本の表紙でもええけどな――間違いのう『深紅の闇』は売れに売れるぞ」

「その前に――」

晃一は別の問題を思い出した。

「あの原稿に、先生が勝手につけたタイトルですが、天山天雲の絶筆原稿そのままじゃないですか」

「礼にはおよばん」

「誰もお礼なんか言ってません」

「感謝の気持ちはな、素直に表すんが一番やぞ」

「いくらなんでも、同じはまずいでしょう」

「そうか。気にすんな」

「私は作者です！　気にしますよ」

「なんなら共著いうことで、わしの名前を出してもええぞ」

その後も仕手河原のアドバイスという名のちょっかいをかわしつつ、速水晃一のデビュー作『深紅の闇』は無事に刊行された。タイトルは編集者と相談して、あえて変更しないことにした。天山天雲の絶筆については、ちゃんと小説内でも言及している。問題はないという判断である。

そう報告したときの教授の得意そうな顔は、まるで幼い子どものように無邪気なものだった。

何か賞をとったわけでもない新人の処女作にしては、『深紅の闇』は悪くない売れ行きを記録した。少なくとも二作目の執筆依頼はきた。そこで晃一は、はじめて「三部作」の構想を練った。それが翌年に『鮮血の影』、翌々年に『朱墨《しゅぼく》の夜』となって結実した、通称「赤黒シリーズ」と呼ばれる三作品である。

ちなみに『深紅の闇』の印税は、すべて晃一が受け取った。いちおう仕手河原にお伺いは立てたが、「いらん」という返答だった。そのとき「刊行のお祝いをしてやろう」と言われ、高級中華料理の店に連れて行かれたが、費用を払ったのは晃一だった。

幸い新作を出すたびに一作目が重版され、彼の作家としての認知度も少しずつあがっていった。昨年は『朱墨の夜』だけでなく、他の出版社からノベルス『殺戮《さつりく》時計』と文庫『夕暮れ坂の魔物』も上梓《じょうし》した。今月の下旬には、『深紅の闇』の文庫版の刊行が予定されている。

知層舎は二年前に、まだ『鮮血の影』を執筆している最中に退社した。ちょうど事業の縮小にともなう人員整理の話が出ていたので、自ら手をあげた。デビューしたてで専業作家として立つことに、まったく不安がなかったわけではない。とはいえ編集者と二足のわらじをはいた場合、一年に一作が限度だろう。いわゆる日曜作家である。もともと創作は趣味だったことを考えれば、それで充分なのかもしれない。

作家になりたい気持ちは依然として薄かった。ただ作家として通用するのかどうか、それを試したいという熱い思いが、いつしか心の中に湧いていた。

ふり返ると三十代の後半まで、平々凡々とした人生を歩んできた気がする。それなりの苦労もしているはずだが、おのれの進むべき道を自ら切り開いていく——そんな大きくて重みのある決断は、それまでした覚えがない。今が良い機会ではないか。これを逃すと後悔するのではないか。ここが速水晃一の人生のターニング・ポイントではあるまいか。

散々に迷って悩んだ末に、晃一はサラリーマンから作家へと転身した。その背中を押したのは「書きたい」という自身の創作意欲と、デビュー作『深紅の闇』に寄せられた数々の批評や感想だった。

仕手河原に事後報告したところ、とたんに怒られた。

「わしに相談もせんと、早まったことして」

「すみません」

「二足のわらじやったら、わしもはいとるから、よう分かるのに」

「大変ですよね」

「当たり前や。せやけどな、休もうがサボろうが、毎月ちゃんと給料がふりこまれるいうんは、こりゃ有り難いことやで」

有休をとるのは良いが、サボるのは給料泥棒だろう。普通の会社なら首になっている、と思ったものの晃一は黙っていた。

「それに比べて作家いうんは、原稿を書くか本を出さん限り、金にはならん。しかも売れんと執筆依頼がのうなって、食えんようになる」

「覚悟はしているつもりです」

「金は貸さんぞ」

話の流れから先回りして借金の申しこみを前もって断っておくところは、さすが仕手河原である。

「ただな、サラリーマンは先が見えてしまう。いくら働いても、いきなり給与が倍になることは、まぁほとんどない。そこが面白《おもろ》うないんや。せやけど作家は売れる本さえ出せば、倍どころか数倍でも有り得る世界や」

「その売れる本を書くのが、大変なわけです。最も売れる本イコール内容の素晴らしい本とも限りませんが――」

「アホ、作家も商売や。売れんでどうする」

「しかし、作品の質を考えることは大切です」

「何を青臭い台詞を吐いとる」

教授は大きくため息をついたが、すぐに苦笑まじりの口調で、

「まぁ、作家になるだけで金が稼げると勘違いしてる輩《やから》、そのくせなんの努力も準備もせん口だけの馬鹿者、せやのに自分は作家になれると信じこんどる阿呆《あほう》よりは、真面目に創作について考えとる者のほうが、ええとは思うけどな」

「はい」

「せやけど困ったなぁ」

「何がです？」

「お前んとこの会社の経費で、もう飲み食いできんやないか」

仕手河原との付き合いは、その後も続いた。会うたびに食事や甘いものや酒をおごらされたり、誰が書いたのか分からない小説原稿を晃一経由で出版しようとしたり、と相変わらずだったが、なぜか妙に楽しかった。おそらく教授とのやり取りが、息抜きになったからだろう。

それに気がつくと晃一は、仕手河原の話から小説のネタを仕入れていた。特に短篇の場合に多かった。思えばデビュー作の『深紅の闇』を書いたのも、切っかけは教授である。晃一の作品のすべてに、仕手河原は目を通している。にもかかわらず「ネタ代をよこせ」とは未だに言われたことがない。まったく常人には理解しがたい人物だった。

「久しぶりに会いに行くか」

その月曜の朝、パソコンの画面に広がる真っ白な空間を眺めつつ、晃一はつぶやいた。

本来の予定では、六冊目となる作品を脱稿している時期である。しかし、異なる小説誌から立て続けに短篇執筆の依頼を受け、また『深紅の闇』の文庫化にあたってゲラを全面改稿した結果、今年の前半は新作長篇に取り組む時間がほとんどなかった。ようやく取りかかれたのは、六月に入ってからである。

ところが、そのとき早めの梅雨《つゆ》が訪れ、例年にないほど蒸《む》し暑い日が続いた。がむしゃらに執筆活動を行なってきた疲れが、そこで一気に出てしまった。少し休んだほうがいいと感じた晃一は、六月いっぱいを休養にあてた。

そうして七月を迎え、晃一は新作に専念し出した。メインのテーマと全体の骨格は、前々から漠然とだが頭にあった。それを小説として書くためには、具体的にプロット化しなければならない。彼の創作方法は映画の撮影と似ていた。ストーリーに沿って最初から順番に考えるのではなく、ぱっと思いついた場面ごとにまとめる。それをくり返して少しずつ全体を構築していくのである。これまでも同じやり方でプロット作りをしてきた。だから今回も大丈夫だと思ったのだが……。

これが意外にも手こずった。いくつか断片は浮かぶのだが、なかなかひとつの場面にまでふくらまない。もたつく理由がなんとなく分かるだけに、晃一は焦った。

新作は著書の六冊目になるが、書き下ろしの単行本では四冊目に当たる。つまり完結した赤黒シリーズの次に出る、ハードカバーになるわけだ。そのためテーマを選ぶさいにも、できるだけ既刊の五冊とは違うものを探した。正直ノベルスと文庫に取りかかったとき以上に、読者に新しい速水晃一を見せたい――という意識が強かった。そういった気負いが、どうやら裏目に出てしまったらしい。

そのうち七月も一週間が過ぎ、二週間が経ち、もう下旬に入ってしまったところで、ようやく『七人の鬼ごっこ』というタイトルだけが決まっている新作を、とりあえず晃一は書き出すことにした。

これ以上あれこれ考えても、一向に前には進まない気がする。それに同業者の中にはメインのアイデアだけが頭の中にあり、あとは執筆しながら考える作家もいると聞く。新しい小説テーマに挑むだけでなく、今回は執筆スタイルも変えてみよう。

　そう思って取りかかったのだが、完全に見切り発車だったため、八月になると早くも筆が――パソコンのキーボードを打つ指が――鈍《にぶ》ってきた。どうにか盆過ぎまで頑張って、この土日も休まず書き続けたのに、月曜の朝になって筆が止まってしまう。

「鬼瓦教授と話をすれば、少しは気分転換になるか」

　実際は何か突破口が見つかるのではないか、と密かに晃一は期待した。これまでも教授との会話の中で、不思議と色々な閃《ひらめ》きを得ているのは間違いない。話している内容は、あまりにも下らない馬鹿話、誰かの猛烈な悪口、眉をひそめるほどの下ネタと、いつも役に立ちそうにない内容ばかりなのに。

　確か月曜は、午後から研究室にいるはずだ。晃一が住むマンションは三鷹《みたか》に、天谷大学は神《かん》田《だ》にある。よって昼をすませて古書店を覗いてから訪ねて行けば、ちょうど良い時間になる。決して事前に連絡はしない。外で待ち合わせて高価な昼食をおごらされるか、有名店の菓子を買ってくるように言われるか、ろくな日に遭わないからだ。

　午前中を『七人の鬼ごっこ』の調べものに費やした晃一は、昼を簡単にすませると、出かける準備をはじめた。

　するとインターホンが鳴った。宅配便かと思って送受器をとると、摩館署の刑事だと名乗られ驚いた。

「突然で恐縮ですが、多門英介さんについて、少しお話を伺いたいのですが――」

　英介からは先週の金曜の深夜に、なんとも後味の悪い電話をもらったばかりである。

まさか……。

もしかすると英介が自殺したのかもしれない、と思った晃一は声をあげかけた。

そんな……。

とてつもない後悔の念が、一気にこみあげてくる。

電話を一度かけ直したくらいであきらめずに、やはり実家を訪ねておくべきだった。いくら新作の執筆に行き詰まり、精神的な余裕がなかったとはいえ、昔からの友だちを見殺しにするなんて……。

「もしもし？　速水さん？」

気がつくと刑事に呼びかけられていた。

「いったい――」

英介に何があったのですか――と、とっさに尋ねようとして、インターホン越しにする話ではないと思い止まった。

「ちょ、ちょっとお待ち下さい」

着替えはすませていたので、慌ててダイニングのテーブルの上を片づけた。居間には長ソファがひとつしかない。横並びで話すのは、きっと向こうも嫌がるだろう。

「すみません。お待たせしました」

玄関扉を開けると、年配と若手の刑事が二人、この暑いのに背広姿で立っていた。

「いえ、こちらこそ急にお邪魔しまして――」

「失礼します」

年配の刑事は腰が低くて口調も柔らかかったが、若手は事務的な様子で少し冷たい印象を受ける。

ダイニングに通して冷えた麦茶を出す。「お楽にして下さい」と言うと、二人は上着を脱ぐ前に名刺を差し出してきた。それで年配が「長谷川《はせがわ》」、若手が「森田《もりた》」だと分かった。

晃一も名刺を手渡すと、

「ホラーミステリ作家ですか」

肩書を目にした長谷川が、しきりに感心している。

「はい。矛盾しているかもしれませんが……」

「どうしてです？」

「ミステリは合理的なお話ですが、ホラーは不条理なものをあつかいますから」

「ほう、そんな違いがあるんですか。恥ずかしながら私には、ちょっと区別ができそうにありませんな」

長谷川は少し微笑《ほほえ》むと、ついで顔を曇らせつつ、

「お仕事のお邪魔でなければ良いのですが。それとも起きられたばかりとか」

「いえ、七時半には起きますので」

「それは早いですね。てっきり作家さんというのは、夜通し原稿を書いているものだと思っておりました」

「そういう方もいらっしゃいます。私はサラリーマンが長かったので、朝から夜までというスタイルが合っているようです」

「なるほど。勤め人から作家になられた。いやはや大したものです」

「まだ駆け出しの新人ですよ」

「いやいや、ご活躍のようで何よりじゃないですか」

社交辞令かと思ったが、ひょっとすると作家・速水晃一について、すでに調べてあるのかもしれない。そう考えたとたん、改めて刑事たちの訪問の目的を嫌でも意識して、何とも言えない気分になった。

「……彼が、多門英介がどうかしたのですか」

思わずストレートに訊いていた。それまでのやり取りが表面的なものだっただけに、とても直接的な言葉が口をついて出た。

「まさか自殺したとか……」

「なぜ、そう思われるのです？」

あくまでも温和な口調で、長谷川が尋ねる。

「実は数日前に、ちょっと様子のおかしな電話が、彼からあったもので……」

「なるほど。そのときの様子もふくめて、ぜひお話をお聞かせ下さい」

長谷川の言葉にうなずきながら、晃一は心の中で首をかしげた。

英介が自殺したことを、どうして最初に言わないのか。

自殺は不審死のひとつである。その理由が分かり、明らかに本人が自ら命を絶ったと判断されない限り、警察の捜査は行なわれる。

でも自殺の状況が明らかであれば、はじめに英介の死を伝えるはずではないか。

　ということは多門英介の死に、何か問題があるのか。それとも自殺したと思ったのは晃一の早とちりで、何か犯罪に巻きこまれたのか。

　あるいは……。

　さらに別の可能性が頭に浮かび、晃一は愕然《がくぜん》とした。

　まさか、殺されたとか……。

第五章　不可解な死？

速水晃一は友人の安否が気になるあまり、じっと座っているのも苦痛だったが、

「さて」

年配のほうの刑事の長谷川は、のんびりとした口調で本題に入った。

「多門英介さんとのご関係を、まずお聞かせ下さい」

「小学校の同級生です。摩館市立第三小学校で、三、四年生のクラスがいっしょでした」

「それは長いお付き合いだ」

「中学も同じですが、クラスは別でした」

「すると速水さんも多門さん同様、摩館のご出身ですか」

質問のように見えて、確認に過ぎない気がする。

「いえ、違います。私は京都で生まれて、九歳まで育ちました。父親の仕事の関係で摩館市へ引っ越し、中学二年生の一学期までいましたが、再び京都に戻ることになります。高校は京都でしたが、大学で東京に出てきて、以来ずっとこちらで暮らしています」

自分に関する基本的な調べは、やはりついているのではないか。そこまで事前に調べているのなら、英介はとんでもない出来事に見舞われた可能性が高い。

「多門さんと最後に会われたのは、いつになります？」

「ちょうど三年前の八月です。私が処女作を上梓したとき、彼と友人がお祝いの会を開いてくれました」

「その後は？」

「彼とは会っていません」

「連絡も取り合っていらっしゃらない？」

「メールのやり取りは、たまにしていたと思います。でも、電話はあまり……。私は携帯を持っていないので、かかってくるのは固定電話になります。でも仕事中だと居留守を使うことも多くて、ここ数年は友人からの電話が減っている有り様です」

「いまどきと言っては失礼ですが、携帯がなくて何かとご不便ではありませんか」

　捜査上の質問というよりも、個人的な好奇心から訊いたらしい。

「編集者時代は――以前は編集の仕事で――さすがに持っておりました。手放したのは作家でやっていくと決めたあとです。我々の仕事は毎日ちゃんと机の前に座って、地道にコツコツと小説を書き続けることで、ほとんど自宅にこもるため、携帯は必要ないかと考えました」

「なるほど。とはいえ思い切られましたね」

「外出先でごくたまに、携帯があればと感じるときはあります。だからといって買い直すほどの重要性は特に覚えません」

「すると多門さんが電話をするにしても、速水さんには気軽に、というわけにはいかなかった？」

「おそらく——。ただ英介からの電話は年に一度くらいですし、他の友人にしても頻繁に電話をかけ合うことは、ほとんどないので」

「男の友だちというのは、そんなものかもしれませんね」

長谷川は納得した様子を見せると、

「それで多門英介さんから、久しぶりに電話があったのが？」

「先週の金曜日の夜です。十一時四十分ごろでした。そろそろ寝る準備をしようかと思っていたら電話が鳴ったので、よく覚えています」

「多門さんのご用件は？」

「特になかったというか、気が向いたので電話をした、という感じでした」

「時間の遅さは、ご友人同士ということで、問題なかったわけですね」

「はい。彼も私も独身ですから」

「どんなお話をされました？」

「こちらの近況を一通り訊かれたあと、彼が自分の状況を話しはじめたのですが——」

そこで晃一は言葉を切ると、ややためらいがちに長谷川を見つめつつ、

「いったい彼に何があったのか、先に教えてもらえませんか」

「これは申しわけありません」

年配の刑事は慌て気味に、晃一が戸惑うほど深々と頭を下げた。

「こちらが知りたいことばかり、つい尋ねてしまう癖がありまして」

「いえ、それがお仕事ですから——」

とはいうものの多門英介に何があったのか分からないまま、ずっと警察の質問に答え続けるのは精神的にきつい。そこを斟酌《しんしゃく》して欲しい、と晃一は続けたかったのだが、長谷川に先を越された。

「いやぁー、そう言っていただけると、とても助かります。やっぱりミステリを書いていらっしゃる作家さんですな。警察の捜査に対して、非常にご理解がある」

「そんなことは……」

「いやいや、一般の方に比べると、間違いなくそうでしょう」

「はぁ……」

「それで多門さんが話された、ご自身の状況というのは？」

刑事の経験と年の功で、上手くはぐらかされた感じである。

別に腹も立たなかったので、晃一は素直に電話の内容を伝えた。昨年末の英介のリストラからはじまり、彼が父親の会社を継いで首が回らなくなったことまで、覚えている限りを詳細に語った。

ただ、じっと耳をかたむけている刑事たちの様子を見て、妙な引っかかりを覚えた。英介が何をしゃべったのか、すでに刑事たちが知っている気がしたのだ。

「――というように、大変な目に遭っていると分かりました」

「多門さんのご様子は？」

「異様に明るかったかと思えば、急に暗くなったりと、かなり情緒不安定な感じでした。自暴《じぼう》自棄《じき》になっている気もしました」

「先ほどおっしゃった、自殺しそうな雰囲気だった？」

「彼を取り巻く状況と本人の様子から、正直その心配はしました」

そう説明しながらも、これも刑事たちがあらかじめ認めている事実のように、やはり思えてならない。

「馬鹿なことは考えるなよ、とは言いました。すべてを解決するのは無理でも、きっと何か方法があるはずだと」

「反応はどうでした？」

「うんうんと聞いてはいるのですが、どうも言葉が届いていないというか……」

「あなたの忠告やアドバイスに、真剣に耳をかたむけていない？」

「そんな雰囲気でした。それで英介が電話を切ったあと――」

「あっ、電話は彼のほうから切ったのですね」

「はい。とりあえず全部しゃべったので、もう心残りはないという感じで……」

「なるほど。すみません、続きをどうぞ」

「やはり気になりましたので、こちらからかけ直したんです。でも、例の『電源が切られているか、電波の届かないところに』という音声が流れるばかりで……」

「そのあとは？」

「……お恥ずかしい。友だちがいのないやつだと、きっと思われるでしょうが、実は連絡しておりません」

「いや、こういった場合は――」

　長谷川を遮るように、やや強引に晃一は続けた。

「英介と話しているうちに、この数日は毎晩あちこちの友だちに、同じような電話をしていると分かりました。実際その二日前の水曜の夜に、私と英介の共通の友人にも、彼が電話をかけていたと、土曜の午前中に知ったのです。言い訳に聞こえるかもしれませんが、自殺の心配はなさそうだと、そう判断してしまって……」

「多門さんは同じ電話を、別の友人にもかけていた？」

「そのようです。英介の電話の翌日、つまり土曜の午前中に、その友人から連絡がありました。英介が水曜の夜に電話をした相手です。私のところにも電話があったかと訊かれました。そのとき二人で話して、きっと英介は愚痴をこぼす相手が欲しくて、我々に電話をしてきたに違いないと、お互いに結論づけました」

「ご友人のことは、また後ほどお聞きするとして。多門さんは他にも、何かおっしゃっていませんでしたか」

「他に……ですか」

「そうです」

　晃一は必死に考えたが、もう何もない気がした。首をふって否定しようとして、英介が最後に漏らした言葉を思い出した。

「そう言えば、電話を切る前でした。自分は末期癌《がん》かもしれない……と」

「重い告白ですね。我々が速水さんを訪ねたとき、多門さんの自殺を口にされたのは、それもあったからでしょうか」

「ただ……健康診断で見つかったのかと訊くと、病院には行っていないらしくて。じゃあどうして分かったんだと尋ねると、そんな気がするというだけで、こちらもどこまで信じて良いものか……正直ちょっとはかりかねました」

長谷川の問いかけに答えながら、晃一は完全に確信していた。

この癌の件も、すでに警察は知っている。

しかし、どうしてなのか。英介と話した電話の内容が、いわゆる私信が、なぜ前もって警察に伝わっているのか。

そうか。もう達芳《たつよし》にも事情聴取をしているとしたら……。

晃一が電話を受けた金曜の二日前、水曜の夜に英介が電話をかけたのが、同じく小学校の同級生だった大仁《おおに》多《た》達芳である。土曜の朝の達芳からの電話で、その事実を晃一は知った。英介との会話が似たものであったことは、刑事に説明した通りである。先に達芳の事情聴取がすんでいるとすれば、警察が英介とのやり取りを熟知していても、別におかしくはない。

「なるほど。多門さんが本当に自殺をするかどうか、そういう意味では半信半疑のところがあったわけですね」

「……ええ、そうかもしれません。だから放っておいても良かったとは言えませんが……。今すぐ助けないと死んでしまう、とまでは思えなかった。おそらく金曜の夜は、それに近い感じを受けた気がします」

「大変よく分かります」

「ところで、刑事さん」

「何でしょう？」

「大仁多達芳にも、もう話は聞かれたのですか」

長谷川は何の反応も示さないまま、

「大仁多さんとはどういう方で、なぜそう思われるのか、お聞かせ願えますか」

相変わらず自分たちの手の内は明かさずに、こちらの情報だけを聞き出そうとする。

仕方ないか。

警察を相手に喧嘩《けんか》をしてもはじまらない。

「大仁多達芳は、多門英介と同じ小学校の同級生です。今は隋門院《ずいもんいん》大学で、建築学部の准教授をやっています」

晃一は達芳の素性を教えてから、なぜ警察が彼に連絡を取っていると思ったのか、自らの考えを述べた。

「さすがは作家さん、素晴らしい推理です」

にこにこと微笑んで持ちあげてから、長谷川はすとんと落とした。

「多門さんのご友人でお話をお聞きするのは、速水さん、実はあなたが最初になります」

「…………」

「いえ、無理もありません。いかに速水さんが優れた推理力の持ち主でも、データ不足では正しい解《かい》は出ませんからな」

「では、いったいどうして――」

思わず詰め寄る晃一を、まぁまぁといった表情で長谷川はなだめると、

「あとひとつだけ、お願いします」

「……分かりました」

ため息をこらえてうなずくと、刑事が真剣な面持ちで、

「多門さんとの電話で、他にも何かありませんでしたか」

「えっ……」

まだ失念していることがあるというのか。

晃一はじっくり考えた。電話に出たときから英介が切るまで、彼と交わした会話を順々に思い出していった。すると話していないことが、まだ確かにあった。

「関係ないとは思いますが……」

「はい」

「電話に出て、久しぶりとかお互いに挨拶《あいさつ》をしたあと、彼が言ったんです。今どこにいるか分かるか……と」

「それで？」

「実家にでも帰っているのかと訊くと、惜しいと言われました。懐かしい場所だとヒントを出されて、子どものころに遊んでいた神社の境内だと、すぐ当てられました」

「そのとき――」

心持ち長谷川は身を乗り出しながら、

「何か聞こえませんでしたか」

「はっ？」

「多門さんが口にした言葉ではなく――」

「どういう意味……あっ、他にも誰かいたのですか」

「それは分かりませんが――。たとえば多門さんの声の後ろで、何かが聞こえたとか」

慎重に考えたが、何も思い当たらない。

「いいえ。風の音くらいです」

「では、電話に出られたとき、すぐに多門さんの声がしましたか」

「……はい。『もしもし』という声で、すぐに英介だと分かりました」

「そうですか。いや、ご協力ありがとうございます」

長谷川は頭を下げてから、急に思いついたとでもいう風に、

「そうそう、昨夜なんですが、どこで何をされておられました？　十時から十一時くらいにかけてですね」

「家に、ここにおりました」

素直に答えながらも晃一は、少なからぬショックを受けた。どう見てもアリバイを尋ねられているに違いない。

「お仕事をされておられた？」

「七時ごろに夕食をとったあとは、ずっと本を読んでいました。ただ十時過ぎに、編集者から電話がありましたが――」

問われるままに、その編集者が勤める出版社と部署名、連絡先まで伝えた。

「何分くらい話されました？」

「電話を切って時計を見たら、四十分ごろでしたので、三十分以上は話していたかと」

つまり十時過ぎから四十分ごろまで、晃一にはアリバイが成立する。編集者がかけてきたのは、彼の仕事部屋に設置した固定電話である。警察は当の編集者に裏を取るだろうが、簡単に証明されるに違いない。

「昨夜の十時から十一時の間に、多門英介の身に何か起こったのですか」

晃一は単刀直入に尋ねた。

「捜査上お話しできないこともあるでしょうから、可能な範囲でかまいませんので、彼に何があったのか教えて下さい」

「それが……」

やや困惑した顔つきで、おもむろに長谷川が口を開いた。

「ここだけの話ですが、実は我々にも、まだよく分かっておらんのです」

それまで黙々と晃一の供述をメモしていた森田が、はっと顔をあげると、とがめるような表情で長谷川を見た。事情聴取をしている関係者に対して、刑事が言うべき台詞ではないからだろう。

若手の批判的な眼差しに気づいているのかいないのか、長谷川は淡々とした口調で、

「実は先週の土曜日の午後十一時四十五分ごろに、多門英介さんは西東京生命の電話センターに、ご自分の携帯から電話をかけています。その内容というのが――」

生命の電話にかけてきた英介の通話について、かなり詳しく説明しはじめた。刑事の話が進

むにつれ、ほとんど知っている内容にもかかわらず、晃一は衝撃を受け続けた。特に電話ゲームの件は本当にショックだった。

やっぱり英介は、自殺するつもりだったのか。しかも友だちを巻きこんだ電話ゲームで、その実行日を決めようとしていたなんて……。

「結局――」

長谷川が締めくくるように、

「自殺を決意した多門さんの意思は、電話が切れるまで変わらなかったそうです」

「生命の電話にかけたのは、あくまでも電話ゲームの六人目の役割を、そこの人に求めたからでしょうか」

「そのあたりの自殺志願者の心理は、なかなか複雑らしいですな。相談員の方も、これが正しいという判断はないとおっしゃっていました。ただし多門さんが自殺される恐れは充分にある。その夜は大丈夫でも、最後の日曜の夜は危険です。そこで西東京生命の電話では、休日でしたが午前中に摩館市の精神保健福祉センターの責任者に連絡をとり、この特殊な事情を説明したうえで、念のために相談者の保護を求めたわけです」

「警察には知らせなかった？」

長谷川は面目なさそうな表情を浮かべると、

「ここまで特殊なケースの場合、我々が下手に動くよりも、その道の専門家にお任せするほうが、やはり上手くいきますからな」

こんな変わった自殺予告では、きっと警察も動くに動けないのだろう。

「こういった場合、生命の電話の相談員の方が、何かされるわけではないのですか」

「あそこは電話をかけてきた人の、あくまでも話を聞く、相談に乗るところだそうです。お互いが相手の素性を知らないからこそ、誰でも気軽に電話して、本当なら口に出しにくい話もできる。ですから決して表には出ないんですな。そういう尊いボランティアをしていることも、人に言ってはいけないらしい。今回の件で私もはじめて知りましたが、いやはやもう頭が下がるばかりで――」

「非常に大変な活動ですね」

そう思ったのは本心だったが、ふと大きな疑問が浮かんだ。

「生命の電話にかけた人は、自分の身元を明かすのですか」

「いえ、匿名です」

「そうでしょうね。すると、どうして相談者が多門英介だと……」

「彼がどこの誰なのか、もちろん分かりませんでした。ただ僥倖《ぎょうこう》にも、相談員の方に摩館市の土地勘があったのです」

「つまり英介の話を聞いているうちに、彼が自殺を考えている場所がどこなのか、その人は気づかれたわけですか」

「ええ。それで福祉センターの担当者が日曜の夜に、まず彼と接触することになった」

「多門英介は保護できたのですか」

「いえ」

力なく長谷川は首をふりつつ、

「担当者が二人、現場と推定される瓢箪山の神社に夜の十一時ごろ向かいました。生命の電話の相談員の話では、最も危険なのは十一時半から午前零時の間だというので、余裕を見て当初は十時半に行く予定だったそうです。ところが担当者のひとりの車の具合が悪くなり、待ち合わせに三十分ほど遅れてしまった」

「まさか英介は、もう……」

「それが、神社の境内には姿が見えなかった。多門さんが言っていた大きな桜の樹の側に行くと、確かに首を吊るためのロープが垂れている。でも、誰もいない。そのとき崖の下で物音がした。この神社というのが――」

「存じてます。小高い山の上にあって、東側は切り立った崖でしたね」

「覚えておられますか。その崖の下から、がさがさっと物音がする。不審に思った担当者が崖下を懐中電灯で照らして、斜面から出ている樹の根に、靴が片方だけ引っかかっているのに気づいた。ひょっとして多門さんが誤って落ちたのかもしれない。慌てて崖の下に声をかけたが、一向に返事がない」

なぜか晃一は一瞬、ぞっとした。

「なおも声をかけていると、がさがさっと次第に音が大きくなっていく。担当者の二人は気味が悪かったそうですが、もし多門さんだったら大変ですから、登ってきた石段を下りて、小山の東側へ回った。ただ不案内な場所でしたので、かなり時間がかかってしまった」

「崖下には？」

「誰もいませんでした。男性用のポーチが落ちていたので中を見ると、多門さんの運転免許証が入っていた。周囲を調べたところ、崖の下の地面から顔を出す平らな岩の表面に、多量の血痕が認められた。そこで、とりあえず警察に連絡して事情を説明した。そうなると我々としても、事件性を考慮せざるを得ません」

ようやく長谷川の話が、核心に迫り出した。

「昨夜と今朝、神社の境内と崖下を調べた結果、何か大きなものが崖から滑り落ちた痕跡が見つかりました。その下にあった岩の上に、血痕があったわけです。しかもそこから近くの藪の中に、何かを引きずったような跡が見つかった。それは小山の東側から北の方角へと、神社の裏側の小さな道まで続いており、その要所要所で血痕が発見された」

「…………」

「ちなみに多門さんの自宅を訪ねたところ、留守でした」

「つまり――」

現場の痕跡から推測できる状況を、晃一は口にした。

「多門英介は桜の樹の首吊りをやめて、崖から投身自殺したわけではなく、何者かに突き落とされた。しかも犯人は、崖下に倒れている英介を引きずって、どこかへ運び去ってしまった。そういうことですか」

「現在その可能性も視野に入れて、捜査を進めております」

直接答えることを長谷川は避けたが、警察が多門英介の失踪に事件性を見ているのは、まず間違いなさそうである。

「もし岩に付着していた血痕が、英介のものと分かれば……」

「殺害された恐れが、どうしても濃厚になるでしょうね。今日か明日には分析結果が出ると思います」

「しかし、どうして彼が？」

「男性用のポーチの中には、財布も家の鍵《かぎ》もありました。単なる物盗《ものと》りの線は薄いと考えられます。ただ気になる事実もありましてね。自宅の裏口がこじ開けられ、何者かが侵入した形跡が見つかっています」

「えっ……。つまり犯人は、英介を崖から突き落とす前に、なぜか彼の実家に忍びこんでいると？」

「まだ断定はできませんが、そう見えますね」

「犯人の目的は、英介が持っている何かを盗ることだった。そのため留守宅に侵入したものの、肝心のブツがない。仕方なく本人から奪おうとして――」

「そのブツについて、お心当たりは？」

「個人的にはないです。でも、たとえば――」

あまり考える間もなく、とりあえず頭に浮かんだ内容を口にした。

「父親から引き継いだ会社が、かなり危ないと聞きました。それに関係する書類など、有り得ませんか」

「なるほど」

「こんなことを言って良いかどうか……」

ためらう晃一を、温和な眼差しで長谷川が促す。

「その会社の債務の、連帯保証人になっている社員がいますよね。英介が何かトラブルに巻きこまれていたとしたら、そのあたりの人が……」

「怪しいというわけですな」

「もちろん、もう警察でも調べられているでしょう」

　長谷川は否定も肯定もせず、急に別の話題に転じた。

「生命の電話の相談員の方によると、多門さんは先々週の月曜ごろから、都内のあちこちを彷徨《さまよ》っていたらしい。そして先週の月曜の夜に、はじめて神社へ行った。自殺しようと思ってです」

　債務者から逃げていたのだろうか。

「多門さんは樹の枝にロープをかけたところで、ふと昔の友だちに電話しようと思った。そのとき同時に、首吊りを賭けた電話ゲームを考えついた。幸い最初の友だちは電話に出た。通話を終えると夜中だったので帰宅したが、なかなか寝つけない。早朝に家を出ると、また彷徨をはじめた。そして夜には神社に行って——というくり返しだったようです」

「………」

　とても重たい何かが、ずんっと晃一の胸をふさいだ。実際、かなり息苦しい感覚がある。金曜の夜の電話で、自分は真剣に多門英介と対峙《たいじ》しただろうか。そういう後悔にも似た思いが、じわじわとこみあげてくる。

「自宅の電話は鳴っても出ず、携帯の電源は切っていた。日中は家に近づかなかった。仮にいても居留守を使った。そういう生活を二週間ほど続けたようです。その後半の一週間に、死の電話ゲームを行なったことになります」

そこで晃一はようやく、刑事が何を意図して英介の行動をふり返っているのか、と首をひねった。それらは自殺の裏づけにこそなれ、他殺に関しては特に有益な情報をもたらさないのではないか――と考えかけたところで、思わず声をあげた。

「あっ！　まさか――」

「どうされました？」

すかさず長谷川が尋ねる。だが、すでに答えを知っているに違いない。だからこそ英介の行動を、わざわざ晃一にしゃべったのだ。

「日曜の夜、その神社の境内に多門英介がいると知っていたのは、非常に限られた数人だけだった――そうなんですね？」

「さすがですな。やっぱり気づかれましたか」

「刑事さんの誘導のお陰です」

「そんな人聞きの悪い」

長谷川は笑ったが、すぐに表情を引きしめると、

「現在、多門さんの会社の従業員だけでなく、近所の人たちにも聞きこみをしておりますので、その結果を待つ必要はありますが――。ここ二週間の彼の行動を見る限り、いつどこで本人を捕まえることができるのか、まったく誰にも分からなかった。その可能性が非常に高いようなのです」

「ところが、夜になるとある神社の境内に行って、そこで友だちに電話をかけている。おそら

く昨夜もそうするであろう……と知っていた者がいた」

「その通りです」

晃一の指摘にうなずくと、刑事はあとに続けて、

「それは二つのグループに分けられます。まず西東京生命の電話の三名――これは相談員が二名と職員が一名です――と、摩館市の福祉センターの担当者の二名の、計五名です。ただしこの五名は、電話の相談者が多門英介さんだとは知りません。今にも自殺しそうな緊急時の場合は、警察に協力をあおいで身元を突き止めることもあるそうです。しかし今回は、日曜の夜の保護が可能に思われた。そこで福祉センターの担当者が、直接その現場に赴くことになったわけです」

「英介とは初対面どころか、五名とも彼を知るはずがなかった……」

「はい。生命の電話に多門さんがダイヤルされて、はじめて接点ができた人ばかりと、おそらく言えます」

「要は、ほとんど無関係ということですね」

「そう判断して良いでしょう」

「二つ目のグループは？」

もちろん分かっていたが、あえて晃一は訊いた。

「多門さんが夜の神社から電話をかけた、その友人たちになります」

「誰にかけたのか、もう判明しているのですか」

長谷川が首をふった。

「彼の携帯の履歴を見れば――」

「現場から多門さんの携帯電話は見つかっていません」

「犯人が持ち去ったから？」

「その線が強そうです」

「待って下さい。それじゃ私のところに来られたのは……」

　刑事と話しているうちに、てっきり英介の携帯の送信履歴から自分の住所が割り出されたのだ、と晃一は思っていた。だが昨夜の今日では、いかに警察の捜査とはいえ早過ぎるかもしれない。

「あなたの名前は、生命の電話で多門さんが口にしたそうです」

「えっ……」

「電話ゲームの友人の中には、作家の速水晃一がいると。相談員の方によると、そのときだけ多門さんは、少し自慢げな様子だったといいます」

「…………」

「速水さんのお話で、さらに大仁多達芳さんが判明しました」

　長谷川は改まった口調になると、

「そこでお聞きしたいのは、お二人の他に多門さんが電話をかけた相手に、お心当たりがないかどうかです」

　晃一は急に口の渇《かわ》きを覚えた。喉《のど》までカラカラになっている。しかし今は、刑事たちが自分を訪問した本当の目的について、ちゃんと確認する必要があった。

「つ、つまり──」

声を絞り出すようにして、晃一は問いかけた。

「もし多門英介が殺されたのだとすると、彼が電話をかけたメンバーの中に、その犯人がいるとしか考えられない……ということですか」

第六章　過去への旅

「瓢箪山の達磨《だるま》神社か……」

　長い石段の下から天辺を見あげながら、速水晃一はつぶやいた。

「何年ぶりかな」

　まだ摩館市で暮らしていた中学生のとき、何度か来た覚えはある。だが小学生のころのように山の上まで登って、神社の境内で遊んだ記憶はない。

　二人の刑事の訪問を受けた翌日の午後、晃一は多門英介が不可解な失踪を遂げた現場へと向かった。自分が行ったところで、もちろん英介を見つけられるとは思っていない。ただ筆の進まぬ『七人の鬼ごっこ』の原稿を前にしているうちに、いてもいられなくなってきた。何か行動を起こしたい。そんな衝動に駆られた。

　にもかかわらずJR中央線の三鷹駅から武蔵境《むさしさかい》駅まで行き、西武多摩川《せいぶたまがわ》線に乗り換えて白《しら》糸台《いとだい》駅で下車し、京王《けいおう》線の武蔵野台駅まで歩いている途中で、ふと後悔の念を覚えた。暑さの盛りは過ぎたとはいえ、まだ日は高い。普通に歩いているだけで、だらだらと汗がしたたり落ちる。こんな時間帯に何の目的もないまま、わざわざ摩館市の達磨神社を訪ねるなど、やはり酔狂《すいきょう》にもほどがある。

かといってマンションにいても、気になって仕事なんかできないか。

迷いながらも歩いたお陰で、やがて駅に着く。結局そのまま京王線に乗り、三度目の乗り換えをして、とうとう摩館駅に降り立ってしまった。

……二十六年ぶりか。

駅舎も駅前のロータリーも、すっかり新しくなっている。広い道を渡った先の前中《まえなか》町の商店街は、新旧の店が入り交じっているため、懐かしさを感じたのが半分、違和感を覚えたのが半分だった。ただしシャッターの下りた空き店舗が見当たらないのは、この町に活気がある証拠だろう。昔に比べると、走っている車の台数もずいぶんと多い気がする。

商店街を通り抜けて、民家の並ぶ前河《まえか》町を過ぎ、夜見川《やみがわ》の舟木橋《ふなきばし》を渡る。川幅が広いため橋はけっこう長い。川は橋から十数メートル下を流れており、思わず立ち止まって覗きたくなる。ここはお盆になると、供《そな》え物《もの》を積んだ精霊舟《しょうりょうぶね》が流されるので、この川に架かるすべての橋の両側は、あっという間に人で埋めつくされる。おそらく今は、そこに観光客も加わって大変な人出になるのではないか。

橋を渡ると、いよいよ市が観光用に整備した伝統的建造物群保存地区へと入るのだが、そのとたん晃一は何とも言えぬ気分になった。商店街で覚えた奇妙な感覚に、さらに拍車がかかった感じ、とでも言えば合っているだろうか。

知ってるのに知らないような……。

確かに見覚えはあるのに、まるで見知らぬ町のようにも思える。そんな町並みが、彼の行く手に次々と現れてくる。

どうしてなんだ？

自問して、ようやく気づいた。町全体は既知なのに、一軒ずつの家に目を留めたとたん未知になるのだ。保存地区として整備された結果、きっと細部の印象が変わったせいだろう。そこは子どものころの彼が知る「昔っぽくて古くさい町」ではなく、とっくに「伝統的な家屋が保存された貴重な町」へと変貌していた。

……そういうことか。

理由が分かると、ちょっとした喪失感に囚われた。小中学生の晃一は、この町のどこかくすんだ色合い、ふと漂う木の匂《にお》い、せまい路地を吹き抜ける風、まばらに行き交う住人たち、そして静かに流れる時――が、けっこう好きだった。ここで遊んだことはなく、いつも通り過ぎるだけだったが、その間に感じる様々なものが愛《いと》おしかった。もちろん当時は、そんな感情を覚えていることにさえ、きっと気づいていなかった。こうして再訪して、ようやく実感した想いだった。

平日の夕方だというのに、そこここで観光客らしき人々が歩いている。年配の女性が多いせいか、方々で「懐かしい町並みだわ」「昔のままの家ね」と感嘆の声があがる。

その歓声に背を向けるようにして、晃一は保存地区を抜けた。しばらく進むと記憶にある住宅地に出たが、ここでも新旧の混合が見られた。どうやら多数の家が新築かリフォームをしているらしい。そういう意味では、旧よりも新のほうが目立っている。

もうすぐ学校だ。

住宅地の先には点在する家と田畑、それに空き地があり、そこを過ぎると摩館市立第三小学校が見えてくる。そのはずなのに、いつまで経っても家屋が途切れない。道を間違えたかと首をかしげかけたが、ここまでは曲がりなりにも風景に見覚えがある。

あっ、田畑と空き地がなくなってるのか！

稲穂が広がり、ビニールハウスが立ち並んだ地も、子どもたちが遊んでいた空間も、完全に消失している。新興の住宅地として、まったく別の場所になっていた。駅から保存地区までの変わり様よりも、その変貌は激しかった。ほとんど何もなかった土地に、びっしりと家が建っている。もはや見覚えのある風景はどこにもない。

もっとも晃一が受けたのは、「へぇ、変わったな」という単純な驚きに過ぎない。なぜなら彼の遊び場は、小学校の向こう側に位置する布引町の、もっぱら瓢簞山だったからだ。いいや、ここは「彼ら」というべきだろう。

えいくん——多門英介。

ゆうじゅん——有田悠二《ありたゆうじ》。

さーちん——内原慧《うちはらさとし》。

さーや——小柳早弥香《こやなぎさやか》。

とっさに数人のニックネームが浮かぶ。晃一は「こうちゃん」だった。みんなの呼び名を決めたのは、紅一点《こういってん》の小柳早弥香である。ひょっとすると彼女は、自分に「さーや」と名づけたくて、そんな提案をしたのかもしれない。しかし今から思えば、これが良かったのだ。最初は少し恥ずかしかったけど、お互いをニックネームで呼び合うことで、みんなの絆《きずな》が深まっていったのだから。

晃一は九歳の夏——小学校三年生の夏休みの間——に、京都市から摩館市へ引っ越し、摩館市立第三小学校に転校した。もちろん学校は休みだったため、通うのは二学期の始業式からになる。それまで彼は見知らぬ土地で友だちもいないまま、ひとりで夏休みを過ごさなければならなかった。

あのときの何とも言えない気持ち……。

当時の自分の心情を思い出して、晃一は胸が痛くなった。

けっこう人見知りをする子どもだった。相手が同級生でも、打ち解けるまでに時間がかかった。そのため京都の小学校でも、ほとんど一年かけて友だちをつくった。次の二年生の一年間は、さらに友情を深めた時期だった。それなのに三年生の二学期から、また同じことをやらなければならない。しかも転校生という明らかに不利な立場で。

引っ越し先の集合住宅は、川添《かわぞえ》町にあった。駅から見て北東の方角、夜見川の南側で川沿いだった。そのまま同じ北東へと線を伸ばしていくと、摩館市立第三小学校に行き当たる。途中に古い町並みがあるため、通学路はジグザグに入り組んでいた。少し迂回が必要な場所もあって、学校まで徒歩で二十分以上かかった。

暇を持てあました晃一は、その夏よく古い町並みを歩き回った。子どもどころか大人の姿もあまり見かけず、いつも寂としている空間が、前中町の商店街の喧騒よりとても好ましく映ったせいだ。もっとも静かなだけなら、夜見川と商店街にはさまれた前河町も同様だった。ただし並んでいる家並みがかなり違う。前河町も古くはあったが、中途半端に増改築をくり返している家屋が多いため、少しも風情が感じられない。あえて特徴的なところをあげれば、古本屋が数軒あるくらいか。

古い町並みを訪れたからといって、特に何をするわけでもない。ふいに現れる路地に入ったり出たり、とにかく町の中を彷徨する。日によって町並みに足をふみ入れる地点を変える。すると同じ道でも反対側からたどるようになり、町の別の顔が見られた。歩くルートに手を加えるだけで、昨日とは少し違った町歩きが楽しめた。

ある日の昼下がり、晃一がお気に入りの路地に入りかけると、反対側からひとりの少年が歩いてきた。びっくりして立ち止まりかけたところで、向こうもこちらに気づき、あっと驚いたのが分かった。

その少年は色白でほっそりとして、どこか病的な雰囲気をまとっていた。でも決して暗い感じではない。そういった容貌や印象が、彼の場合は一種の上品さになっている。京都の小学校にはいなかったタイプである。年齢は同じようにも、年上にも、年下にも見えた。なんとも不思議な容姿だった。

二人は数秒間、お互いに見つめ合った。そのうち少年が歩き出したので、晃一も路地へと入った。すれ違うかなり前から、それぞれが左右に寄っていた。そして行き違う瞬間、軽く少年がおじぎをしたので、慌てて晃一も返礼した。なんだか恥ずかしいような、くすぐったいような、とても変な気分だった。

路地を出てふり返ると、反対側に少年が立って、こちらを見ていた。どうやら晃一が路地を抜けるまで、そうやって待っていたらしい。ずっと後ろ姿を見られていたと思うと、再び奇妙な気分に囚われた。嫌な感覚ではない。当時の彼の語彙《ごい》にはない、面映《おもは》ゆい——という言葉がぴったりくる、そんな気持ちだったろうか。
少年は右手をあげると、バイバイと左右にふった。急いで晃一も同じ動作をして、二人は別れた。

この少年とは、その後も何度か遭遇する。不思議といつも、二人はすれ違った。同じ方向に進んだためしがなかった。会話はなく、お互いに「うん」と言ってうなずくだけで、そこから進展しない。晃一としては、何か話しかけたかった。しかし少年の持つ独特の気品に、実はいささか怖気《おじけ》づいてもいた。自分などが気安く声をかけてはいけない。そんな風に、つい思ってしまう。

古い町並みの散策のあとは、時おり小学校まで足を延ばした。ただ空き地や学校の校庭で遊ぶ子どもを目にしても、近づくことはなかった。むしろ自分の存在に気づかれる前に、急いでその場を離れようとした。

小学校の向こう側まで行ったのは、もう八月も終わりかけのころである。校舎の北東には再び広い田畑が広がり、お屋敷のように大きな家が点在していた。そんな風景の中で特に興味を惹《ひ》かれたのが、田圃の真ん中にある墓地と、小さいながらも深くて暗そうな黒い森、そして釣《つり》鐘《がね》のようにぽっこり盛りあがった小山だった。

墓地は入ると誰かに見とがめられそうで、森は大して広く見えないのに妙に怖く感じられた。そこで残る小山を目指した。近づくにつれ山の右手に、さらに低い山が現れた。二つの小山が並んでいた。その様は、さながら瓢簞を横にして地面に埋めたようである。あとで知ることになるが、高いほうの山は本当に「瓢簞山」と呼ばれていた。低い山がふくまれないのは、天辺にひときわ大きな屋敷があったからだろう。

晃一が瓢箪山の麓まで行き、古ぼけた木の鳥居越しに、頂上まで伸びる幅のせまい石段を見あげていると、近くの草むらが急にがさがさっとゆれ出した。

うわっ！

悲鳴こそあげなかったが、思わず回れ右をして逃げかけた。そこへ右手の藪から、ひとりの男の子が顔を出した。

ちょっと小太りで色が白く、どことなく気が弱そうに映る。左のほおが黒く汚れているように見えたが、どうやらあざらしい。よくアニメで青空に描かれる雲の——シュークリームのようにほわほわとした——形だった。本人は気にしているのか、晃一を認めてギョッとした直後、すぐに左手であざを隠す仕草をした。もしかすると無意識の動作だったのかもしれない。

しばらく二人は互いに固まったまま、じっと相手を眺めた。

やがて、どちらからともなく「うん」とうなずいた。あのときの彼らにとっては、それが「こんにちは」であり、かつ「はじめまして」だった。

「な、何年生？」

さり気ない口調で、しかし実際は心臓をバクバクさせながら、思い切って晃一は尋ねてみた。

古い町並みで会う少年に比べると、この男の子はかなり親しみやすい感じがする。そのため初対面にもかかわらず、人見知りしやすい彼でも声をかけることができた。

「……三年生」

「あっ、同じだ」

答えつつも下を向いた男の子が、はっと顔をあげた。と同時に彼の左手が、顔のあざを隠している。やはり無意識にやっているらしい。それから彼は少しためらったあと、おずおずとした様子で、

「……でも、第三小じゃないよね。そこの小学校のことだけど」

「まだ違う」

「まだ？　あっ、転校生……。ひょっとして関西のほう？」

「やっぱり分かるんだ」

「けど、なんか関西弁じゃないような……」

「京都だから、テレビでやってる漫才《まんざい》のしゃべりとは違うよ」

「ふーん」

それだけの会話で、なんとなく二人は打ち解けた。

晃一が石段の上を指さすと、

「この上にあるのは神社？」

「小さなお堂があるだけで、あとは何もないよ」

「お堂って？」

「達磨堂だよ。達磨神社って呼ぶ人もいるけど……」

「へぇ、達磨を祀《まつ》ってるの？」

そう呼ぶのだから、きっとそうなのだろう。

「さぁ、よく分かんない」

どうやら彼は興味がないらしい。

「登ったことは？」

「何度もあるけど……。他の子がいるしね」

「遊び場として、もう誰かに占領されてるんだ」

「いや、そうじゃない……」

力なく首をふりながら、

「同じ学年の男の子が二人と、女の子がひとり、きっといるはずだよ」

「友だち？」

ますます力なく首をふったので、

「そのうー、ひょっとして嫌な子たちとか」

とっさに気になって尋ねた。

「別に悪い子たちじゃないと思う。ただ、しゃべったことないから……」

同じ学校の同級生なのに、まったく交流がないらしい。ひょっとすると男の子は、普段からひとりぼっちなのではないか。この夏休みの間中、ずっとひとりで遊んでいたのかもしれない。

そう思った晃一は、とっさに提案していた。

「いっしょに登ろう」

「えっ……」

「ぼくは山の上を知らないから、いっしょに来てよ」

「う、うん……」

気乗りしない男の子を促して、晃一は石段を登った。彼と出会わなくても、小山の上は目指したに違いない。だが今は、何か目的があるような気がする。それが何なのか、実は彼自身にも漠然としていて分からない。

石段の両側に続く高い樹木のお陰で、夏の厳しい日差しは弱まっている。やや急勾配の斜面を上がっている割には、あまり汗をかかずに助かる。それでも晃一の数段下を登る彼にはきついのか、すぐにハァハァと息があがりはじめた。

「大丈夫？」

ふり返って声をかけたが、うんうんと無言でうなずくだけで、あとは石段の上を指している。このまま登ろうと言っているのだろう。

晃一は足取りをゆるめかけたが、彼は登りの速度を落とさなかった。必死について来ようとしている。その気持ちがひしひしと伝わってきたので、相手に気づかれないように少しだけペースを抑えた。

そろそろ晃一も疲れてきたころ、ようやく石段の上に到着した。遅れて登りきった男の子は、今にも座りこみそうな格好で、両肩で大きく息をついている。

「いい景色だね」

「……そう？」

まわりの風景を見る余裕がないのか、それとも見あきた景色なのか、男の子の反応はそっけない。それでも晃一は、目の前に広がる片田舎っぽい眺めに満足を覚えた。古い町並みについで、この瓢箪山が好きになりそうだった。

ところが、ようやく男の子の荒い息が治まり、石段の天辺から奥へ進もうとして、晃一の足が鈍った。

あれが、お堂……。

凹凸の激しい乱れた石畳の先に、半ば朽ちたような木造の建物がある。よくテレビの時代劇で目にするお堂と、それは確かに似ていた。しかし長年にわたって風雨にさらされ、ろくに手入れもされていない外観は、ほとんど廃屋に見える。お堂の手前、左右に鎮座《ちんざ》する狛犬も、全身がびっしりと苔におおわれ、どんな姿をしているのか、もはや分からない。もしかすると狛犬ではなく、四足の他の獣かもしれない。そんな風に疑えるほど、なんとも無気味な有り様である。

「帰ろう」

男の子に声をかけられ、もう少しで晃一も踵を返しかけた。その場に留まったのは、お堂の階段にひとりの女の子が座って、熱心に本を読んでいたからだ。

「あの子？」

先ほど言っていた女の子かと確認すると、しぶしぶ男の子がうなずく。

「ちょ、ちょっと……」

晃一がお堂に向かって歩き出すと、彼は抗議するような声をあげた。それでもためらいがちな足取りながら、あとからついて来た。

どう話しかけようか。

女の子に近づきながらも、心の中には戸惑いしかない。自分ひとりなら気づかぬふりをして、そそくさと山を下りていただろう。でも彼がいっしょにいると、なぜか大胆な気持ちになれた。晃一と同じく人見知りをしそうな彼の分まで、もっとしっかりしなければと妙に自分を鼓舞してしまう。

けど、何て言えばいいんだ？

二人が狛犬の間を通り過ぎるまで、女の子はまったく気づいていない様子だった。一心に本を読んでいる。

何の本だろ？　そんなに面白いのかな。

晃一が彼女の手元に視線を落としたとき、女の子が顔をあげた。一瞬びくっと怯えた表情を見せたが、二人を認めると消えた。そして晃一には好奇心に満ちた、後ろの彼には失望の浮かんだ、まったく違う眼差しを向けてきた。

……どう話しかけたらいいんだ？

女の子を前にして、なおも晃一がためらっていると、

「どうしたの？」

彼女のほうから口をきいた。もっともその視線は、晃一だけに注がれている。

「私にご用？」

「……な、何を読んでるの？」

いきなりの問いかけだったが、女の子は特に不審がることもなく、自分が読んでいる本の表紙を見せながら、

「江戸川乱歩《えどがわらんぽ》の『幽霊塔』よ」

「少年探偵シリーズか」

それなら晃一も読んでいる。一気に親近感を覚えたが、あっさり否定された。

「違うわ。これは子ども向けに書き直した『時計塔の秘密』じゃなく、大人に向けて書いたものなの。だから少年探偵シリーズより、もっと怖いわよ」

彼女の口調には、ちょっと誇らしげな響きが感じられる。

「そんな怖い本、こんなところで読んで平気なの？」

驚いて尋ねると、なんでもないとばかりに、

「雰囲気があっていいじゃない。第一ここは涼しいもの」

確かにそうなのだが、晃一には薄気味悪さのほうが先に立って、昼間とはいえひとりで読書をする気にはとてもなれない。

「ここに来たの、はじめて？」

女の子が興味深そうに、晃一を見あげている。

「……うん。こ、今度、第三小に転校する」

「夏休み中に？」

「そう。学校に行くのは二学期からだけど」

「どこから来たの？」

「京都」

「わぁ、いいんだぁ」

たちまち女の子の顔に、羨望《せんぼう》の笑みが浮かんだ。

「私、京都って好き。大学は東京じゃなくて、絶対に京都に行くんだ。そしてね、素敵な昔の家に下宿するの」

　同じような家なら摩館市の保存地区にもあるのに、と晃一は思った。だが今は黙っていたほうが良いと判断した。

「京都は大学生が多いから、きっと良い下宿先があるんじゃないかな」

「やっぱりそうよね」

　はしゃぐ彼女を見て、ようやく自分は目の前の女の子と会話しているのだと実感できた。思わず心の中で、ほっと安堵する。

「それで、後ろの彼とは知り合いなの？」

　ところが、彼女の囁くような一言で、その場の雰囲気がおかしくなった。

「ついさっき、この山の下で会ったばかりだけど」

「ふーん、友だちになったんだ」

「……えっ、うん、そうだな」

　女の子の物言いが、どうも引っかかる。当人も気になるだろうと後ろを見ると、相変わらず左手で顔のあざを隠しながら、男の子は狛犬の側に立っていた。そこまで来たものの、先には進めなかったらしい。

「多門くんは、誰からも相手にされないのよ」

「彼のこと、だよね」

　本人には見えないように、後ろを指さす。

「そう、多門英介くん。同じクラスなの」

「いじめられてるの？」

彼女は少し考えこむ仕草をすると、

「嫌がらせをされてるとか、ひどい目に遭ってるとか、そういうのじゃない。ただ誰もいっしょに遊びたがらないっていうか……」

「シカトされてるんだ」

シカト、ダサい、ナウいは、そのころ流行《はや》った言葉である。相手を仲間はずれにするシカトは、立派にいじめのひとつだった。

「そこまで無視はしないけど、まぁ近いかも……」

「顔のあざのせい？」

彼女は首をふりながら、

「本人は気にしてるみたいだけど、誰もなんとも思ってないわ。結局は、あの子の優柔不断な性格が原因なのよ」

「ぼくが彼の友だちと分かったら、同じようにシカトされる？」

「さぁ、どうかなぁ」

彼女は困った顔をして、

「転校生ってだけで、いじめられるかもしれないもんね。そのうえ多門くんと仲良しってことになったら……」

「ヤバそう？」

「けど――」

女の子はまじまじと、晃一を見つめながら、

「あなたなら大丈夫じゃない。ほら、会ったばかりで多門くんとは、もう友だちになったわけでしょ。それに私にも、すごく自然に話しかけてきたしね」

「先に君が口をきいてくれたからだよ」

「あっ、そうか」

彼女は照れた笑いを浮かべたが、すぐ真顔になって、

「それでもあなたが近づいてこなかったら、わざわざ私から声はかけなかったと思う」

どうやら積極性のある男の子だと、完全に誤解されたようだ。

「だから、あなたがどんどん友だちをつくれば、きっと問題ないわよ」

「無理そうだな」

「どうして？」

「君が思ってるような、ぼくは明るく元気なタイプじゃないから……」

「そうかなぁ」

「むしろ人見知りするほうなんだ」

「ほんとに？」

「今に分かるよ」

納得していない女の子にそう言ったところで、ふっと二人は笑ってしまった。

「それじゃ私と同じだね」

「先に話しかけてくれたのに？」

「それはきっと、あなたが話しやすそうだったからよ。私、夏休みになってから毎日のように、ここで本を読んでる。もちろん、ひとりでね」

「いっしょだ。ぼくは町の中を、ずっとうろついてた」

「だって、あなたは引っ越してきたばかりでしょ。まだ友だちもいないから、それは仕方ないじゃない」

「じゃあ、友だちになろう」

なんて大胆なことを言うんだ、と自分でも晃一は驚いた。

「えっ⁉」

だが本人よりもびっくりしたのは、女の子のほうらしい。

「それは……」

「だめかな？　男の友だちなんて変かな？」

いったん口に出してしまったら、あとは開き直ることができた。

「別に……いいけど……」

そんな晃一とは反対に、しっかりしていた女の子の受け答えが急に覚束《おぼつか》なくなった。と同時に、ちらちらと彼の後ろに目をやりはじめた。

そうか。多門くんを気にしてるんだ。

今の状況で晃一と友だちになれば、多門英介とも友人関係になることを意味する。みんなからシカトされている彼が、いったい学校でどういう立場にいるのか、さすがに分からない。ただ仲間だと見なされてしまえば、同じようにシカトされる恐れがある。きっと彼女はとっさに、そういう心配をしたのだろう。

　やっぱり無理か……。

　晃一があきらめかけていると、

「多門くんが嫌だとか、そんなんじゃないの」

　彼の考えを素早く察したらしく、彼女が慌てた口調で言った。

「友だちになったら、自分も相手にされなくなるとか、そんな心配をしてるわけじゃないってこと。だって私も、たいていはひとりだもの」

「ふーん、そうなんだ」

「女の子って、すぐ群れるでしょ。しかも仲良しグループのはずなのに、そこから誰か仲間はずれを急に出したり、突然また仲直りしたり。その理由が、ほんとにくだらないの。そういうのが私、とっても苦手で……」

　言われてみれば、京都の学校でも似たような状態だったかもしれない。

「おしゃべりは、私も好き。でも、それが他の人の悪口や、他のグループを馬鹿にしたようなものだと、とたんに嫌になって……」

　彼女はうつむいたが、すぐに顔をあげると小声で、

「友だちになるのはいいの。ただ、あなたと私と多門くんと……三人だけっていうのが、そのうー、なんとなく、どうかなぁ……って思う」

「うーん」

思わず晃一はうなった。彼女が言いたいことは不思議と理解できる。とはいえどうすれば良いのか、まったく見当もつかない。

困ったなと周囲を見回したところで、お堂の右手奥にそびえる大きな樹木の陰から、こちらをうかがっている二人の男の子の姿が目に留まった。そういえば多門英介は、山の上にはひとりの女の子と二人の男の子がいると言っていた。

「あの子たちは？」

晃一の視線を追って、彼女も同じように目を向けると、

「ああ、有田くんと内原くんよ。いつも二人だけで遊んでる」

「だったら、彼らも誘おうか」

小首をかしげて少し考えてから、女の子が微笑んだ。

「それがいいかも」

ついで急に立ちあがると、今度は恥ずかしそうな笑みを浮かべながら、

「私、小柳早弥香」

「ぼ、ぼくは速水晃一」

慌てて晃一も名乗る。相手の照れがうつったのか、妙に気恥ずかしい。

「行こう」

目の前の早弥香と、まだ狛犬の側に立っている英介に声をかけて、三人で奥の樹木へと歩き出す。

いきなり近づいてくる晃一たちを見て、有田も内原も最初は警戒心をあらわにした。それが

晃一の提案を聞くと、意外にもあっさりと承諾した。

「二人だとさ、できる遊びが決まってくるだろ」

有田悠二の言葉から、むしろ歓迎されていると分かり、晃一はうれしくなった。二人の関係の第一印象は、有田悠二が主で内原慧が従というものだった。実際、晃一たちと友だちになると決めたのは悠二で、慧はそれに追随したに過ぎない。でも友だちが増えることを、二人とも歓迎しているのは間違いなかった。

彼らも、多門英介は知っているらしい。晃一と小柳早弥香の後ろに彼の姿を認めたとき、少しだけ「あっ」という表情を浮かべたからだ。しかし英介も仲間に入っていると分かっても、特に問題にはしなかった。早弥香と違ってクラスが違うためだろうか。

「五人いれば、いろんな遊びができるね」

遠慮がちにしゃべる内原慧の声を聞きながら、晃一は密かに思った。

いや、六人だよ。

古い町並みで時おり見かける、あの少年とも友だちになりたい。ただし、このメンバーでぞろぞろと会いに行くつもりはない。そんなことをすれば、きっと彼ははにかんで、すっとどこかへ立ち去ってしまうだろう。

友だちになろう。

そう言う役目は、晃一ひとりで充分だった。

「友だちになろう……か」

二十六、七年ぶりに瓢箪山の石段を登りながら、速水晃一はみんなと知り合ったころを思い出していた。

その記憶の中に、実は忌まわしさのあまり封印されている、あるおぞましい出来事が存在していようとは、まったく気づくことなく……。

ある光景（二）

「だぁーれまさんがぁ、こぉーろしたぁ」

大きな樹に右腕と顔をつけながら叫んだあと、ぱっと鬼が左肩越しにふり返った。

そのとたん、西日を受けて黒々としている人影の動きが、ぴたっと止まる。全員が鬼のほうへ、まさに今にも歩き出しそうな格好のままで。

ひとり、二人、三人、四人、五人……、誰も身じろぎひとつしない。

でも鬼が樹に向き直って背中を見せると、いっせいに五人は動き出す。

「だぁーれまさんがぁ、こぉーろしたぁ」

独特の抑揚をつけた幼い声で、またしても鬼が歌うように叫ぶ。

その間に五つの影が、少しずつ大きな樹へ近づいて行く。ただし鬼がふり返った瞬間、いっさいの身動きをぴたっと止める。どれほど不自然な格好をしていようとも、そのままの姿勢で微動だにしない。ひたすら鬼が樹に向き直るのを待っている。

ところが、何度目かにふり向いた鬼が、なかなか元の姿勢に戻らない。大きな樹に顔を伏せずに、みんなのほうを向き続けている。

いったい鬼は何をそんなに見つめているのか……。

第七章　仮説と疑問

あの少年――大《おお》仁《に》多《た》達芳《たつよし》とまず友だちになったのは、やはり晃一だった。

最初のうちは誘っても、なかなか瓢箪山に行こうとしない。メンバーの中で、とりわけ達芳は同級生と群れるのを嫌った。低学年のころ一年ほど、彼は病気療養のために休学しており、晃一たちよりひとつ歳上だった。そのため自然に級友たちとは、ちょっと距離をとるようになったらしい。

はじめは晃一が半ば強引に、彼を瓢箪山へ引っ張って行った。以降は誘えば三回に一回は応じてくれたが、それが二回に一回、やがて毎回となって、気がつけば彼も瓢箪山の仲間に加わっていた。

小柳早弥香は、大仁多達芳にはニックネームをつけなかった。嫌っていたからでも、親しみを感じなかったせいでもない。逆に尊ぶような気持ちがあったのだと思う。それは晃一たちも同じだった。一歳しか違わないのに、達芳は大人びていた。あのころの一年の差は確かに大きい。とはいえ彼の言動は、もっと年上に感じられた。きっと休学せざるを得ない病気に罹《かか》った経験が、彼を年齢以上に成長させたのだろう。

「大仁多くん」

早弥香が最初にそう呼びかけ、みんなが真似をした。「くん」づけではあったが、そこには「さん」づけに近い気持ちがあった。ただし「くん」づけの呼び方は、達芳がみんなと打ち解けるのを、心なくも阻害したとも言える。

晃一たち五人は元々、人見知りをしたり、群れるのを嫌ったり、仲間はずれにされていた者たちの集まりである。ひとりひとりの孤独の度合いや、それに対する考え方に大きな差異はあったが、少なくともお互いの境遇は理解し合えた。だからこそ他のメンバーに慣れるまで、大して時間はかからなかった。

しかし、達芳だけは違った。孤独ではなく孤高だったからだ。晃一と知り合うくらいは良くても、瓢箪山の仲間になりたいとは、おそらく思わなかったのではないか。それが何の気まぐれなのか、次第にみんなと遊ぶようになる。もっとも彼と晃一たちとでは、その精神年齢は中学生と小学生くらいの差があった。よって簡単には仲良し小よしという関係になれなかった。はからずも「くん」づけの呼びかけが、それを増長することになってしまう。

当時すでに晃一は薄々ながら気づいていた。何をして遊ぶにしても、いつも達芳が他のメンバーに合わせていたことに。その逆は、まずなかったと思う。あったとすれば、彼に勉強を教わったときくらいだろう。

「さすがに懐かしいな」

次々と脳裏に浮かぶ子ども時代の思い出を前に、晃一は興奮した。

これほど細部を記憶しているとは、自分でも意外だった。変わったとはいえ懐かしさの残る風景を目にして、脳が刺激を受けたのかもしれない。

子どものとき、ものすごく長く高く感じられた石段も、今こうして見るとずいぶん違って映る。ただし傾斜が急なところは、当時の印象のままである。お陰で天辺にたどり着くころには、汗だくになったうえ両肩で息をついていた。

「これじゃ、あのときの英介といっしょだ」

思わず苦笑しかけて、ふっと顔をこわばらせた。ここに来た理由を考えると、なんだか不謹慎な気がしたからだろう。

相変わらず凹凸が激しく、そのうえ隙間から雑草が伸び放題になった石畳を進むと、全身が苔と雑草まみれの、かつては狛犬だったものに出迎えられた。すでに魔除《まよ》けの像であることも分からないくらいに、ひとつの塊《かたまり》と化している。

「ほとんど妖怪化してるじゃないか」

その二体の間を通ると、完全に朽ち果てたお堂が待っていた。妖怪と化した狛犬が守るにふさわしく、廃屋特有の禍々《まがまが》しい気配を発している。もはやお堂とは呼べない、まして神社を名乗るなど畏《おそ》れ多いほどの荒廃ぶりで、見ているだけで背筋が薄ら寒くなってくる。

「あれから、ずっと放置されたままなんだ」

達磨神社も、それを祀る瓢箪山も、すべては垂麻《たれま》家の地所だった。この小山の東側に位置する、さらに小さな山の――横にした瓢箪の低いほうの盛りあがりの――上に建つ大きな屋敷が、その垂麻家である。

昔は年に一度の大祭があったらしいが、英介や早弥香たちが生まれる何年も前から、いつしか執り行なわれなくなったという。そのため山もお堂も次第に荒廃しはじめ、晃一たちが遊んでいたころには、すっかり朽ちた雰囲気が漂っていた。

同じことが、実は垂麻家にも言えた。立派な構えと造りの屋敷だったが、どこか廃屋然とした気配が、すでに当時から色濃く感じられた。建物の外観が古びて見えたせいだが、それだけではなかったと思う。子どもだったため具体的に想像できたわけではないが、一時代を築いて栄華を誇った支配階級の一族が、何かのつまずきを切っかけに少しずつ没落していく様を、あたかも屋敷そのものが体感して表している……かのように、当時の晃一にさえ映っていた。

「それが今では、このお堂も崩壊寸前まできているわけか」

瓢簞山に登ってから、ひとり言が急に増えた。漠然と感じはじめた不安を、声を出すことで払拭《ふっしょく》したいのかもしれない。

もう夕方とはいえ、あたりが薄暗くなるまでには、まだかなり間があった。ただし鬱蒼と茂る樹木に覆われた瓢簞山の石段、さらに天辺の境内には、早くから夕まぐれが訪れる。日中は日陰になって過ごしやすくて良いのだが、日がかたむき出すと一足早く、ここには逢魔《おうま》ヶ刻《がとき》がやって来る。

子どものころ、かくれんぼや缶けりで遊んでいて、ふと自分ひとりだけになったとき、とたんに怖くなった覚えが何度かある。樹の陰から顔を出して探せば、鬼になった友だちの姿は見える。同じように逃げている他の仲間も、どこかに必ず隠れている。そんな風に頭では分かっているのに、今このとき自分がひとりきりだと思うと、たまらなく恐ろしい。このままじっと身を潜めていると、いつまで経っても鬼に見つけてもらえず、そのうち存在を忘れられて、みんなが帰ってしまい、ふと気づけば日は暮れており、慌てて山を下りようとしても、どうしても境内から出られない……。そういう恐怖に囚われてしまう。

　実際に彼は、わざと鬼に見つかって捕まったことが何度かある。自らの空想に耐えきれなくなり、ひとりで隠れているのが我慢できなくなって。

　そういった当時の戦慄が、瓢箪山に足をふみ入れるにつれて、次第に蘇ってきた。子どものころと同じ怖さを感じたわけではない。だが、あれから三十年も経っているのに、もうよい歳の大人なのに、なおもこの場で慄《おのの》きを覚えてしまうのは、いったいどうしてなのか。

　その厭な感覚をふり払うように、晃一はひとり言を続けた。

「しかし、よくこんなところで遊んでいたな」

　おそらく一番の理由は、他の子どもが来なかったからだろう。ほとんどの児童の家が、学校の西から南方面にかけて散らばっていた。放課後に寄り道をするにも、いったん帰宅して遊びに出るにも、瓢箪山は逆方向となる。しかも、わざわざ学校を越えて行かなければならない。そうまでしなくても、他にいくらでも空き地があった。ちゃんと整備されている公園が用意されていた。

「いや……待てよ」

　そう言えば子どもだけでなく大人からも、この山は避けられていた印象がある。よそから引っ越してきた晃一には、あまりよく分からなかったが、誰もがこの山の話には敏感だったような気がする。特に大人たちはそうだった。

「……忌まれていた？」

　そのとき急に、ある言葉が頭の中に響いた。

達磨家――。

何のことだろうと考えて、なんとなく思い出した。

「……垂麻家をもじって、そう言ってたんじゃなかったかな」

でも、どうしてだろう？　何か切っかけがあったはずだ。それに今、なぜ突然、達磨家という言葉が脳裏に浮かんだのか。

「あっ、そうか」

目の前のお堂のせいだと、晃一は気づいた。ここが達磨堂または達磨神社と呼ばれていたのは、その内部に達磨が祀られているからだと聞いた覚えがある。それで一度だけ、恐る恐る中を覗いてみたのだ。

「あのとき……」

確かにお堂の内には、格子越しに赤々とした一体の達磨が見えた。かなり薄暗かったにもかかわらず、赤色が目に飛びこんできた。もっとも鮮明な赤ではなくて、なかなか毒々しい朱色だった気がする。しかも両方の目が塗りつぶされていて――。

「……違う。空洞《くうどう》だったような……」

そんな記憶がある。ぽっかりと二つの穴が開いていたのではないか。

「黒いもの……」

ふっと黒々とした何かのイメージが浮かぶ。かなり意外なものだった覚えがある。いったい何だったのか。

ふらふらっと堂内を覗きそうになり、慌てて晃一はお堂の前を離れた。

もし問題の達磨が、記憶よりも濃い鮮血のような赤色をしており、くわっと両目を開いた状態で、得体の知れぬ黒い何かをまといながら、こちらを見返していたら……と想像しただけで、年甲斐《としがい》もなく怖気づいてしまった。

「ホラーミステリ作家のくせに、だらしない」

自嘲的に苦笑してみても、肝心の台詞と笑いが空《から》元気のため、まったく効果がない。木陰に入っているのに、たらたらと汗が流れてくる。これは脂汗《あぶらあせ》なのか。

「どうかしてるな」

ことさら意識して声を出すと、晃一は大きく息を吐いた。

薄気味悪さの漂う場所で、子どものころの妙な記憶が断片的に蘇ったせいで、どうやら過《か》剰《じょう》に反応してしまったらしい。

「お堂も垂麻家も関係ない。ここに来たのは英介のためだ」

晃一は足早に狛犬の間を通り抜けると、石畳をはずれて境内の東側へ向かった。石畳以外は土の地面である。そのため靴底の感触が柔らかい。本来なら心地よさを覚えるはずなのに、なぜか変に気持ちが悪い。

まるで生きている巨大な達磨の頭上を、自分が歩いているような……。

とても有り得ない想像をしたときである。急に線香の匂いが鼻をついた。

神社なのに？

不審に思いながら進むと、大きな樹木が見えてきた。それは見事な桜である。そういえばこの樹の周囲で、いつも遊んでいた。

巨木の側に立ち、右手で樹の表面をなでる。そうして何気なく下を向いたところで、樹の根元に燃え尽きた線香の灰を見つけた。あたかも墓前に供えるごとく、地面の柔らかな部分に突き刺してあったようで、小さな穴に灰が残っている。

英介の供養か。

しかし、いったい誰が？　まだ彼の遺体は発見されていない。にもかかわらず、どうして線香をあげたのか。

しかも完全に燃えてしまっているのに、なぜ線香の匂いが嗅《か》げるのか。

………したぁ。

そのとき、またしても突然、晃一の脳裏に何かが蘇りかけた。

えっ⁉

一瞬の出来事だったが、気味の悪い歌声のようなものが耳朶に響くと同時に、急に背中が怖くなった。ぱっとふり向いた瞬間、何かが見えかけた。いや、誰かと言うべきか。

……女の子？

とっさにそう感じた。でも小柳早弥香ではない。自分たちより年下のような気がする。だが、そんな子は知らない。いっしょに遊んだ子どもの中で、少女は早弥香だけだった。彼女以外の女の子など、まったく心当たりがない。

今のは何だ？

直前に目にしたのは、境内の東側にそびえる大きな桜の樹と、樹の根元で灰になっている線香だけである。

この樹か線香が、自分の記憶を刺激したのか。

しかし、いくら考えても思い当たるものがない。ひょっとして達磨堂かと再びふり返ってみたが、どうも違うらしい。正確に言うと、違うかどうかさえ分からない。ただ、お堂からは離れていた。この巨木の前まで来たところで、奇妙な感覚に囚われた。ということは、やはり樹か線香のせいではないのか。

「うーん」

晃一はうなりながら両腕を組むと、目の前の桜の太い幹を見つめ、ついで線香の灰を見下ろした。

蘇りかけた今の記憶と、まさか英介の件とが関連している……とか。

もちろん何の根拠もない。しかし、ここに来たのは多門英介が、とても不可解な状況で失踪したからである。その現場に立った瞬間、いきなり記憶を刺激された。そもそも瓢簞山という地は、英介と晃一にとって共通の思い出を持つ場になる。

やっぱり何かあるのか。

関係ありととらえるほうが、この場合は自然かもしれない。だが残念ながら、ほんのかすかに覚えた奇妙なフラッシュバックは、もう完全に消え失せている。わずかな断片さえ残っていない。

樹木の前から立ち去りがたい気持ちを抱えたまま、晃一は裏側へ回った。地中から飛び出した巨大な樹の根が、うねうねと地面をのたうつように走っている。そこを迂回して境内の東の端へと向かったところで、はっと彼は立ち止まった。

警察が事件現場を封鎖するときに使用する「立入禁止」および「KEEP OUT」と記された黄色い帯が、少し先から張り巡らされていた。

その光景を一瞥《いちべつ》したとたん、

「ここだ……」

英介が首を吊ろうとしていた場所が、晃一には分かった。

巨木の周囲はどこも同じように、やはり根っ子が地面を覆っている。ところどころ根と根の間から岩が顔を出していたが、その中で特徴的な岩が一つあった。ご飯茶碗を伏せたような形をしており、ちょうど大人が座る椅子《いす》くらいの高さで天辺が平らである。しかも真上には太くもなく細くもなく、まさに手頃な枝が伸びていた。

この岩の上に登り、あの枝にロープを吊るしたのか。

おそらく英介は月明かりの中で、自分が首を縊るための用意を終えてから、ふと携帯を取り出して誰かに電話をした。最初から電話ゲームが頭にあったのか、ひとり目に電話してから思いついたのか、それは分からない。確かなのは彼がこの岩の上に座って、毎晩ひとりずつ誰かに電話をかけ続けたことである。

晃一は少し迷ったものの、立入禁止の先には入らなかった。すでに現場検証は終わっているようだが、捜査の邪魔をする恐れがある以上、軽率な行動はとれない。それに東側の縁《ふち》から下を覗かなくても、切り立った断崖《だんがい》の恐ろしい落差が、まざまざと脳裏に蘇っている。もちろん子どもだったからこそ、高く感じたのだろう。しかし今回こうして瓢箪山に登ってみて、その高さは充分に実感できている。小山とはいえ垂直の崖を落ちてしまったら、まず助からないだろう。絶壁を確かめるまでもない。

「英介……」

このとき晃一は、はじめて多門英介の死を悟った。本人の自殺を示唆する電話でも、彼が事件に巻きこまれた可能性があると伝えた刑事の話でも、英介の現実的な死など受け入れられなかったというのに。

「まるであいつが死んだのをきちんと認めるために、ここまで来たみたいだな」

自然に両目を閉じて両手を合わせる。ただし念仏を唱えるわけでも、旧友の冥福を祈るわけでもなく、ひたすら本人に問いかけていた。

いったい何があったんだ？

ここで何が起こったんだ？

今さらだけどお前の力になれないか——と尋ねたところで、ふと晃一はあることを思いつき、ぱっと目を開いた。

ここに他のメンバーを連れてきたら、どうだろう？

先ほどの自分と同じような感覚に、彼らも見舞われるのではないか。何かを思い出しそうになる者が出てくるのではないだろうか。ひとりくらいは完全に記憶が蘇るかもしれない。それが英介の死の真相を突き止める、重要な手がかりになりはしないか。

「……いや、だめか」

良いアイデアだと喜んだのも束の間、思わず声まで出して自分で却下した。気づかぬうちに首までふっている。

昨日、長谷川刑事に尋ねられ、英介が電話をしそうな相手を数人あげた。そこには小学三年生の夏、この地で晃一と友だちになった者も、当然ふくまれていた。あとは五、六年生と中学一、二年生のとき、英介のクラスメイトだった何人かを加えたくらいだ。高校や大学の友人、また社会に出てからの付き合いは、ほとんど知らない。そのため英介が電話をした相手の予想リスト作りは、あくまでも参考意見レベルだと思っていた。

だが今、こうして瓢簞山に登っていると、英介が電話をかけた相手とは、あの夏はじめて友だちになったメンバーではないか、という思いが強くなってきた。

理由のひとつは、彼が電話をした場所の問題だ。ここと密接に結びついているのは、やはりあのときの仲間だろう。もうひとつの理由は、単なる想像に過ぎない。しかし、なかなか的を射ているかもしれない。それは彼にとって友だちと呼べる人間が、結局あのメンバー以外にはできなかったのではないか、という淋《さび》しい想像である。小学校の高学年と中学校時代の彼をふり返ると、あながち根拠がないわけでもない。その後も折にふれ、晃一だけでなくみんなに連絡をしていたらしい事実にかえりみても、そういう可能性は充分に有り得る。

刑事の巧みな誘導により、晃一もたどり着いたあの仮説がある限り、みんなに協力をあおぐことは絶対にできない。

けど、だからこそ無理なんだ。

英介が電話をかけた相手の中に、彼を殺害した犯人がいる——。

その候補として、かつての同級生たちが浮かびあがってきた。この状況で当人たちに連絡をとるのは、さすがにためらわれる。

「でも……」

　そこまで考えを進めたところで、いくつもの謎が、たちまち晃一の脳裏に浮かんだ。

　英介から電話があったというだけで、なぜ彼を殺さなければならないのか。そもそも彼とは誰もが疎遠になっていた。せいぜい年賀状のやり取りと、あとは忘れたころにかかってくる電話くらいだった。

　にもかかわらず今回の電話に限って、英介の殺害を決意する必要が、どうして犯人にはあったのか。

　いったい英介は、電話で何の話をしたのか。それは全員に共通している内容か、もしくは犯人だけに当てはまる特別な話だったのか。仮に後者だった場合、ほとんど付き合いがなかったはずなのに、なぜ彼は殺人の動機になるような話を知っていたのか。またどうして、それを先週の電話でしゃべらなければならなかったのか。

「まさか……」

　桜の樹の裏で晃一は考え続けた。

　英介はお金に困っていた。だから犯人を強請《ゆす》ったのではないか。でも返り討ちに遭ってしまった。だとしたら、この状況の説明はつく。つきはするのだが、どうしても多門英介と脅迫という行為が結びつかない。

「いや、違うな」

　心情的な部分を抜きにしても、やはりおかしい。

　もし英介が脅迫を考えたのなら、真っ先に犯人のところへ電話をかけたはずだ。そこで犯人が要求に応じるふりをして、実際は彼を殺そうと決意したとする。すると今度は、脅迫が成功したと信じこんでいた英介が、他のメンバーだけでなく生命の電話にもダイヤルしたことになる。それは有り得ない。相手から引き出した金で、金策問題を解決できる気になっている英介が、生命の電話を必要とするわけがない。

脅迫が失敗した場合はどうか。悲観して万策がつきたとあきらめて、あちこちに電話したとしても不思議ではない。そうなると犯人は脅迫には屈しなかったものの、英介を害のある存在だと判断して殺したことになる。これは矛盾しないか。脅迫に応じなかったのは、自分の秘密をばらされても大丈夫だと、犯人が判断したからだろう。それなのに英介を殺害する必要が、なぜあるのか。もしも秘密をばらされる前に殺そうと考えたのなら、相手を油断させるために脅迫を受け入れたふりをするのではないか。いずれにしても、まったく辻褄《つじつま》が合わない。

「有り得るとすれば――」

最も可能性のある状況を、ようやく晃一は思いついた。

英介が口にした話のどこかに、実は相手を刺激する何か――犯人が隠しておきたいと願う過去の出来事――があった場合である。ただし英介自身は、その何かの真の意味が分かっていない。だから単なる共通の思い出話として、それを持ち出した。しかし犯人にとっては絶対に忘れてしまいたい、触れて欲しくない話題だった。幸い英介は何も気づいていない。とはいえ近い将来、その真意を察する恐れがないとも言えない。ここは用心のために英介を始末しておこう。そう考えて実行したのではないか。

「もしそうなら――」

晃一の思考がさらに進む。

みんなが同じ話を——犯人だけが身の危険を感じた話を——耳にしているのかもしれない。大仁多達芳と電話で確認した感じでは、お互いが聞いた英介の話に、ほとんど違いがなかったからだ。特に晃一だけ、達芳だけに通じる話題は出なかった。最初に英介はこちらの近状を尋ね、ついで自分が陥っている今の苦境を語った。そのあとは現実から、おのれの現状から逃避するかのように、ひたすら子ども時代を懐古し続けた。確かめる必要はあるが、おそらく他のメンバーに対しても、同じような電話だったのではないか。

いったいあの話のどこに、英介の命が狙われるほどの秘密が潜んでいたというのか。彼の電話の相手が、すべて瓢箪山の仲間だった場合、どう考えても該当《がいとう》するのは当時の思い出話しかない。その多くはこの山の上で行なった、他愛のない子どもの遊びについてである。しかも三十年も昔の話になる。そういう意味では、少しも害のない内容と言える。彼が語った自身の厳しい現状のほうが、よほど様々な問題をはらんでいた。

「最初の仮説が間違っているのか」

晃一は桜の樹の前まで戻りながら、ここまでの推理をふり返った。慎重に吟味《ぎんみ》を重ねてみた。その結果、そんなことはないと結論づけた。謎は多いものの充分に蓋然性《がいぜんせい》がある。このまま推理を進めるべきだろう。

一番触れたくない部分に、いよいよ晃一はふみこむことにした。

英介の記憶を隠蔽《いんぺい》しなければならぬと決め、それを本当に実行してしまったのは、いったい誰なのか。あのころから、かなりの歳月が経っているのに。わざわざ今になって英介を殺害してまでも、我が身を守ろうとする人物は誰か。

多門英介を殺した犯人は？

ところが、ひとりずつ具体的に友だちを思い浮かべていくにつれ、たちまち晃一は困惑した。記憶にある彼らの誰もが、犯人たり得ないからだ。どんな理由があろうと、この山の崖から英介を突き落とす者がいようとは、どうしても考えられない。

「やっぱり違うのか……」

ただし考慮すべき問題がひとつある。長い年月の間に、人は容姿だけでなく性格までも変わってしまうことがある。社会に出て様々な経験を積むうちに、子どものころからは想像もできない人物に変貌してしまう。そんな例は珍しくない。大人になったみんなの中に、そうなっている者がいないとも限らない。

「いずれにしろ、ここまでだな」

今あるデータだけでは、推理による犯人捜しは無理だった。ここからはメンバー全員の情報が必要になる。

「ひとりずつ会いに行くか」

思わずつぶやいた言葉に、晃一は自分で驚いた。

英介を殺した犯人を、自ら見つけたいのか。

とっさに自問するが、しばらく考えても自答できない。何があったのか、その真相を知りたい気持ちはある。だからといって探偵の真似ごとをするつもりはない。いくらホラーミステリ作家でも、当たり前だが殺人事件の捜査については素人《しろうと》である。こうして曲がりなりにも推理を進めてきたのは、あくまでも成り行きに過ぎない。

「しかしなぁ……」

被害者だけでなく犯人も旧友の可能性が高い事件である。このまま何もしないでいるなど自分にできるだろうか。そう晃一が逡巡《しゅんじゅん》していたとき、

「あっ！」

とても重要な事実を、すっかり失念していたことに気づいた。いいや忘れていたわけではない。それと事件とを結びつけて考えなかったのだ。

多門英介は自殺する危険があった。立て続けに世間の厳しい荒波にもまれて、そこまで追いつめられた。そのうえ彼は末期癌に侵されていた。癌に関しては事実確認ができていないが、少なくとも本人は信じこんでおり、電話でもそう言っていた。これは明らかに自殺の決意を、さらに促す材料になっていたはずだ。

ということは遅かれ早かれ、英介は自殺したと思われる。仮に自殺を思い止まったとしても、末期癌が本当なら余命はあまりなかったに違いない。数ヵ月ほどで逝ってしまった可能性も充分にある。

にもかかわらず犯人は、そんな状態の英介を殺害した。

放っておけばいずれ死んでしまう人間を、なぜ犯人はわざわざ殺したのか。

この大きな謎を解かない限り、とうてい犯人捜しなどできないことに、遅まきながら晃一は気づいたのである。

第八章　浮かびあがる記憶

　電話が鳴っている。

　有田《ありた》悠二《ゆうじ》が重い足取りで、名古屋の中区に建つマンション「栄《さかえ》プレステージ」の六〇五号室の前まで帰ってくると、部屋の中で鳴り響くベルの音が小さく聞こえた。

「こんな時間に？」

　腕時計は午後十一時半過ぎを表示している。

「まさか……」

　とっさに妻の可奈《かな》と娘の陽菜《ひな》の顔が浮かんだ。妻は先週末から赤ん坊といっしょに、彼女の実家に帰っている。祖母の法事に出るためだったが、しばらくは向こうでゆっくりしてくることになっていた。

「陽菜に何かあったんじゃないよな」

　慌てて鍵を取り出して扉を開けると、靴を脱ぐのももどかしくリビングに駆けこむ。

　緊急の電話なら携帯にかかってくるはずだ。そう頭では分かっているのに、夜中のベルの音は人を不安にさせるらしい。

　切れるなよ！

とっさに祈りながら受話器をつかみ、

「もしもし！」

半ば叫ぶように呼びかけた。

（…………）

ところが、うんともすんとも返ってこない。

「もしもし？」

声のトーンが一気に落ち、問いかけるような口調になる。

（…………）

しかし相変わらず何の返答もない。

なんだよ、こんな夜中に間違い電話か。

ほっとする半面、思わず心の中で毒づいた。とても疲れて帰宅したところに、よりにもよって間違い電話である。

「もしもし？」

しかも、こちらは三度も呼びかけているのに、相手はあやまりもしない。

「どちらさんですか」

それでも切らずに尋ねたのは、万一を考えてだった。

（…………）

すると悠二の耳が、かすかに車の走る音をとらえた。こればかりは仕事柄、聞き間違うはずがない。ということは野外で、誰かが携帯を使っているのか。

「間違い電話なら、もう切るから」

そんな風に断りながら、自分でも親切過ぎる対応だな、と悠二は苦笑した。どうやら陽菜が生まれてからは、他人に接する態度が優しくなったらしい。

「それじゃ――」

最後に一声かけて、受話器を戻しかけたとき、

（……がぁ、こぉーろしたぁ……）

子どものような声が、かすかに聞こえた。

えっ……？

受話器を持つ手が止まり、たちまち二の腕に鳥肌が立った。再び耳に当てようとするのだが、どうしてもできない。

今の声は……。

まるで真っ暗な闇の中から、ひそひそと囁きかけられたようである。それも「何かが殺した」という物騒な台詞を、無邪気に歌っているように聞こえたのだが……。

いったい何なんだ？

何か尋常ではない異様な気配が、電話の向こうから伝わってくる。

「……もしもし？」

にもかかわらず引き続き話しかけたのは、相手が子どもらしかったからだ。もっとも受話器は耳から離したままで、ほとんど目の前にある。

すると今度は、やはり子どものようなのだが、わざと大人が舌足らずにしゃべっているよう

にも聞こえる、なんとも気持ちの悪い声音が、はっきり耳に届いた。

（だぁーれまさんがぁ、こぉーろしたぁ……）

「………」

ほんの一瞬、赤茶けた何かの風景が、ふっと悠二の網膜《もうまく》に蘇りかけた。

……こ、これは？

とても遠い日の記憶の一部が、ちらっとだけ脳裏に浮かびかける。

この色は……？

でも、すぐに消えてしまった。日没を迎えたとたん、すうっと日の光が消滅して薄闇が訪れるように、今や悠二も暗がりに包まれている気分である。

とても厭な感じがする……。

自分を取り巻く暗闇の中から、目には見えない触手が伸びてきて、あたかも頭の中を探られている気がする。遠い遠い昔日《せきじつ》に起こった何かの記憶を、脳の奥の奥からずるずると引きずり出そうとしているようで、思わず身の毛がよだった。

「……お、おい」

とっさに声が出たのは、沈黙が怖かったからだ。しーん……とした静寂が続くと、見えない触手によって忌まわしい過去の体験が、ふっと本当に目の前へ取り出されてしまいそうで、どうにも耐えられなかったからだ。

「……だ、誰だ？」

（………）

「いったい、な、何の用だ？」

（………）

「どこにかけてる？」

（………）

声を出しているうちに、次第に冷静さが戻ってきた。

この電話は、間違いなく悪戯だろう。両親とも夜勤に出ている家庭の子どもなのかもしれない。だから夜ごと淋しさを紛らわせるために、でたらめにダイヤルをして、相手が出るとからかっているのではないか。

そう考えると、奇妙な台詞の抑揚も納得がいく。きっと子どもの間で流行っている歌のようなものか、この子がテレビで耳にした何かのフレーズなのだろう。

けど……。

悠二は引っかかりを感じた。薄気味の悪い旋律に、なぜか聞き覚えがある。そんな気がしてならない。それこそ自分が子どものころに、よく知っていたような……。

馬鹿な。

即座に否定してから、悠二は受話器を耳に当てた。そして、なるべく優しい声音を心がけながら、

「電話で遊んじゃいけないよ。それに今は、みんな寝ている時間だからね」

（………）

「いいかい？　もう切るよ」

（………）

「それじゃあね。バイバイ」

（……バイバイ）

かすかに返答する幼い声が聞こえ、ようやく悠二が安堵したとき、

（……ゆうじゅん）

何十年間も呼ばれていない子どものころの愛称が、受話器から聞こえてきた。

その瞬間、ぞっとする悪寒が悠二の背筋を伝い下りた。熱帯夜が続く名古屋で、帰宅してからクーラーを入れ忘れているマンションの一室で、むっとするこもった熱気に包まれながら、彼は身体を震わせていた。

思わず反射的に、たたきつけるように電話を切る。顔からは汗が噴き出しているのに、背中のぞっとする怖気はまったく消えない。

確かに、ゆうじゅん……って呼んだよな？

そんな風に言われたのは、小学校のときだけである。中学からは、ずっと名字の「有田」で呼ばれている。親しくなった友だちは、みんな「悠二」と呼び捨てだった。両親や親戚でさえも「ゆうちゃん」と口にしたのは、彼が十歳くらいまでだろう。しかも今の呼びかけは、確かに「ゆうじゅん」だった。

いったい誰が……？

四十歳になった今の彼に、わざわざ夜中に電話をかけてきて、はるか昔の愛称で呼びかけたのか。

あぁっ！

そこまで考えたところで、悠二には相手が分かった気がした。

えいくん……多門英介だ！

先週の月曜日の夜にも、英介は十一時半ごろに電話をしてきた。今夜も同じようにかけたのに、一向に悠二が出ないので、これは数度目の電話なのかもしれない。そこへ、ようやく悠二が帰宅したのではないか。

あいつ言ってたよな。これから毎晩、昔の友だちに電話するんだって……。

それが一巡したのではないか。他人のことは言えないが、多門英介に友人が多いとは思えない。一週間で電話をする相手がいなくなったので、再び月曜日にかけた有田悠二に戻ってきたとは考えられないか。

「まったく……」

悠二は舌打ちすると、居間にあるエアコンのスイッチを入れ、洗面所で手早く服を脱いでからシャワーを浴びた。今日の本業と副業の疲れ、それと英介の電話の相手をした徒労感を洗い流すために、しばらくは全身に温《ぬる》めの湯を当て続ける。

ようやく一息つけた気分になったのは、シャワーから出て居間のソファに座り、三百五十ミリリットルの発泡酒の缶を半分ほど、ぐびぐびと一気に飲んでからである。

「ふうっ」

大きく息を吐いたあと、悠二はひとりごちた。

「それにしてもあいつ、何のつもりだ？」

月曜日の英介からの電話は、けっこう久しぶりだった。もう二十年近く会っていないが、電話だけは彼のほうからある。こちらが忘れかけたころに、ふとかかってくる。年に一度くらいだろうか。何か特に用事があるわけではない。たいてい子どものころの話をして終わる、他愛のない電話である。悠二もたまの通話だったからこそ、相手をしてきたに過ぎない。自分から電話をしてまで話す内容ではないが、かかってきた電話で語る分には、昔の思い出話も悪くはない。

ところが、月曜の電話は変だった。最初にこちらの近況を尋ねるのは、いつものことである。それが妙に執拗《しつよう》に感じられた。根掘り葉掘り聞き出そうとする。どうにも不快だったので、悠二も本当の状況は口にしなかった。あくまでも順調にいっていると、何の問題もなく暮らしていると、わざと呑気《のんき》そうに答えた。

すると英介が突然、自分の苦境について語りはじめ、びっくりした。こちらの様子を探っていたのは、そのためだったのだ。きっと彼は、同じように苦労している友だちがいれば、腹を割って話がしたかったのではないか。とはいえ今さら「実は仕事が大変でな。生活も厳しくて」などとは言えない。

そもそも英介は子どものころから、何かにつけて級友たちを羨む傾向があった。勉強ができる、顔がいい、運動が得意、ユーモアがあるといった個人の特徴から、両親が町の名士、家が大きい、頼りになる兄や姉がいる、可愛い弟や妹がいるといった家庭に関してまで、よく彼は気にした。悠二たちに対しても同様だった。そんな過去を思い出したため、なおさら正直に打ち明けられなくなった。

さらに向こうが、暗に自殺を仄めかすような素ぶりを見せ、末期癌の疑いまで口にするにおよんで、もう何も言えなくなってしまった。

摩館市で高校まで通った悠二は、工学系の大学を出たあと、都内のとある機械設計会社に就職した。仕事は彼に向いており、着実にキャリアを積めた。転機が訪れたのは、名古屋に住む祖父母の知り合いを通して、ひとりの女性と見合いをした三十一歳のときである。

最初は結婚をうるさく口にする両親の手前、嫌々ながらの見合いだった。それが一目で相手の女性、可奈が気に入った。幸い向こうも同じだったらしく、すぐに付き合いがはじまった。とはいえ東京と名古屋である。なかなか会えない。しかし二人は遠距離恋愛の障害を乗り越えて、その仲を深めていった。

見合いを経た交際から一年が過ぎたころ、悠二はプロポーズをした。うれしいことに可奈は承諾してくれた。改めて彼女の両親に挨拶をするために、その日取りを決めようとしたところで、とんでもない事態が起きた。

この期におよんで可奈の父親が、他県に娘を嫁がせるつもりはない――などと言い出したのである。

困った二人は何度も相談した結果、悠二が名古屋の同業種の会社に転職して、新婚生活を名古屋ではじめる方法を選んだ。当時も世の中は不況だったが、主に自動車の機械設計にたずさわっていた彼には、名古屋という土地柄が幸いした。それでも次の会社が決まるまでには、紆《う》余曲折《よきょくせつ》があって一年かかった。

悠二が名古屋に移り住んでから半年後、二人は結婚する。新郎側よりも新婦側の出席者のほうがはるかに多い披露宴だったが、とても満ち足りた気分を彼は覚えた。それから六年ほどの間は、子どもができないという悩み以外、二人の結婚生活には何の問題もなかった。念願の子どもも昨年、ようやく授かることができた。会社でもより責任のある仕事を任されて、昇進も見えていたころだった。

　肝心の自動車業界全体に、業績悪化の波が押し寄せてきた。そのあおりで去年あたりから会社の受注が見る見る減ってゆき、昇進どころか月給が十万円ほど減額された。そのうち残業代もつかなくなり、かなりの収入減を強いられる羽目になった。

　悠二は今年の四月から会社には内緒で、運転代行会社に登録して副業をはじめた。本業の会社を定時の午後六時に退社すると、いったん帰宅して夕食をとる。それから七時半に副業の会社へ出社する。あとは居酒屋やスナックで飲む常連客たちの電話を待ち、連絡が入れば店に行って、客の車の助手席か後部座席に本人を乗せて家まで送る。たいていの客は酔っているため、ときにはからまれることもある。だが、それも仕事のうちと思っている。

　客からの連絡が途切れると、運転代行の営業チラシを持って飲み屋を回る。実はこのチラシ配りのほうが、ほとんど営業経験のない彼にとっては、副業の運転代行よりも辛かった。特に店の扉を開けて用向きを伝えた瞬間、そこの大将やママから「なんだ客じゃないのか」、「チラシを置く前に、まず客を連れてこいよ」という顔をされるときが、一番嫌だった。こればかりは、いつまで経っても慣れない。

　この運転代行の副業を、悠二は週に三日――木曜から土曜まで――行なっている。最初は月曜から六日のシフトに入っていた。そのため減給分以上の収入があった。だが帰宅が午前二時から三時ごろになるのに、朝は八時前にはマンションを出なければならない。どうしても睡眠不足になる。客待ちの間に仮眠はとるのだが、本業に支障が出はじめた。それで半分の日数シフトに変更した。

　そうなると副業で補っていた収入分が、当然ながら稼げなくなる。この七月からは家庭教師の派遣会社にも登録した。今は月曜から水曜の夜にかけて、三人の生徒――二人の小学六年生とひとりの中学三年生――に算数と数学を教えている。時給が良いうえに勤務時間も読めるため、ゆくゆくは運転代行から派遣の家庭教師へ副業を完全に移そうかと、最近ずっと悠二は考えている。

　ただし不安もあった。家庭教師は生徒側からの完全な指名制になる。登録さえしておけば仕事のある運転代行とは違い、こちらは実績を出さなければ仕事がなくなる可能性もある。生徒の成績が落ちたり、志望校に受からなかったりすれば、次の指名も危うくなる。副業のメインとするには、派遣の家庭教師としてのキャリアを、まだまだ積む必要があるのは間違いない。よって当分は、二つの副業を掛け持ちせざるを得なかった。

　よくやってるよな。

　会社に内緒で副業をはじめて、もうすぐ四ヵ月が経つ。さすがに疲れが溜まっている。そこに六月の蒸し暑さと七月の猛暑が追い打ちをかけた。慢性的に身体がだるく、いつまでも疲れがとれない。それでも、ようやく授かった娘の顔を一日でも見ると元気になる。副業に精を出すのも、すべては我が子のためなのだから。

　女の子だからなぁ。

悠二は発泡酒を飲み干すと、テレビ台の上に飾られた陽菜の写真を眺めた。誕生から先週末に撮ったものまで、ずらっと六つの写真立てが並んでいる。

可愛い洋服も着せたいし、習い事にも行かせたい。

そのためには今から貯蓄をしておく必要がある。もし有名な私立の幼稚園に入れるとなれば、かなりのお金がかかる。いくら稼いでおいても安心はできない。

「ふうっ」

悠二は大きく息を吐いた。我が子のために頑張る決意が、そこには強くこめられていた。だが同時に、身体に溜まった疲労感がもたらすため息でもあった。

あれ？　なんでこんなこと考えたんだ？

ほんの一瞬、頭の中が疑問符で満ちてから、すぐに多門英介がかけてきた重い電話の件を思い出した。

先週の月曜の電話で、あいつは俺を羨んだかもな。

ひょっとすると悠二だけでなく、他の友だちからも景気の良い話を聞かされたのかもしれない。だがこの時期、そんな業界は少ないだろう。少し考えれば分かることだが、追いつめられた英介には無理だった。すべて真に受けてしまったのではないか。

別に腹は立たなかった。相手が多門英介と分かったとたん、怒りよりも悲しみの感情が湧き起こった。そこには憐《あわ》れみの気持ちもあった。

子どものころから、ぱっとせんやつだったけど……。

大人になっても変わらなかったのかと思うと、なんともやるせない。蔑《さげす》む気など決してないが、自分は違っていて良かったと、ほっとする思いが心のどこかにあった気がする。

「いや、他人事《ひとごと》じゃないぞ」

ゆっくりと悠二は首をふった。英介は独身だが、彼には妻子がある。万一、本業のほうを解雇されでもしたら、たちまち生活に困る。陽菜の可愛い洋服どころか、マンションの家賃が払えなくなってしまう。

「とにかく今は、稼げるだけ稼いでおくしかない」

悠二はソファから立ちあがると、発泡酒の空き缶を片づけてから寝る準備をした。

今夜の副業は家庭教師だったので、運転代行の曜日より睡眠時間がとれる。それが思わぬ電話を受けて、その後もあれこれと考え事をしたので遅くなった。

それにしても……。

洗面所で歯を磨きながら、悠二は首をかしげた。

刹那《せつな》とはいえ脳裏に浮かんだ、あの赤茶けた風景は何だったのか。おそらく子どものころに見た景色に違いないが、なぜ怖いと感じたのか。

怖いと言えば……。

だぁーれまさんがぁ、こぉーろしたぁ……という童謡のような無気味な調べには、いったいどんな意味があるのか。どちらも多門英介に関係するのなら、摩館市で過ごした小学校時代に、それらはつながるはずである。

あいつは瓢箪山から電話していることを、こちらに当てさせた。そのとき何かヒントを口にしたはずなのだが、どうしても思い出せない。なぜだろう？

人気《ひとけ》のない山……。

長く伸びる石段……。

薄気味の悪いお堂……。

そびえる巨大な樹木……。

静止しては再び蠢く影……。

「えっ……」

歯ブラシをくわえた口から、思わず声が漏れる。

……今のイメージは？

人影はひとりではなかった。何人もの影が立ち止まっていた。それも奇妙な格好のまま、その場で固まっている。しかも急に、みんながいっせいに動き出す。

これって――。

彼自身も経験のある何かだとは分かるのだが、その正体が一向に見えてこない。もう少しで思い出しそうなのに、いつまでも忘却したままのような気もする。

しばらく鏡で自分の顔を見つめる。だが大人になった自分を眺めれば眺めるほど、子どものころの記憶が遠のいていく感じがした。

「……もう寝よう」

あきらめて口をすすぎ、洗面所の電気を消す。寝室に向かいかけたところで、鏡の上の明かりを消し忘れていることに気づき、踵を返したときだった。

「ああっ！」

ふり返った瞬間、完全に封印していた子どものころの禍々しい記憶が、悠二の脳内の奥の奥から奔流《ほんりゅう》のように湧き出てきた。あっという間に彼を、小学生時代のあのときへと連れ戻していた。

だぁーれまさんがぁ、こぉーろしたぁ……。

無邪気な歌声が木霊して、いっせいに人影が動き、ぴたっと止まる。

あの子はいったい……。

あの影はいったい……。

そこで何が起こったのか、実は悠二にも分からない。ただし何を見たのかは覚えている。今の今まで忘却の彼方《かなた》にあった記憶が、急に戻ってきた。

二度と思い出したくない忌むべき過去が……。

そのときのある光景が……。

第九章　七人目の謎

瓢箪山を訪れた翌日の午前中、速水晃一は寝不足の頭を抱えつつ、依然として進まぬ『七人の鬼ごっこ』の執筆に取り組んでいた。筆が乗らない理由が何であれ、毎日コツコツと書き続けるしかない。そのうち思わぬ突破口が見えてくる。それは経験から分かっていた。

ところが実際は、小説の展開を考えているつもりが、ふと気づくと多門英介の事件について熟考している。まったくの偶然なのだが、『七人の鬼ごっこ』の中に出てくる過去の奇っ怪な出来事の設定が、ちょうど瓢箪山の境内のような場所で起こる事件だった。タイトルにある通り、子どものころに遊んだ鬼ごっこがテーマになっている。よって小説を進めようとすると、どうしても英介の件に意識がいってしまう。

「かといって今さら、別のアイデアには変えられないしなあ」

そんなことをすれば、また一からやり直さなければならない。それで執筆がはかどるのなら、もちろん問題は解決する。だが当然、そんな保証はどこにもない。

昨日は摩館市の前中町の商店街で夕食をとり、八時半ごろに帰宅した。瓢箪山を下りたあと、誰かの実家を訪ねようかと思った。でも、よく考えると不可能だった。地元に残っている者が、ひとりもいない。家族から消息を聞くこともできたが、個人情報に敏感な昨今の風潮から難しそうである。何しろ小学生時代の同級生が、いきなり顔を出すのだから。警戒されて当たり前だろう。

帰りの電車の中はもとより、帰宅して浴槽に浸《つ》かっているとき、寝酒を飲んでいる最中、そしてベッドに入ってからも、ずっと晃一の脳裏には、ひとつの仮説とひとつの疑問がからまり合っていた。

ひとつの仮説とは、英介が電話をかけた旧友たちの中に、彼を殺害した犯人がいる——というもの。

ひとつの疑問とは、どうして犯人は、放っておけば自殺した可能性が高い英介をわざわざ殺したのか——というもの。

仮説が正しい場合、疑問は大いなる謎として立ちはだかる。

疑問が疑問ではない場合、つまり犯人が英介の自殺願望を知らなかったとすると、仮説が間違っていることになる。そうなると彼は人気のない夜中の瓢簞山の境内で、通り魔にでも襲われたというのか。

警察の見解が分かればなぁ。

晃一が自分の仮説を口にしたとき、長谷川刑事は否定も肯定もしなかった。英介が電話をかけた可能性のある人物の、素性を知りたがっただけである。

だが、日曜の夜に多門英介がおかれた状況に鑑《かんが》みると、彼が電話をかけた相手の中に、彼の居場所を知っていた者の中に、犯人がいる。そうとしか思えない。

だからこそ仮説と疑問が交ざり合い、頭の中がぐちゃぐちゃになる気分を覚えつつも、晃一は何とか推理を進めようとした。お陰で寝不足になった。しかも創作に専念しようにも、ともすれば事件について考えてしまう。ただでさえ遅筆になっている小説の執筆が、さらに停滞《ていたい》する始末だった。

「やっぱり大仁多くんに会いに行こう」

蕎麦《そば》で軽い昼食をすませたあと、晃一は午後からの予定を決めた。

当時のメンバーで東京にいて、まだ付き合いが続いているのは、もう大仁多達芳くらいである。もっとも彼と最後に会ったのは、三年前になる。英介と二人で、作家デビューのお祝いをしてくれたときだ。その後は、たまにパソコンでメールのやり取りをするくらいで、電話とはいえ実際に話したのは、先週の土曜の朝が本当に久しぶりだった。

達芳は現在、隋門院大学の建築学部で准教授の職にある。専門は景観学だが、彼の場合は取り組む視点が変わっていて、「怪異を感覚的に覚える光景」について研究している。そのため彼の著書には、『怪奇を呼ぶ眺望、幻想を紡《つむ》ぐ鳥瞰《ちょうかん》』とか『祟りと呪いの風景』といった、その手のタイトルの本が非常に多い。

晃一も刊行されれば、すぐに買って読んでいる。重厚な学術性の中に、いかがわしいオカルトの要素が交じっているのが特徴で、見方によっては色物と言える。ただ刺激的な内容の割には、著者の怪異に対する立ち位置がしっかりしているためか、とても安心して読める。それでいて時おり、はっと目を見張るような洞察がある。アカデミックなエンターテインメント本と呼べる特有の面白さが、彼の著作には充ち満ちていた。

編集者のときに晃一は、折を見て達芳に連絡をとった。そのころ勤めていた知層舎は学術書の専門出版社だったが、彼の本なら企画を通せると思ったからだ。

晃一が大学の研究室を訪ねて、ほぼ十六年ぶりに旧交を温め合った。さすがに最初の挨拶は、お互いに少しぎごちなかった。だが会話が進むうちに、自然と「大仁多くん」「こうちゃん」と呼び合っていた。子どものころの付き合いとは、まったく不思議なものである。

達芳はほとんど変わっていなかった。あえて違いをあげれば、晃一と知り合ったころの彼に、孤高さを醸《かも》し出していた彼に、やや逆戻りしていたくらいか。学生を相手に講義をするより、ひとりで研究に取り組むほうが、はるかに合っているように見えた。

再会を果たしたその日、二人はただちに「怪異の空間とデザイン」という全六巻のシリーズ企画を構想する。社内の企画会議にかけたが、通ったのは半分の三巻だった。一巻ずつにボリュームがあるため、いきなり六巻すべてを決定するのはリスキーである。残りの三巻は一巻から三巻の売れ行きを見て判断する。それが会議の結果だった。

これには晃一も困った。六巻構成を三巻に縮めることは、企画を練り直せば不可能ではない。しかし三巻で終わる場合も想定しつつ、上手くいけば六巻まで出す。そんな流動性のある企画を、この場合は最初から考えなければならない。そういった無理は、必ず本の出来栄えに関わってくる。どうしても当初の内容よりレベルが落ちてしまう。

達芳は冷めた見方をした。

「半分しか認められなかったのは、企画が通らなかったのと同じだよ」

没になったことを認めて、あっさりあきらめた。

「いや、このまま全六巻でいこう」

逆に晃一は押し切ろうと提案した。もちろん事前のリサーチで、「これは売れる」と見こみを持っていたからだが、出版は水ものである。大きくはずれる危険は当然ついて回る。

「売れなくて三巻で終わった場合、シリーズとしては尻切れトンボになるよ」

「だからといって三巻にまとめてしまえば、売れたとき続きを出せなくなってしまう」

「つまり没にするしかないってことだ」

「でも半分とはいえ、三巻まで勝負できるじゃないか」

しばらく達芳はじっと考えていたが、

「こうちゃんに迷惑がかからないか」

「お互い様だよ。大仁多くんも著者として、半端なシリーズ本を出したって、批判されるかもしれないんだから」

「なるほど。けど、そんな評価はどうでもいい。それなら企画を進めよう」

幸い一巻は好評だった。売れ行きも決して悪くない。しかも二巻を出したところで、少部数ながら一巻が重版した。三巻を刊行したさいにも、また重版になった。こうして一年に一巻ずつ「怪異の空間とデザイン」シリーズを上梓していき、無事に全六巻を完結させることができた。企画立案から最終巻の刊行まで、気がつけば足かけ七年にもおよんでいた。

その後は達芳の大学の仕事と研究、また他社の書き下ろしや連載が多忙を極めたため、いつしか再び疎遠になってしまった。やがて晃一が作家デビューをして、英介と三人で会ったのが、今のところ最後である。それ以降は晃一自身がストイックなまでに小説の執筆に取り組むようになり、ほとんど人と会わなくなる。達芳とはお互いの著書の感想をパソコンのメールで述べ合うだけになっていた。

大仁多くんならあの仮説と疑問に対して、きっと何か考えがあるはずだ。

晃一は大学の研究室の直通電話にダイヤルした。フィールドワークに出ていなければ、土日や祝日に関係なく、たいてい達芳は研究室にこもっている。

しばらく呼び出し音が鳴り続けたあと、ようやく受話器がとられ、

「はい、大仁多です」

抑揚のない声が聞こえた。

「やっぱりいたか。今、大丈夫かな」

「こうちゃんか。昨日の夜、電話したんだが――」

「ごめん。実は、瓢簞山に行ってた」

「そうか……。で、何か分かったのか。昨日の午前中、こっちにも刑事が来たよ。君のところには、月曜に行ったらしいな」

「うん。それでいても立ってもいられなくなって、何の考えもないままに、いきなり摩館市を訪れたんだけど……」

「その行動力は見習わないといけないな」

「動けばいいってもんじゃない。それでも英介の事件について色々と考えているうちに、どうにも不可解な謎にぶち当たってね」

「ぜひ聞かせて欲しい。とても気になっているんだが、夏期講習があってね。友だちの生死の問題なのに、なんとも面目ない限りだが」

達芳も時間さえあれば、おそらく晃一と同じような推理をしたはずである。それに友だち云々《うんぬん》というのは、晃一にも同様のことが言えた。英介の訴えに正面から向き合ったのは、生命の電話に出た相談員だけかもしれない。

そう伝えると、ため息まじりの返答があった。

「ああ、その通りかもしれない。今の世の中、なまじの知り合いに相談するより、まったく見ず知らずのボランティアに話を聞いてもらうほうが、実は本人も救われるのかもな。そもそも悩み事を打ち明けられる相手がひとりもいない。そんな人が増えているんじゃないだろうか」

「大仁多先生は大丈夫ですか」

こんなときだったが、ふと冗談めかして晃一が尋ねると、

「ぼくにしろ、こうちゃんにしろ、おのれの問題は自分で考えるよ。他人の意見を聞かないってことじゃない。聞いたとしても参考にする程度だな。あくまでも自らの意思で、きっと問題の解決を図ろうとするだろう」

「いや、大仁多くんはそうだと思うけど、こっちはそれほど強くないから……」

晃一が否定すると、けっこう真面目な口調で達芳が返した。

「なら、もしもの場合は、ぼくに電話すればいい」

「そして完膚《かんぷ》なきまでに、一刀両断にずばっと斬られるような、きついお言葉をちょうだいして、立ち直れなくなるわけだな」

「目が覚めていいじゃないか」

どこまで本気か分からない達芳の言葉に苦笑していると、インターホンが鳴った。

「ちょっと待ってくれ。宅配便かもしれない」

ひとまず受話器を置いて書斎から出て、廊下に設置されたインターホンの送受器を晃一がとると、

「速水さんですか。警察の者です」

そう言われ、ひどく驚いた。一昨日に訪ねて来たばかりではないか。しかも、あのときの刑事とは明らかに違う声である。

電話中なので少し待って欲しいと伝え、すぐに達芳には事情を説明して、いったん電話を切る。玄関まで急いで扉を開けると、温和そうなイメージの長谷川とは対照的に、どことなく冷たい感じの紳士風の男が立っていた。長谷川よりは年下ながら、この前の若い森田刑事よりはかなり年上に見える。晃一よりも四、五歳は上だろうか。

「摩館署の方ですか」

晃一が尋ねると、

「警視庁の者です」

再び驚くような返答があった。

「ど、どうぞ」

何の用事か尋ねたかったが、我慢して一昨日と同じくダイニングに通す。

「仕事のお邪魔じゃなかったですか」

「いえ。ちょうど友人と、電話で話していたところでした」

「ほうっ」

テーブルの側に立った男が、興味深そうな様子で、

「ご友人というのは、ひょっとして多門英介さんと共通の？」

「えっ……、あっ、はい」

どうやら男は、英介の件で訪れたらしい。少し考えれば分かりそうなものだが、さすがに晃一もすぐには頭が回らない。

「差し支えなければ、どなたと、どんなお話をされたのか、お聞かせいただけますか」

「相手は、大仁多達芳という者で――」

「存じています」

やはり男は、すでに晃一の事情聴取書に目を通しているらしい。

「実は今日にでも、彼に会いに行こうかと――。多門英介の事件について、お互い話しておいたほうが良いかと思いまして」

「そうでしたか。それで大仁多さんは何と？」

「何時に会うか決める前に、刑事さんがいらしたので、ひとまず電話は切りました」

「それは申しわけないことをしました」

台詞とは裏腹に、男の眼光は鋭い。

「時に大仁多さんは、何かおっしゃっていませんでしたか」

「……何かと言われても、具体的な話をする前に、電話を切りましたからね」

「なるほど」

そこで男は、ようやく気づいたとでもいう風に、

「失礼しました。警視庁の円覚《えんかく》です」

にこりともせずに名刺を差し出してきた。見ると「円覚高明《たかあき》」とあり、肩書には「警部」と記されている。

「この名字から実家は寺かと言われますが、実際はキリスト教系の病院です」

それがこの警部の初対面の挨拶で、笑いどころなのかもしれないが、本人がニコリともしていないのだから、なんとも反応に困る。

「速水晃一です」

仕方なく彼も自己紹介をした。

「ホラーやミステリなど、娯楽小説を書いております」

そう続けたところで晃一は、なぜ円覚が訪ねて来たのか、その目的を想像して、あっと声をあげそうになった。

わざわざ本庁の警部が出て来たのは、英介の遺体が見つかって、はっきり他殺だと分かったからではないのか。それ以外に考えられるだろうか。

とはいえ、あからさまに訊くのはためらわれた。

「何か進展があったのですか」

椅子をすすめつつ、はやる心を抑えて遠回しに探る。

「まずお尋ねしたいのですが――」

晃一の問いかけを、円覚は当たり前のようにかわすと、

「昨日の火曜日の夜は、どちらにおられました？　十一時ごろです」

「ここです。夜になって散歩に出ましたが、八時半ごろには帰宅しました」

とっさに瓢簞山に行ったことを隠した晃一は、たちまち不安感で胸がいっぱいになった。

「日課のお散歩ですか」

「いつもは午後に、昼食のあと一時間ほど歩いています。でも、この暑さですからね」

「それで夜に、散歩の時間をずらされた」

「はい。昼間だと帰って来てからも、なかなか汗がひきません。すぐに仕事に戻れないという欠点もありまして――」

ここまでの言葉に大きな嘘はない。ただ、どこに行っていたかを話していないだけで。

「帰宅されてからは？」

「……夕飯を作って食べて、あとは本を読んでいました」

「料理もなさるんですか」

「ひとり暮らしが長いですから。でも大したものは作れません」

「いや、ご立派です」

形ばかりのほめ言葉を口にした円覚に、晃一はずばり尋ねた。

「これはアリバイ調べですか。もしそうなら私にはありませんが」

「昨夜、電話や訪問者は？」

「……ああ、新聞の集金がありました。ちょうど私が帰宅したころです」

「やけに遅いですね。しかも平日の夜に」

「私が家で仕事をしていることは、向こうも知っています。ただし日中だと差し障りがあるので、夕方か夜にお願いしてあります」

「どこの新聞ですか」

晃一が購読契約の控えを探して渡すと、円覚が担当者の名前をメモした。

「ありがとうございます。すぐに裏がとれるでしょう」

「しかし、集金は八時半ごろですよ」

晃一が念を押すと、円覚はうなずきながら、

「実は昨夜の午後十一時過ぎに、名古屋市の中区の路上で、有田悠二さんが車に撥《は》ねられて亡くなりました」

「な、何ですって！」

昨日の夜のアリバイ確認をされたところで、新たな事件が起きたのかもしれない、とは晃一も予想した。だが、あくまでも多門英介に関する出来事だと思っていた。それなのに今度は、あろうことか有田悠二が死んだという。

「事故ですか」

「まだ分かりません」

円覚は完全にポーカーフェイスだった。

「道は一方通行でせまく、右手にカーブを描いており、進行方向の左手に歩道がある、というのが現場の状況です。車を運転していた会社員の話では、その歩道の途中に立てられた看板の陰から突然、まるで突き飛ばされるようにして、いきなり男が車道へ転がり出てきたので、ブレーキを踏んでも間に合わなかった――と証言しています」

「…………」

「急ブレーキをかけたものの、車は有田さんを撥ね飛ばした。有田さんは地面に頭をたたきつけられ、亡くなられた。即死でした」

「…………」

「当の運転者の証言ですから、疑ってかかる必要はあります。ただ事故当時、車と同じ方向に歩道を歩いていた目撃者がいます。近くの会社に勤める女性です。彼女によると、事故のあと看板の陰から立ち去る人影があった、というのです」

「もうひとりいた？」

「彼女が見たのは人影だけで、どんな人物かまでは分からない。ちょうど街灯のない暗がりだったらしい。ただ、その人は現場から逃げるように去った。そんな風に映ったと、彼女は証言しています」

「…………」

「もちろん、たまたま事故現場に遭遇した驚きと恐れから、とっさに逃げ出してしまった有田さんとは無関係な通行人、という可能性はあります」

　円覚の表情は変わらないため、彼がどう考えているのか一向に読めない。

「有田悠二は、酔っていたのですか」

「まだ司法解剖の結果は出ていませんが、奥さんによると、外で飲んで帰ることはなかったそうです。ただ有田さんは、四月から夜のアルバイトをしていた。そのため疲れがとても溜まっていたらしい。奥さんによると、八月に入ってからは特に旦那さんの身体を心配していたといいます」

「つまり過労が原因で、ふらついて車道に出てしまった?」

「その可能性も考慮に入れるべきでしょう」

本当にそう思っているのか、相変わらず円覚の表情からは分からない。

「しかし車の運転者の証言とは、かなり違っていますが……」

「加害者の言い分ですからね」

「しかも一方で、不審な人影も目撃されている……」

「現在捜索中ですが、本人が名乗り出ない限り、まず見つからないでしょう」

そこで晃一は、遅まきながら自分の置かれた状況に気づいた。

「私も容疑者のひとり、ということでしょうか」

「あくまでも念のためです」

事務的な口調で円覚は答えたが、すぐに続けて、

「こちらに八時半ごろおられたのなら、十一時過ぎに名古屋の事故現場へ行くのは、まず無理です。本当に行くだけなら、ギリギリ間に合うかもしれません。ただ、それでは現場の歩道を通りかかった有田さんと、まったく偶然に出会ったことになる」

「そうですね」

「事前に有田さんと打ち合わせをして、昨夜の十一時に現場の歩道の看板の前で会おう、とでも決めておかない限り、そんな芸当はまずできません」

「私の容疑は晴れたわけですか」

「多門英介さんのときも、速水さんにはアリバイがありました」

「……やはり、英介につながるのですか」

「やはり、というのは？」

じっと円覚に見つめられたが、その眼差しを晃一は無視して、

「教えて下さい。有田悠二のところにも、多門英介は例の電話をしているのですか」

「………」

「警部さん、お願いします」

円覚は少しだけ考える仕草をしてから、

「その件については、いずれお話しするつもりでした。実は同じ電話が先週の月曜日に、有田さんにもかかってきたそうです。有田さんが奥さんに話されたのは、翌日の夜だったらしいのですが」

「電話の内容は？」

「改めて奥さんから詳細を伺う必要はありますが、今のところ、ほとんど同じだったと見て良いでしょうね」

「……待って下さい」

急に心臓の鼓動がドクドクと、うるさく聞こえ出した。それを静めるように、晃一は何度も深呼吸をくり返してから、ゆっくり話しはじめた。

「まず多門英介が、彼が言うところの電話ゲームをした。参加させられたのは六人ですが、生命の電話の相談員を除外すると、電話をかけた友だちは五人になります。彼が電話をしている

場所が、摩館市の瓢箪山だと知っていたのは、この五人だけでした。まさにその山の上で、彼は崖から突き落とされた。つまり英介が電話をした五人の友だちの中に、彼に対して殺意を抱いた犯人がいることになります」

　円覚は黙ったまま、晃一の話に耳をかたむけている。

「この仮説は、警察も考えたのではありませんか。だから英介が電話をかけた中で、ただひとり名前の分かっている私を訪ねてきた。いえ、それだけじゃない。仮説をふまえた結果、ある疑問が出ることも、もうすでにご存じじゃありませんか」

「どんな疑問です？」

　円覚が否定も肯定もせずストレートに尋ねてきたので、晃一も素直に答えた。

「どうして犯人は、もしかすると自殺したかもしれない英介を、わざわざ殺す必要があったのか——という疑問です」

「なるほど」

「英介に殺意を覚えた動機とは別に、今すぐ彼を殺害しなければならなかったもうひとつの動機が、犯人にはあったことになります」

「容疑者が絞られますね」

「ところが、今度は五人のうちのひとりが、事故か他殺か分からない状況で死んだ」

　晃一は相手の顔をじっと見つめつつ、

「これはいったい、どういうことでしょう？」

「……………」

円覚は何も答えない。

「まさか警察は、これを連続殺人だと判断して――」

「そう思われますか」

逆に警部に問いかけられた。

「……もちろん根拠はありません。ただ二人のつながりを考えると、むしろ無関係な事件だととらえるほうが、不自然ではないでしょうか」

「私が速水さんをお訪ねしたのも、そこにあります」

どうやら円覚の本題は、これからのようである。

「あなたの仮説は、警察でも考慮しました。しかし、多門英介さんが多額の負債を抱えていることから、もっと可能性の高い仮説を立てたのです」

「と言いますと？」

「借金取りです。それも相当に質《たち》の悪い。言わば闇金融です。多門さんは二週間ほど前から、居場所が分からなくなっていました。やつらに見つからないように、おそらく逃げていたのでしょう」

さすがに警察は、もっと現実的な考え方をしたらしい。

「多門さんの自宅の裏口がこじ開けられ、何者かが侵入した形跡もある」

「長谷川刑事からお聞きしましたが、何か盗まれているのですか」

「確認する人がいないので、確かなことは分かりません。ただ侵入者は、机や箪笥《たんす》の引き出しを重点的に物色したようです」

「何かを探していた？」

「ちなみに現金、通帳、ハンコといったものは、いっさい見つかっておりません。多門さん自身が持ち出した可能性はありますが、崖下に落ちていたポーチの中には、どれひとつとして入っていませんでした」

「いずれにしろ何者かが入手した、ということですか」

「あいつらほど執拗な連中はおりません。まずは自宅や会社に押しかけるわけですが、それで捕まらなくても、決してあきらめることがない。どこに身を隠そうと、絶対に突き止めますからね」

「それで英介は日曜日の夜、とうとう瓢簞山の上で、その手の連中のひとりに捕まってしまった？」

「達磨堂の裏にでも隠れていたのを、引きずり出されたのかもしれません。そしてもめた挙句《あげく》、崖から突き落とされた。殺人犯になりたくない借金取りは、多門さんの遺体を回収してどこかに隠した」

「私の仮説と疑問よりも、はるかに説得力がありますね」

　晃一が意気消沈していると、

「いいえ、さすがに作家だなと、私は感心しました」

　意外にも円覚にほめられた。とはいえ相変わらず無表情なままだったので、どこまで本気にして良いのか分からない。

「それに今のところ、その手の連中からまだ容疑者が浮かんでこないのです」

「さすがに殺人を犯すような、悪徳な金融業者が見つからない？」

「まだ断言できるほど、捜査は進んでおりません。ただ、その対象が金融業者に絞られているのは確かです」

自分の仮説と疑問など、しょせんは素人考えなのだろうか。そう晃一が思っていると、まるで彼の心を読んだかのように、円覚が驚くべき台詞を口にした。

「一昨日、所轄の者が速水さんからお伺いした、多門英介さんの交友関係について、実は金融業者の捜査とはまったく別に——ここだけの話ですが、実際は私が個人的に——いちおう調べを進めておりました」

「えっ？」

「そのお陰で、有田悠二さんの名古屋での事故死の情報も、かなり早い段階で知ることができたわけです」

「ど、どうして警部は——」

みなまで言わなくても円覚は分かったのか、

「あなたの仮説は検討する必要があると、もちろん思ったからです」

「つまり警察内部では、まだ連続殺人だという判断はなされていない。この警部さんの訪問も、あくまでも非公式なわけですか」

円覚は重々しくうなずくと、

「とはいえ多門さん事件の容疑者として、仮に金融業関係から誰も浮かばず、さらに有田さんが殺されたと判明した場合、あなたの仮説が再び浮上してきます」

「それで私のところへ？」

「多門さんの電話を受け、有田さんとも接点があり、二人の事件に対してアリバイを持たれているのは、速水さんだけです。いえ、他にも該当する方はおられるでしょう。ただし今、我々のほうで確認できるのは、あなただけなのです」

そこに大仁多達芳はふくまれないのか――と訊きかけて、本人に尋ねるべきだと晃一は思い直した。

「こちらもある程度は、腹を割ってお話ししているつもりです」

「捜査状況について、ですか」

「本来はここまで、事件の関係者にはしゃべりません。ただ速水さんは、非常に重要な捜査協力者になると、我々は考えております。だからこそ、すべて包み隠さずにお知らせしているわけです」

「……恐れ入ります」

「そこで改めて、お願いしたいのですが」

円覚の頼みは予想がついたが、形式的に問い返す。

「何でしょう？」

「多門さんが電話をかけたメンバーについて、もう一度よく考えて欲しいのです。今度はそこに有田悠二さんも加えて、この二人と特に関係のありそうな友だちを、新たに選び直していただきたいのです」

そう言われるまでもなく晃一の頭の中には、ひとつのグループが浮かんでいた。

瓢簞山の六人の仲間――。

やはりあのメンバーしかいないのではないか。有田悠二の死によって、その蓋然性が増したのは、なんとも皮肉ではあるけれど。

「先日もあげた名前ですが――」

摩館市を訪れたことは伏せながら、晃一はあのときの考えを話した。

「つまり――」

それを円覚がまとめた。

「多門さんが電話ゲームの相手を、何らかの縛りの中から選んだのだと考えると、あなたが摩館市立第三小学校に転校したさいの、夏休みの間に友だちとなった同級生の可能性が強い、ということですね」

「はい。月曜が有田悠二で、水曜が大仁多達芳、そして金曜が私でした。火曜と木曜は、小柳早弥香と内原慧ではないでしょうか。月曜から金曜までで、みんなに電話をしてしまったため、土曜には生命の電話にかけた……」

と説明したところで、曜日と人数が合わないことに気づいた。

「……でも、そうなると日曜に該当する者がいませんね。六人の中には多門英介もふくまれています。つまり彼が電話をできる相手は五人です。生命の電話をひとりと数えても、月曜から土曜までで、その六人にはかけてしまったことになる」

「あとひとりの心当たりは？」

晃一は慎重に考えてみたが、そんなことをする前から答えは分かっていた。瓢簞山で遊んだメンバーは、自分を入れて六人だった。ひょっとすると何度か、他の友だちが加わった日もあったかもしれない。しかし、それは本当にたまたまであり、新たな友だちができた覚えはまったくない。

　そう伝えると円覚も熟考する姿勢を見せたあと、

「たまたま遊んだ友だちの中に、多門さんだけが親しくなった人はいませんでしたか」

「むしろ彼ひとりが、そのとき新しく加わった友だちには、最後まで打ち解けなかったと思います。六人のメンバーの中でも、気軽に話ができたのは私だけで、あとは大仁多くらいでしょうか」

「小学生の多門さんにとって、速水さんたちだけが友だちだった？」

「はい。中学生になっても、あまり変わらなかったような気がします」

「すると日曜日に電話する相手が、多門さんにはいなかったことになりますね」

「生命の電話の方は何と？」

　晃一の質問に、円覚は鞄から捜査資料を取り出しながら、

「多門さんは、小中学校のときの友だち五人に電話をかけた、と言ったそうです。自分を入れて六人なので、六日目の土曜日に困ってしまい、生命の電話にかけたのだと。速水さんの推理は、ぴたり当たっています」

「英介がそう言ったのなら、なおさら電話をした相手は、瓢箪山の仲間だった可能性が高くなると思います」

　晃一は自分の考えを述べながらも、生命の電話で英介がしゃべった内容を事前に教えておい

てくれれば、もっと早く瓢簞山のメンバーについて話せたのに、と不満を感じた。

……わざと隠したのか。

速水晃一が事件とは無関係だと確信できるまで、あるいはよけいな予備知識なしに捜査協力をさせるために、情報は小出しにしたのかもしれない。

あるいは長谷川刑事には、そこまでの権限がなかったのか。

相変わらずポーカーフェイスの円覚を一瞥して、きっとこの警部だからここまで話せるのだろうと思い、晃一は話を続けた。

「ただしその場合、どう考えても七人目が浮かびません」

「お話を伺っていると、瓢簞山の仲間をまとめていたのは、速水さんのようですね。あなたの存在がなければ、他の五人は友だちになっていなかった。そうではありませんか」

「そんな気が、私もします」

「特に多門さんにとって、あなたが唯一の友だちだった」

「具体的に深い付き合いが、双方であった記憶はありません。ただ、あの当時の彼がそう感じていたとしても、不思議ではないでしょうね」

「ということは——」

円覚が問題を整理した。

「多門さんが選んだ七人目の心当たりが、速水さんにはないという状況から考えて、電話のメンバーを瓢簞山の仲間だけに絞ってしまうのは、かなり危険だと分かります。多門さんが小中学校の友だちと口にしているため、これまで通り対象を中学校時代まで広げる必要があるでしょう」

「そうですね」

あいづちを打ったものの、決して晃一は納得していない。

「ただ――」

そこで円覚が思わせぶりに、再び捜査資料に目を落とすと、

「生命の電話の相談員によると、多門さんは『友だちは俺を入れて六人だった』と口にしたそうです。だから『最初っから一週間も、もつわけがなかった』と、はっきり述べたというのです」

「そ、それじゃ、やっぱり英介が電話をした友だちは、瓢箪山の五人だったことに……」

「――なった場合、依然として七人目の問題が解決しません」

まるで円覚に引き回されているようで――そんなつもりが警部にないにしても――ややむっとした口調で晃一は尋ねた。

「日曜日に誰に電話をするのか、英介は何も言わなかったのですか」

「相談員の方も、それが気になったようです」

あくまでも円覚は冷静な態度で、

「どんな人物か知ることができれば、夜の電話に出る確率が高いか低いか、ある程度の予測はできますからね。そこで相談員の方が、多門さんを刺激しないように、それとなく尋ねたところ――」

「英介は何と？」

いつしか晃一は身を乗り出していた。

「最初は『電話する相手がいない』と困っていましたが、急に思い出したように『あっ』と声をあげて、『ああ、あいつがいたな』とつぶやいたというのです」

「あいつがいた？」

なぜか晃一は、その台詞にぞっとした。

「お心当たりはありませんか」

「あいつ……」

思わず頭をたれると、再び晃一は慎重に考えた。だが、いくら当時の同級生たちの顔と名前を思い出しても、瓢簞山の仲間六人に続く七人目に当てはまりそうな人物が、どうしても浮かばない。

「いえ、やはり誰も……」

「そうですか」

意気消沈するでもなく円覚は淡々とした口調で、

「今の段階では、多門さんの小中学校時代の交友関係を、満遍《まんべん》なく当たる必要がありそうですね。その中から彼に電話をもらった人物を洗い出し、有田悠二さんとの関係を調べる。時間がかかっても、現状ではこれがベターな方法でしょう」

警部の判断に黙って耳をかたむけていた晃一が、そこで急に顔をあげた。

「もしかすると——」

「何です？」

すかさず円覚が反応する。

「多門英介は他の曜日よりも、日曜の夜はもっと早い時間に、その七人目に電話したのかもしれません」

「どうしてです？」

「明確な理由は分かりません。相手の都合に合わせたのか、最後の曜日になって耐えられなくなったのか……」

「なるほど。事情は色々と考えられますね。しかし、どうして多門さんが、日曜の夜だけ電話をかける時間を早めたのではないか、と思われたのです？」

「電話を受けた七人目が、そのまますぐ瓢箪山に向かったとしたら……」

「…………」

はじめて円覚の表情に変化が現れた。

「そして英介を、崖から突き落としたのだとしたら……」

「…………」

「つまり謎の七人目こそが、多門英介を殺害した犯人だったとしたら……」

ある光景（三）

「だぁーれまさんがぁ、こぉーろしたぁ」

大きな樹に右腕と顔をつけながら叫んだあと、ぱっと鬼が左肩越しにふり返った。

そのとたん、西日を受けて黒々としている人影の動きが、ぴたっと止まる。全員が鬼のほうへ、まさに今にも歩き出しそうな格好のままで。

ひとり、二人、三人、四人、五人……、誰も身じろぎひとつしない。

でも鬼が樹に向き直って背中を見せると、いっせいに五人は動き出す。

「だぁーれまさんがぁ、こぉーろしたぁ」

独特の抑揚をつけた幼い声で、またしても鬼が歌うように叫ぶ。

その間に五つの影が、少しずつ大きな樹へ近づいて行く。ただし鬼がふり返った瞬間、いっさいの身動きをぴたっと止める。どれほど不自然な格好をしていようとも、そのままの姿勢で微動だにしない。ひたすら鬼が樹に向き直るのを待っている。

ところが、何度目かにふり向いた鬼が、なかなか元の姿勢に戻らない。大きな樹に顔を伏せずに、みんなのほうを向き続けている。

いったい鬼は何をそんなに見つめているのか……。

「ずるいぞ！　長過ぎるよ」

静止したままの人影から抗議の声があがった。もちろん口だけを動かしている。

しかし鬼は、ひたすら人影を見つめ続けている。決してやめようとしない。

「おい、もういいだろ！」

引き続き批難の声があがる。

だが鬼には聞こえていなかった。なぜなら鬼は一心に数えていたからだ。

ひとり、二人、三人、四人、五人、六人……。

……ひとり多い。

鬼が陣取る大きな樹へ向かって来る人影が、いつの間にか増えている。

七人目がいた……。

第十章　桜の樹の下の死体

電話が鳴っている。

反射的に壁かけ時計に目をやると、午後十一時三十三分だった。

こんな時間に、いったい誰が？

小田切《おだぎり》早弥香《さやか》は不審に思いつつ、キッチンのタオルで手をふくと、急いで居間のソファの横にある電話台に向かった。

夫の善幸《よしゆき》だけでなく彼女と親しい人たちも、みんな普通は携帯電話にかけてくる。夫と彼女が電話を使う場合も、たいていは携帯だ。そのため家の固定電話は、ここ数年すっかり忘れ去られている。たまにファックスとして使うくらいで。

家の電話にかけてくるのは、個人的な付き合いのない人に限定される。ただし、そういう人の電話は遅くとも九時までだった。携帯が普及しても——むしろ広まったからか——固定電話にかける常識的な時刻が、逆に意識されている気がしてならない。

だから時おり十時ごろにでも電話が鳴ると、何か悪い知らせでは……と、早弥香は怯えてしまう。今も電話台の前まで行きながら、受話器に手を伸ばすのを躊躇している。でも、いつまでも放ってはおけない。善幸の勉強の邪魔にもなる。

「はい、小田切でございます」

夫の実家の和菓子屋「小田切餅《もち》」の古い顧客から、めったにないとはいえ連絡の入る場合もある。だから固定電話に出るときは、言葉づかいにも気をつけていた。

（………）

だが、何の応答もない。

「小田切でございますが？」

相手は老人で、耳が遠いのかもしれない。早弥香は少し大きめの声で、ゆっくりと語りかけてみた。

（………）

しかし、何の返事もない。間違い電話かと思ったが、それなら相手が切るだろう。仮に耳が悪くても、電話をするくらいなのだから、まったく聞こえないはずがない。

混線でもしたのかな？

今どきの固定電話で混線があるのか、と彼女は首をかしげた。

それとも故障？

もしかするとベルが鳴っただけで、実際の電話ではないのかもしれない。その可能性のほうが高そうではないか。

そう考えて受話器を戻そうとして、はっと早弥香の手が止まった。

……かすかな息遣いが聞こえる。

受話器の向こうに、確かに誰かがいた。じっと息を殺しながら、こちらの様子をうかがっている。だが、どうしても息が漏れてしまうのだろう。本当にかすかだったが、明らかに人の気配が感じられる。

（はぁ……、はぁ……、はぁ……）

たちまち早弥香のうなじが粟立った。

嫌だ！　へ、変態？

無作為に番号を選んで、女性が出れば卑猥《ひわい》な言葉を投げつける。猥談を聞かせる。そんな変態ではないかと、とっさに彼女は身構えた。

ところが、いつまで経っても相手はしゃべらない。その手の男なら、そろそろ何らかのモーションを起こすだろう。それなのに相変わらず沈黙している。

気味が悪い……。

もちろん変態には嫌悪感を覚えるが、相手にしなければすむ。そういう手合いは女性の反応を楽しむのだから、こちらが動揺しなければ良いのだ。十代のころならともかく、今の早弥香にできない対応ではない。

でも、この電話は変……。

まったく目的が分からない。変態に対するような嫌悪感ではなく、得体の知れないものに覚える恐怖感がじわじわと湧き起こる。

早く切ったほうがいい。

早弥香の理性が告げている。その一方で、受話器の向こうに聴き耳を立てる彼女がいた。相手が何者なのか探りたい、と考える自分もいる。

何を馬鹿なこと……。

慌てて電話を切ろうとしたが、どうやら遅かったらしい。

（だぁーれまさんがぁ、こぉーろしたぁ……）

真っ暗な場所で子どもが歌っているような、ものすごく気味の悪い抑揚の声が、ふいに彼女の耳朶を打った。

その瞬間、首元から冷水を流しこまれたとしか思えないほど、ぞっとする震えが早弥香の背筋を伝った。

な、な、何なの？

訳が分からないゆえの恐怖を、さらに覚える。それだけではない。まったく意味が不明にもかかわらず、ほんのわずかだが記憶を刺激される感覚が、不思議なことにある。

ど、どうして？

理由が思い当たらないだけに、ますます恐ろしさが増してしまう。

あっ、もしかして善則《よしのり》の友だち？

善幸との間には、十歳になるひとりっ子の善則がいる。とっさに息子の友だちの悪戯電話かと考えた。きっと善則からこの変な歌のごときフレーズを、自分は聞かされたことがあるのだろう。だから妙な既知感を覚えるのではないか。

……いいえ、違う。

しかし早弥香は即座に、その解釈を否定した。

もっと前の……、もっともっと昔の……。

息子を産んで育ててきた、この十年よりはるか以前の何か……のような気がする。まだ善幸とも出会っていない、それこそ子どものころにまで遡《さかのぼ》る……何か。

子ども？

電話をかけてきたのは子どもなの、と考えたところで早弥香は首をかしげた。今の身の毛のよだつ歌声は、幼い子のふりをした大人の声音ではなかったか。

やだ、気持ち悪い……。

そのアンバランスさに、再びぞっとする。だが相手が大人かもしれないと察したとたん、急にふつふつと怒りがこみあげてきた。

「だ、誰なの？」

毅然《きぜん》と誰何《すいか》したかったのに、声がうわずった。

「いったい、な、何のつもりですか」

受話器の向こうから、ざわざわとかすかな風の音が聞こえる。どうやら野外で、携帯からかけているらしい。

「悪戯なら、迷惑ですからやめて下さい」

これで返答がなければ、今度こそ切ろうと思っていると、

（だぁーれまさんがぁ、こぉーろしたぁ……）

またしても無気味な声が、耳元で囁くように響いた。今度は明らかに、大人がわざと幼い声を出していると分かる。

「……な、何のことですか」

腹を立てているはずなのに、怒りよりも恐れが先に立つ。

「何を言ってるのか、い、意味が分かりません」

相手に話しかけるというより、とにかく声を出していないと怖い。

「もしもし？」

（………）

「もう切りますからね」

（………）

「切りますよ」

（……バイバイ）

「えっ⁉」

まさか返事があるとは思わなかった。しかも「バイバイ」と電話を切る挨拶をしてくるとは、まったく予想外だった。

「……はい、バイバイ」

抵抗は大いに感じたものの、相手が頭のおかしな人という可能性もある。ここは穏便にすませておくに越したことはないだろう。そう判断して返事をしたのだが、さらに彼女を驚かせる返しが相手からあった。

（……バイバイ、さーや）

小柳早弥香だったときの、小学生のころの呼び名である。六人の仲間うちだけで通用した呼称で、彼ら以外で使う者はいなかった。そもそも全員の愛称を——自分もふくめて——考えたのは彼女だったのだから。

「えいくん……なの？」

とっさに呼びかけたが、すでに電話は切れていた。

今のは多門英介くん？

先週の火曜日の夜、もう少し遅い時間に英介から電話があった。それまでにも年に一度くらいの割合で、たまに彼からは連絡がある。正直うれしいと感じる電話ではないが、毎月または毎週かかってくるわけではない。だから時間があれば相手をした。

多門英介とは、早弥香が摩館市に住んでいたころ、小学三年生の夏休みに知り合った。もっとも最初に友だちになったのは、こうちゃんこと速水晃一だった。彼がいたからこそ彼女は瓢簞山の仲間たちと遊んだ。

大仁多くんの存在も大きかったな。

最初は速水晃一、多門英介、有田悠二、内原慧、そして小柳早弥香の五人だったが、あとから大仁多達芳がそこに加わった。

全員を結びつけたのは、間違いなく晃一である。本人も言っていたように、決して外向的な性格ではないが、あの夏は不思議とリーダー的な役割を発揮した。その後もみんなが集まって、バラバラにならずに遊んだのは、おそらく達芳の存在が大きい。同級なのに歳はひとつ上で、しかも実際はもっと大人びていた彼が、みんなの潤滑油《じゅんかつゆ》になっていた。

こうちゃんと大仁多くん……か。

あのとき早弥香は、二人に恋をしていたのかもしれない。晃一は目の前にいる現実的な男の子として。達芳は小説の世界にいるような非現実的なキャラクターとして。

嫌だ、何を思い出してるの。

早弥香は我に返った。変な電話のせいで、三十年も前に思いを馳《は》せてしまった。

けど、今の電話は……。

多門英介ではなかったのか。さーやという愛称を口にする人物で、こんな時間に電話をかけてくるのは、どう考えても彼しか思い当たらない。しかし英介だとするには、あまりにも内容がおかし過ぎる。

おかしいといえば……。

先週の彼からの電話も変だった。いつにも増して早弥香の近況を熱心に尋ねてくる。それで善幸が昔の夢を捨て切れずに、一念発起して弁護士を目指している最中だと、つい彼女も教えてしまった。

すると英介は、しきりに感心した。善幸は彼女らより二歳上である。その年齢で新たに勉強をして、しかも弁護士になろうとしている。

「さーやの旦那さんはすごいな。立派だと思う」

ほめられて悪い気はしない。そんなつもりはなかったのに、いつしか夫の自慢話をしていた。実は上手くいっていない現実に対する、それは反動だったのかもしれない。

善幸とは学生時代に、京都の大学のミステリ・サークルで知り合った。彼はリーガル系のミステリ、彼女はファンタジーと読書の好みは違ったが、すぐに二人は付き合い出した。やがて善幸の学年が就職活動の時期を迎えたとき、経済学科に籍を置く彼から本来の志望を打ち明けられた。

「本当は俺、法科に進みたかったんや」

実家が京都で昔から続く和菓子屋の老舗《しにせ》で、自分が跡を継ぐ必要があるため、弁護士になる夢をあきらめたという。

「家業を継がなければならないって、そんな今どき……」

善幸に惹かれたのは、どこか自分と同じ孤高の影をまとっていたからだった。そんな人が親の言うままの人生を歩もうとしている。やはり自分の夢を追うべきではないのか。そう早弥香は熱弁をふるった。

老舗の和菓子屋の事情や彼の家族について、まったく何も知らなかったのに。まして数年後、その小田切家に嫁入りをして、彼といっしょに小田切餅をやって行くことになろうとは思いもせずに。

ふり返れば苦労の連続だった。はたから見れば玉の輿《こし》に映ったかもしれない。しかし、どちらかと言えば人付き合いの苦手な彼女が、老舗の若女将《おかみ》を務めなければならない。これが予想以上にきつかった。

幸い舅《しゅうと》と姑《しゅうとめ》は良い人で、何かと早弥香を気づかってくれた。義理の両親との同居は大変だろうと、わざわざ離れを改築して一軒家にした。だが商売に関しては別で、かなり厳しかった。とはいえ若大将と若女将が店の切り盛りをできたのは、義父と義母のお陰だったのは間違いない。

善幸も頑張った。長年にわたる和菓子屋のライバル「入埜《いりの》饅頭《まんじゅう》」を追い抜く収益をあげられたのも、彼の様々な商品アイデアと営業努力の賜物だろう。これには小田切の両親も、涙を流さんばかりに喜んだ。このまま何事もなければ、そのうち舅と姑は隠居して、スムーズに代替わりが行なわれていたと思う。

ところが、今から三年前である。勉強だけできる受験の秀才ではなく、様々な社会経験を積んだ一般人が法曹《ほうそう》になれるようにと、政府が新たな法曹養成制度を打ち出した。その三年前の司法制度改革審議会の意見書で、毎年の司法試験の合格者を増加させる目標が立てられたためである。あまりにも合格率が低い従来の司法試験を見直して、法科大学院を修了した者の七割から八割が合格できる、そんな新しい試みに取り組み出したのだ。

「法科大学院に入ろうと思うんや」

五年前、そう善幸から言われたとき、まず早弥香は勘違いをした。ずいぶん先の善則の大学進学の話だと、てっきり思った。それが夫自身のことだと分かり、びっくりした。

「店はどうするの？」

驚いた彼女が訊くと、

「平峯《ひらみね》さんとお前に任せたい」

平峯とは義父の片腕となって、長年ずっと厨房《ちゅうぼう》で働いてきた番頭格の職人である。そんな我がまま通るわけないわよ——と諭《さと》しかけたがやめた。それは夫が一番よく理解しているはずである。

「俺もできる限り、店は手伝うつもりや」

案の定、その覚悟が夫にはあった。

「両親は俺が説得するから」

とまで言われて、彼女も了承せざるを得なかった。

法科大学院に入学して最初の一年間、善幸は毎日ほぼ午前二時か三時まで勉強した。起床は六時である。家事と店の仕事の両方をこなす早弥香に代わり、幼稚園へ善則を送って行く役目は彼が引き受けた。彼女は運転免許を持っていないため、いつも送迎は自転車を使っていた。それが乗用車になったので、息子は単純に喜んだ。

もっとも善則によると、夫はハンドルの手前に開いた教科書を置いており、信号待ちや渋滞で車が止まるたびに、それを読んでいるらしい。事故を起こしかねないので、やめるように注意したのだが、どうやら夫はそのまま続けたようだ。

そこまでした善幸の努力は、一回目の司法試験では報われなかった。そして満を持して臨んだ二回目も、短答式試験の不合格通知が先々月に送られてきたばかりである。この試験に受からなければ、次の論文式試験には進めない。新司法試験には制限があって、法科大学院課程終了後の五年以内に三回までしか受験はできない。つまり善幸に残されたチャンスは、あと一回だけだった。

ちなみに学費と参考書などの書籍代は、法科大学院を修了するまでに五百万円以上かかっている。ひょっとすると六百万円に近いかもしれない。法曹を目指す社会人の中には、それまで働いていた会社を辞めて、貯金を切り崩しながら勉強をしている人も多い。その結果、五年以内に司法試験に受かれば良いのだが、三回の受験すべてに落ちてしまった場合、ほとんどの人は再就職する必要が出てくる。だが今の不況時、改めて仕事を見つけるのは難しい。しかも合格したからといって、弁護士になれる保証はどこにもなかった。

当初の計画通りに、確実に弁護士の数は増えているらしい。しかしながら、それが皮肉にも就職難や、肝心の仕事の減少につながっていた。せっかく弁護士になれても、いわゆる「軒《のき》弁《べん》」でしかやっていけない。そんな現状があったからだ。ちなみに軒弁とは、先輩の弁護士事務所の軒を借りるという意味で、そこで机と電話だけを使わせてもらう。まさに間借りをしている状態のため、もちろん給料は出ない。いかに社会経験があるとはいえ、そもそも新米の弁護士には仕事が回ってこなかった。

弁護士になれば多忙になると思いこんでいた早弥香は、このような現状を聞いて、正直かなり仰天した。

「まったく何の依頼もないわけ？」

「国選弁護人の仕事はある。けど、他にも名簿に登録してる弁護士はおるから、回ってくるんは半年に一回くらいやな」

「報酬は？」

「十万から十五万くらいらしい」

「…………」

「忙しくて国選弁護人まで手が回らない人が、自分の割り当て分を新人に譲る場合も多いから、そういう仕事をとることはできる。せやけど当然、早い者勝ちになる」

「それじゃ……」

苦労して弁護士になる意味が少しもないじゃない——という言葉を、早弥香は辛うじて飲みこんだ。社会に出て貴重な体験を積んでいる人たちに法曹界の門戸を開いて、学力だけではなく豊富な教養と知識を身につけた弁護士を増やす。この政府の理念に心から共鳴して努力を重ねてきた人たちの多くが、思わぬ苦境に立たされていた。

そういう意味では、善幸はかなり恵まれた環境にあったとも言える。貯金が減ったとはいえ、家計に影響するほどではない。仮に三回目の試験に落ちても、元の家業に戻ることができた。なかなか再就職が決まらぬために、家族が路頭に迷う恐れもない。早弥香が夫の挑戦に水を差さなかったのは、そのあたりの事情も充分に考えてだった。

ところが、先々月になって突然、状況が変わり出した。店の商品の中に異物が入っていたと、客から苦情があったのがはじまりである。すぐに早弥香の耳に入っていれば問題なかったのだが、それを受けたのが平峯で、彼は自分で処理しようとした。その結果、顧客への対応に失敗して、そこに尾ひれがついて嫌な噂《うわさ》となって広まり、店の売り上げが急に落ちてしまった。しかも平峯があろうことか、「苦情については、ちゃんと若女将に報告しました」と言い出したため、大変な問題になった。

あいにく義父は、自分の右腕だった平峯を信用した。そうなると早弥香がいくら聞いていないと主張しても信じてもらえない。むしろ義父の怒りを煽《あお》るだけである。ちょうどそこへ最悪の時期を選んだかのように、善幸が二回目の短答式試験に落ちた。

「今すぐ家業に戻れ！」

怒鳴《どな》る義父と、

「まだ受験資格が残ってるのに、そんなことできん！」

突っぱねる夫の間で、ものすごい親子喧嘩が起こった。お互い一歩も引かない。

そもそも善幸は両親の希望にしたがい、自分の志望をあきらめて、大学の経済学科へ進んだ過去がある。つまり彼は本来、我を張るような性格ではない。にもかかわらず夫は、このときは絶対に折れなかった。

義母が仲裁に入ったが、昔から息子よりは父親寄りらしい。かといって早弥香が口を出しては、よけいにこじれるだけである。黙っているしかなかった。

結局、親子の喧嘩は物別れに終わった。ただ、そのとき義父が捨て台詞を残した。

「このままの状態が続くんやったら、将来お前が店に戻りたい言うても、もう店は赤の他人のもんになってるかもしれんぞ」

平峯に店を譲る可能性を、暗に義父は仄めかした。

善幸は無言のまま父親に背中を向けた。三回目の試験に全力をつくす。それしか考えていなかったのだろう。

あれから約二ヵ月が過ぎた。店は再び義父が切り盛りしはじめたので、売り上げも少しずつ伸びてきている。ただし善幸と早弥香の二人がやっていたころに比べると、その数字はあまりにも低い。

そういった一連の騒動について、英介には一言もしゃべらなかった。そこまで親しい付き合いではないからだが、思えば昔から彼には弱味を見せたくない気持ちがある。そのせいかもしれない。

早弥香の表向きだけ明るい自慢話に比べると、英介の口から伝えられたのは非常に厳しい彼本人の窮状だった。

今さらながら彼女は首をかしげた。

いったい彼はどういうつもりで、あの電話をかけてきたのか。よく考えると、なんとも妙である。それまでの電話とは、明らかに違っている。

最初は早弥香も心から同情して、少しでも英介の力になろうとした。その気持ちに決して嘘はない。でも彼が自殺を仄めかしはじめ、さらに癌だと言い出したときには、正直もう相手をするのは無理だと思った。自分には荷が勝ち過ぎていると、完全に逃げ腰になってしまった。

まさか、本当にお別れの電話だった……。

今ごろになって、その可能性に彼女は気づいた。もしかすると英介は、すでに自らの命を絶っているのではないか。想像しただけで口の中がからからに渇く。

えっ⁉　さっきの電話……。

もう死んでいる英介がかけてきたのかも……と考えて、とっさに身ぶるいする。

そんな馬鹿なこと……。

理性は必死で否定するのに、本能は逆に受け入れている気がした。

確認すべき？

しかし、もし本当なら本人に電話をしても仕方がない。かといって実家にかけるのはためらわれる。

こうちゃんか大仁多くんに、これは訊くしかないかな。

もっとも二人には、もう何年も連絡していない。彼らの消息を知るのは、いつも年に一度あるかないかの英介の電話によってだった。

どうしよう……。

先週の電話も英介が子ども時代の思い出を、いつも通り楽しそうに話すだけだったら、どれほど良かったことか。もちろん彼は昔の話もした。電話をかけてきた場所が、そもそも摩館市の瓢箪山だったのだから。

あれ……？

英介は自分の居場所を当てさせるために、何かヒントを確かに出したはずなのだが、どうしても思い出せない。それが気持ち悪くて仕方ない。

次の瞬間ふいに早弥香の脳裏で、二つの出来事が突然つながりそうになった。つい先ほどかかってきた気味の悪い電話と、子どものころの何かの記憶とが、なぜかは分からないが結びつきかけた。

……小学生時代の何と？

先ほどの電話と多門英介は、おそらく無関係だろう。彼を思い出したのは、電話という共通の媒体が関わっていたせいだろう。一方で彼から子ども時代を連想したのは間違いない。その結果、双方に何らかの接点を覚えたらしい。

だぁーれまさんがぁ、こぉーろしたぁ……。

無気味な声音が耳朶の奥で蘇る。くり返し耳の穴の中で響き続ける。いつまでも鳴りやまずに、わんわんと木霊していた。

嫌々をするように早弥香が首をふったときである。

だぁーるまさんがぁ、こぉーろんだぁ……。

無邪気な子どもの声が、ふっと記憶の奥底から聞こえてきた。彼女もよく知っている男の子が、その言葉を発している。しかし誰だったのか、とっさに思い出せない。

ちょっと待って——と彼女は慌てた。

「だぁーれまさんがぁ、こぉーろしたぁ」と「だぁーるまさんがぁ、こぉーろんだぁ」は、とても似ているではないか。語呂だけでなく字数も同じである。「だるまさんがころんだ」の遊びなら、あのころ毎日のようにやっていた。

あぁっ、瓢簞山の桜の樹……。

達磨神社の境内のはずれに立つ大きな樹木が、この遊びをした場所だった。そこから英介は電話をかけてきた。そして先ほどの電話では、「だるまさんがころんだ」を彷彿とさせる変な歌が聞こえた。

つまり英介の電話と関係あるってこと？

もう何が何だか分からない。にもかかわらず非常に恐ろしい記憶が、今にも蘇りそうな予感がある。絶対に思い出したくないのに、ゆらゆらと過去の体験から浮かびあがってくる気がしてならない。

瓢簞山の大きな桜の樹……。

あたりに響く奇妙な童謡……。

人影が止まった静寂の世界……。

セピア色に染まった物悲しい心象風景が、次々と早弥香の脳裏にイメージされる。

だるまさんがころんだ……。

……だるまさん。

……達磨神社。

もう少しで何か忌まわしいものが、脳髄から這い出してくる……というところで急に居間の扉が開き、善幸が入って来た。

「まだ寝てなかったんか」

「……ええ」

まるでうたた寝から目覚めたように、はっと早弥香の意識が鮮明になった。

「さっき電話が鳴ってたけど、誰からやった？」

「……間違い電話」

「珍しいな。携帯が普及してから、めったに間違い電話はかからんのに」

「休憩でしょ。今、麦茶でも……」

もう電話のことは思い出したくない。英介の電話もふくめて、とにかく忘れようと彼女は決めた。

しかし、キッチンから冷えた麦茶を持って来て、善幸に手渡したところで、さて何を話せば良いのかと迷う。

小田切餅の話題は、いたずらにストレスを与えるだけである。司法試験については、とやかく言っても仕方がない。陰ながら応援することが、妻である彼女の役目だろう。善則の一学期の通知表を見せて、息子を塾にやるべきか相談したかったが、今はやめておこう。

善則は明日から夏休みが終わるまで、摩館市の早弥香の実家で過ごす。一昨年までは彼女が連れて帰っていたが、去年からひとりで行くようになった。まだまだ幼い男の子だと思っていたのに、もう立派な少年に成長していて驚いた。うれしい半面どこか淋しくもある、なんとも複雑な気持ちである。

あの子がいない間に時間をとって、じっくり話し合えばいいわ。

もっとも先延ばしにした一番の理由は、何より早弥香自身が疲れていたからだ。知らぬ間に、とてつもない体力を使ったような気だるさがある。さっきの電話に出たあとで、ろくに動いてもいないのに。

なぜなら封じたから……。

普段はめったに使わない言葉が浮かんで、彼女は自分でも驚いた。

過去のおぞましい記憶を封印したから……。

では、その記憶とは何か……と考えかけて、彼女は異様に慌てた。せっかく封じたものを破るなど愚の骨頂ではないか。

若いころの私じゃないんだからね。

おのれの好奇心を満たすより、今はもっと大切なものがいっぱいある。電話の件は夫にも黙っていよう。そう早弥香は思った。

「どうした?」

それなのに善幸に訊かれたとたん、ぽろっと漏らしてしまったのは、自分で感じる以上に不安感を覚えていたせいか。

「例の多門とかいう昔の友だちやないか。つい先週も電話があったんやろ」

ところが善幸は、あっさり多門英介の悪戯だと決めつけた。

「けど、彼にしては……」

「この前の電話で、かなり自暴自棄になってるって、そう言うてたやないか。きっと精神的に追いつめられてるんやろ」

「うん……」

「借金の申しこみでもされたんなら別やけど、そうでないなら早弥香にできることは、ほとんど何もない」

二人だけで話すとき、夫はいつも彼女を名前で呼ぶ。

「前から思うてたんやけど、その多門いう男、ちょっと変やないか」

「どこが？」

「いくら子どものころ仲が良かったとはいえ、小学校を卒業してから付き合いはほとんどないのに、今でも連絡をしてくるとこなんか、やっぱり変やろ」

「……」

善幸の指摘は的を射ていた。実は早弥香も前々から、同じように感じている。時おり英介の電話をうとましがるのが、何よりの証拠だった。

ただし一方で、小学生時代の瓢箪山の仲間は特別だという意識も強くある。幸い彼女は中学、高校、大学と進学するにつれ、自分の殻から抜け出せた。外へと出て行けた。

だが多門英介は、おそらく無理だったのではないか。だから昔の友だち付き合いに、いつまでも依存してしまう。それが年に一度の電話と年賀状だけに収まっているのは、さすがに本人も、それ以上の迷惑はかけられないと思っているからだろう。

そんな英介の気持ちを代弁しようとして、早弥香はあきらめた。善幸は若いころ孤高を気どっていたが、決して友だちは少なくなかった。彼と付き合いはじめて、あれは一種のポーズだったのだと知った。そういう人に、あのときの瓢簞山の仲間について説明するのは、かなり難しい。

むしろ、それよりも……。

記憶の奥底に沈んでいる正体不明の恐怖について、善幸には相談すべきかもしれない。三十年も前の何かのはずなのに、それが現在に蘇ることで、今の生活を脅かす気がしてならない。

そんな危機感に、知らぬ間に彼女は囚われていた。

「ちょっと聞いて――」

心の中のもやもやを、なんとか夫に伝えようとした。とはいえ本人が思い出してもいない得体の知れぬ何かを、どう言葉を継《つ》いでも表現できるはずがなかった。

「おいおい。まさか子どものころに、その友だちと人殺しでもやらかして、死体を瓢簞山に埋めた……とか言い出すんやないやろな」

案の定、善幸は本気にしなかった。あまりにも彼女の話が漠然としているため、彼の反応は当然と言えた。

「ミステリとしては、申し分のない設定やないか。そう言うたら、もう何年もミステリなんて読んでへんなぁ」

　などと呑気な台詞まで口にした。

「死体を埋めた……、桜の樹の下の死体……。それが本当なら、スリーピング・マーダーってことになるわね」

　夫に同調して軽口をたたいたのは、どうしてか分からないが急に、ものすごく怖くなったからだ。子どものころに人殺しをしたのかも……と疑ったわけでは当然ないのに、とてつもない慄きを覚える。

　眠れる殺人ならぬ眠れる化物《ばけもの》がいるのなら、絶対それを呼び起こしてはならない。

　そんな風に早弥香は強く感じた。こうして善幸に話す行為さえ、化物の覚醒《かくせい》を促す手助けになっている気がしてならない。

「色々あったからな」

「えっ？」

　善幸が心配そうな眼差しで、じっと早弥香を見つめている。

「俺の法科大学院への入学、二度にわたる司法試験の失敗、そして店のごたごたと、ちょっと続き過ぎたからな」

「…………」

「そこへ昔の友だちの重い電話と、今夜の悪戯電話が重なったわけやから、そりゃ神経質にもなろうってもんや」

　精神的なストレスこそ彼女の恐怖の原因だと、つまり夫は言いたいらしい。いや、そもそも恐怖とはとらえていないか。せいぜい少し重い不安くらいだろう。

「そうかもしれないわね」

あえて早弥香も異は唱えずに、何でもない風を装った。彼女が気にかけなければ、過去の化物も簡単には蘇れないのではないか。仮に彼女の無意識が記憶の奥底に封印したのであれば、そのまま静かに眠っていてもらえば良い。二度と目を覚まさないように、完全に忘れてしまえばすむ。

「今夜も遅いの？」

早弥香は気持ちを切り替えて、善幸に尋ねた。

「ああ、もうひとふんばりや」

「夜食は？」

「食べると眠たくなるから、やめとく。それより早弥香は、もう寝たほうがええぞ。明日の朝は、善則を京都駅まで送って行くんやろ」

その必要はない、と息子には言われている。でも、それぐらいさせて欲しい。というのが母としての彼女の願いだった。

善幸に「おやすみ」の挨拶をして、善則の荷物を再度チェックしてから、早弥香は洗面をすませて就寝した。

翌朝は快晴だった。今日も暑くなりそうである。夫と息子に朝食を食べさせ、片づけは帰宅してからと決めて家を出る。両親への土産《みやげ》は、小田切餅の高級和菓子セットを義父が持たせてくれた。わだかまりは解けていないが、それとこれとは別ということらしい。早弥香も素直に頭を下げて礼を述べる。

地下鉄の五条《ごじょう》駅へ向かっていると、携帯が鳴った。出ると店の従業員で、警察から電話があったと言われて驚いた。何の用事かと訊いたが、すぐに彼女が戻ると分かった相手は、また電話をすると言って切ったという。ただ、できれば帰宅してからで良いので、こちらに電話を欲しいとも頼んだらしい。

いったい警察が、何の用かしら？

ちらっと昨夜の無気味な電話が頭をよぎるが、まさか……と首をふる。あんな電話があったことを、警察が知るはずもない。仮に早弥香から警察に持ちこんだとしても、変な電話一本くらいでは、まともに取り合ってはくれないだろう。

とりあえず帰ってから電話しよう。

早弥香は携帯を仕舞うと、善則を急かして足を速めた。

地下鉄のホームは、とても混んでいた。子どもたちは夏休みだが、大半の大人たちにとっては普段通りの通勤時間帯に当たる。はぐれないように善則の手をとりたかったが、きっと本人が恥ずかしがると思い、早弥香は我慢した。

アナウンスのあと、電車がホームに入ってくる。後ろから押されるように前へ進むが、どう見ても車内は満員だった。次を待とうと立ち止まると、二人を追い抜いて乗りこむ中年の男がひとりいた。

一本くらい待てばいいのに。

善幸と同年齢くらいの男を見て、早弥香は眉をひそめそうになった。だが、きっと急ぐ事情があるのだろうと考え、すっと視線をそらした。

目の前の電車が発車して、大して待つこともなく次のアナウンスが響く。やがてゴーッと電車の近づいて来る音が、地下のホームに木霊した。

次の瞬間、どんっと背中を強く押された。

「あっ⁉」

反射的にふり返ろうとして――、身体をねじった格好のままで、早弥香は線路へと落ちていった。

最期に目にしたのは、全身が固まったように立ちつくす善則の姿だった。

そんな息子と、突然ひとりの女の子の姿が重なって……。

左側からものすごい衝撃を受けて絶命する寸前、彼女は思い出していた。

忌まわしき過去のある光景を……。

第十一章　背中が怖い……

「さーやが死んだらしい」

水曜日の夕方、速水晃一は三鷹のマンションから円覚警部が帰ったあと、表参道《おもてさんどう》にある隋門院大学建築学部の大仁多達芳の研究室を訪ねた。

ところが、ノックをして「Tatsuyoshi Ōnita」と記された扉を開けたとたん、達芳の衝撃的な言葉に出迎えられ、ふいに立ちくらみがした。三十年前に知り合った旧友たちを次々と襲っているとしか思えない、この訳の分からない災禍の正体は、いったい何なのか。

「……ほ、本当か」

「つい今しがた、警視庁の円覚と名乗る警部から連絡があった。こうちゃんに電話したものの、留守録になっている。ぼくに会いに行くと言っていたのを思い出して、こっちに連絡してきたらしい」

「…………」

「確かに君は大学に向かっていると教えたら、そのまま二人で待つようにと言われた。かなり遅くなるが、必ずそちらに行くからって。おそらく事件現場の京都から、とんぼ返りしてくるんだろう。こうちゃん、時間は？」

「ああ……、大丈夫だ」

晃一はうなずいてから、肝心な質問をした。

「それで彼女はいつ、いったいどうして？」

「今朝のことだ。通勤客でごった返す地下鉄のホームで、線路に転落したらしい」

「なっ……」

そのあとの状況を想像しそうになり、晃一は慌てた。

「つ、突き落とされたのか」

「まだ分からないそうだ。でも我々の単独行動を警戒しているってことは、事故とは見ていない証拠かもしれない」

「有田悠二の死と似ている」

ここで晃一は興奮しながらも一気に、長谷川刑事と円覚警部から聞いた話に、自分の推理も交えて達芳に聞かせた。

「ゆうじゅんとさーや、どちらも殺人だった場合、その手口はそっくりとも言える。えいくんも崖から突き落とされたのなら、三人ともってことになる」

「……連続殺人」

「警察が、どう判断するかだな」

まだ突っ立ったままの晃一に、達芳は座るように手ぶりで伝えてから、珈琲を淹れる準備をはじめた。

「珍しい豆が手に入ってね」

「そう……」

　あいづちは打ったものの、晃一の頭の中は三人の件でいっぱいである。

「多門英介が電話をしたのは、やっぱり小学校時代のぼくたち、瓢箪山の仲間にだったんじゃないか」

「えいくんは不明ながら、ゆうじゅん、さーや、と死んでいるからかい？」

　薬缶《やかん》に水を入れて電熱器の上に置きつつ、達芳が尋ね返した。湯沸かしポットを使わないのは、いかにもレトロ好きな彼らしい。

「うん。そこには大仁多くんとぼくもふくまれる。だからこそ円覚警部は、単独行動をしないようにと警告した。きっと内原慧にも連絡をとろうとしているはずだ」

「そうだな。ここまで瓢箪山のメンバーがそろったのなら、さーちんが入っていないほうが不自然かもしれない」

「色々と追いつめられた英介が、土壇場《どたんば》でぼくたちに電話をかけたのは、なんとなく理解できる気がする」

「というと？」

「英介にとってはあのころが、これまでの四十年あまりの人生の中で、最も楽しく充実した日々だったのかもしれない……って、ちょっと思ったんだ」

「なるほど」

「ただ分からないのは、まるで英介の電話が切っかけとなったように、なぜかつての同級生たちが次々と命を落とすのか」

「しかも電話をかけた本人のえいくんが、まず日曜の夜に瓢簞山の崖から落ちて、行方不明になっている」

「彼だけなら――こんな言い方はひどいけど、まだ解釈の余地があると……いや、違うな。例の疑問が出てくるんだった」

「遠からず命がつきるはずの人物を、どうして手にかける必要があったのか」

珈琲ミルのハンドルをグルグル回して、豆をガリガリと挽《ひ》きながら、達芳が問題の疑問を口にした。

「それだよ。その大きな疑問が立ちはだかる。英介が誰かの秘密をにぎっていて、意図的か偶然かは分からないけど、とにかく電話で漏らしてしまった。だから口封じのために殺された。この解釈は成り立つと思う」

「ところが、えいくんに自殺の兆候《ちょうこう》を感じとったうえ、癌の告白まで聞いたはずの犯人が、わざわざ彼を殺害したと考えるのは、どうにも無理がある。矛盾を感じてしまう」

「うん……」

力なくうなずく晃一を見て、すかさず達芳が、

「犯人は待てなかったんじゃないかな」

「英介の死を？」

「えいくんの命が終わる前に、彼が秘密をしゃべってしまう恐れがある、と犯人が考えたとしたら」

「その可能性は低いような気がする」

「どうしてだい？」

「秘密が何かは分からないけど、英介とぼくたちの関係、これまでの付き合いをふり返った場合、大人になってからの出来事とは、ちょっと考えにくいからだよ」

「そうだなぁ。誰もが彼とは、年に一度くらいの電話と年賀状のやり取りだけ。そういう付き合いだったしね」

「つまり肝心の秘密とは、子ども時代の何かの可能性が高い」

「先週のえいくんの電話は、こちらの近状を尋ねたあと自分の窮状を話して、それから子どものころの思い出を語りつつ、自殺を仄めかす台詞や癌の告白をする――という流れと内容が、こうちゃんもぼくも同じだった。この中で本人と電話をかけた相手に共通するのは、小学校時代の出来事しかない」

「そうなると英介は三十年もの間、ずっと誰にもしゃべらなかったことになる。だったらもう数日か数週間、または数ヵ月ほど待つくらい、何の問題もないはずじゃないか」

「えいくんが電話で、意図的に話していた場合は別だろ」

「脅迫か」

　達芳も同じ推理をたどったようだが、その先が晃一とは違っていた。

「とはいえ英介の性格で、そんなことができると思うか」

「いや、無理だろう。けど、それまでの彼とは違うじゃないか」

「うん？」

「最期が近づいていると、本人にも分かっていたわけだ。普通なら借金を綺麗にしようなんて考えない。だけど、えいくんのお父さんが救いたいと願っていた、連帯保証人の社員がいただろ。その人を助けたかったとしたら――」

「……信憑性《しんぴょうせい》があるな」

晃一は大きな疑問に答えが出た気がした。しかし、それなら脅迫する相手だけに電話をしたはずである、という自分の推理を思い出した。

その考えを達芳に伝えると、彼はうなずきながら挽いた豆の粉を取り出して、ドリッパーにセットしたペーパーフィルターにあける作業を続けつつ、

「ところが火曜日の夜、ゆうじゅんが名古屋の路上で車に撥ねられ――、さらに今朝、さーやが京都の地下鉄で電車に轢《ひ》かれ――、それぞれ死んでしまった。まだ事故か他殺かはっきりしていないが、ここまで続けば偶然ではすまされない」

「さすがにな」

「三人とも殺されたとなると、相手を突き飛ばす手段が似ていることから、えいくんを手にかけた人物と同一犯の可能性が出てくる。つまり事件は一気に、連続殺人の様相を呈してきたわけだ」

「英介ひとりの問題ではなくなると同時に、彼の脅迫という線は消える」

「根っ子の部分は同じかもしれない」

達芳は薬缶の湯を少しだけドリッパーに注ぎ、挽いた粉を蒸らしながら、

「えいくんが電話で話した子どものころの話の中に、犯人が世間には知られたくないと強く思う何かがふくまれていた。これ以上その話が広まらないように、まずはえいくんを殺害した。

でも、彼の死だけでは安心できない。えいくんが他のメンバーにも、同じ話をしているかもしれない。そこで犯人は電話を受けた全員を、亡き者にしようと決意する――」

「ぼくも似た推理をした」

「こうちゃんなら、きっとそうだと思ったよ」

ゆっくりとドリッパーに湯を注ぎつつ、達芳が軽く微笑む。

「だけどさ、殺人の動機になりそうな出来事が、あのころあったと思う？」

「……どうかなぁ」

「仮にあったにしろ、こんな事態になっても思い出せないなんて、大したことではなかった証拠じゃないか。そんなものが殺人の動機になるだろうか」

達芳が淹れ立ての珈琲をカップに分けるのを目にしながら、なおも晃一は続けた。

「しかも、問題の出来事に電話で触れた英介だけでなく、その話を聞いて記憶が戻るかもしれないという理由だけで、他のメンバーまで殺そうとするだろうか」

「…………」

「それにだ。そもそも犯人には、英介が誰に電話をしたのか知る術《すべ》がないはずだろ。漠然と瓢箪山の仲間たちかも……と考えることは確かにできるけど、そんな根拠のない想像だけで、かつての友だちを次々と殺せるものだろうか」

詰め寄る晃一の前に、湯気の立つカップが置かれた。

「さぁ、どうぞ」

「……あ、ありがとう」

「砂糖はそっちの戸棚の中に、ミルクは冷蔵庫にある」

言われるままに砂糖とミルクを探して入れ、一口飲んだところで、ごく自然に晃一はつぶやいた。

「おいしいな」

「そうだろ。こうちゃんの気に入る味だと思ってたんだ」

達芳はブラックのままである。

「なかなか手に入らないのが残念だけどな」

しばらく二人は、無心に珈琲の香りと味わいを楽しんだ。

「さて」

ようやく満足したのか、達芳が事件の話を再開した。

「動機となる子ども時代の出来事に心当たりがないって話だけど、逆にだからこそ何か重要な事件が実際に起きたのだ、とも考えられる」

「記憶を封印してしまうほど大変なことだった……という意味で？」

「うん。そして犯人だけが、それを覚えていたとしたらどうだろうか」

「…………」

「なぜなら一番それに関わっていたのが、当の犯人だったからという理由で」

「…………」

「えいくんの電話の相手を、瓢簞山の仲間だと決めつけたのは、我々の頭の中に問題の忌まわしい記憶があると、犯人が知っているからじゃないかな」

できそうで考えつかなかった発想のため、晃一は興奮した。

「あのときのメンバー全員が、その出来事を体験しているわけか」

「犯人にとっては、えいくんが電話をした相手など、実はどうでも良かったのかもしれない。そこに当時のメンバーがひとりでもふくまれていた場合、彼もしくは彼女が問題の出来事を思い出すことで、他の仲間に連絡をとって確認しようとするのを、とにかく犯人は何よりも恐れた。だから矢継ぎ早に、かつての友だちを消し――」

「ちょっと待ってくれ」

　晃一は片手をあげて制すると、

「筋は通っていると思う。しかしな、仮に問題の出来事が殺人だったとしても、とっくに時効だろ。そうまでして隠す必要があるか」

「やむにやまれぬ事情があるとか」

「それにだ。昔の友だちを次々と殺害することによって、むしろ犯人は注目を集めてしまっているじゃないか」

「だけど三人とも、いちおう事故に見せかけようとしている」

「そうだけど、ここまできたら連続殺人と見なされてしまうだろ。大仁多くんもさっき、偶然ではすまされないって言った」

「こうちゃん、発言の内容が混乱しつつあるぞ」

「ああ、すまん」

薄々は自分でも気づいていたので、晃一は少し恥ずかしくなった。

「問題を整理しよう」

あくまでも達芳は冷静に、

「これまでの推理をまとめると、

一、殺人の動機は、我々の子ども時代の何かにある。

二、その何かの記憶を持っているのは、瓢簞山の仲間たちである。

三、犯人は何かの秘密を、殺人を犯してでも隠しておきたいと願っている。

四、友だちを殺している犯人は、我々の仲間の中にいる。

こんなところかな。付け加えることはないかい？」

晃一は首をふりつつ、

「今じっと聞いているうちに思ったんだけど、犯人の動機は保身じゃないか」

「現在の社会的身分や立場の？」

「殺人を犯してまで隠す出来事って、どう考えても何らかの犯罪だと思う。でも、それが仮に人の命に関わる事件であったとしても、もう時効は成立している。にもかかわらず隠そうとするのは、倫理的な問題があるからだよ。社会的に抹殺されるのを恐れているからさ」

「一理あるな」

そこで達芳は急に悪戯っぽい笑みを浮かべると、

「たとえば売れっ子のホラーミステリ作家が、おのれの忌まわしい過去の秘密を封印するために、恐ろしい殺人鬼になっているとか」

「おいおい」

冗談だと分かっていても、晃一はドキッとした。だが、すぐにやり返した。

「だけど、その必要はないよ」

「ほうっ、どうしてかな？」

「お涙ちょうだいの感動的な小説を書いているのなら、そりゃイメージダウンになるだろうけど、ぼくの作品はホラーミステリだからさ。実際に作者自身が何らかの犯罪に関わっていた、それも子どものころの出来事だった、なんて暴露されたら、それこそ拙作の売り上げは逆に伸びる一方だろうな」

「ごもっとも。いやはや、たくましい限りだよ」

達芳は感心しつつも呆れているらしい。

「ホラーミステリ作家より、もっと社会的な地位のある人物がいるだろ」

「うん？」

「たとえば大学の准教授とか。そういう立場にいる人のほうが、こういった保身には走りやすいんじゃないか」

「これは見事に返された。いったん大学を追われてしまうと、とても一般社会では生きていけなさそうな人が、確かにこの世界には多いからな」

「大仁多くんは違うけどね」

「だったら犯人候補にはならないわけだ」

達芳は浮かべた苦笑いを真顔に戻してから、

「いや、冗談を言ってる場合じゃない。不謹慎だった」

「仕方ないよ。死んだって聞けば、もちろん悲しい気持ちにはなるけど、それ以上の付き合いでは、もうなかったわけだから……」

「えいくんがいなければ、みんなとの関係は完全に切れていたな」

「そんな彼とのつながりが、この連続殺人を引き起こした」

「かすかな結びつきが、三人の命を奪ったわけか」

なんとも皮肉な事件の構図に、しばし二人は言葉を失くした。

「ところで、先ほどの推理のまとめなんだが――」

晃一が事件の検討を再開した。

「一から三は良いとして、問題は四の項目だよ」

「我々の中に犯人がいる――という仮説だな」

「これまでの状況をふまえて考えると、どうしてもそう解釈せざるを得ない」

「つまり連続殺人犯は、速水晃一、内原慧、大仁多達芳のうちの、誰かってわけだ」

「悪いけどぼくには、英介と悠二の事件に関してはアリバイがある」

「ミステリ作家のアリバイを、まさか信用しろとでも？」

「本格ミステリ作家ならともかく、ぼくはホラーミステリ作家だ」

「上手く逃げたな。こっちはアリバイなんてないよ。さーちゃんも今ごろは、警察の事情聴取を受けているかもしれない」

「それは間違いないな。でも、ぼくたち三人だけが、本当に容疑者なのだろうか」

「四の推理が疑わしいと？」

達芳の問いかけに、晃一は直接答えることなく、

「先週の英介の電話だけど、月曜日に有田悠二、水曜日に大仁多くん、金曜日にぼく、土曜日に生命の電話――にかけたことは分かっている。早弥香が殺されたとなると、火曜日か木曜日は彼女で、残った曜日は内原慧だった可能性が高い」

「そうだな。きっと円覚という警部も、同じ見方をしているよ」

「ここで問題となるのが、日曜日は誰だったのか――という謎だ。瓢箪山の仲間は英介本人を入れて六人だった」

「月曜から金曜までは埋まったけど、あとが続かない。困ったえいくんは、生命の電話にダイヤルしたわけか」

「本人も、そう言ったらしい。そのとき生命の電話の人が、日曜日は誰にかけるつもりなのか、彼に訊いているんだよ」

「えいくんは何と？」

「はじめは『電話する相手がいない』と言っていた。それが急に思い出したように、『あいつがいたな』って口にしたらしい」

「あいつ？」

達芳が首をかしげた。晃一と同じ反応である。

「心当たりは？」

「……いや。少なくとも今すぐには、誰も出てこないな」

「円覚警部には話したんだが――」

七番目の電話の相手が犯人ではないか、という例の説を晃一は披露した。

「最後の電話だったこともあり、それまで誰にかけてどんな話をしたのか、英介は詳しく語ったのかもしれない。その七番目の人物に」

「それが事実だった場合、始末すべきメンバーの顔触れを、七番目の誰かは事前に分かっていたことになるな」

「犯人の条件に、最も当てはまりそうだろ」

「しかしなぁ――」

達芳は再び首をかしげながら、

「被害者候補とも言える我々に、犯人の動機となる過去の何かの記憶がないだけでなく、そのうえ心当たりもないなんて……。いや、推理の道筋は間違っていないはずだ。ただ、この訳の分からない状況が、なんとも薄気味が悪くて……」

「もしかすると――」

ある可能性に晃一は気づき、はっとなった。

「こうやってとほうに暮れているのは、実はぼくら二人だけなのかもしれない。殺された三人には、何か思い当たることがあったとしたら……」

「そうか……。あっ！」

達芳も発見があったのか、小さく叫び声をあげると、

「連続殺人の順番が、それに関連しているんじゃないか。つまり犯人は、記憶を取り戻しそうな順に友だちを殺している、とは考えられないか」

鋭い考察に感心しつつ、ふに落ちないものも晃一は感じた。

「なるほど」

「どうした？　不服そうだね」

「多門英介が最初というのは分かる。小柳……じゃなくて小田切早弥香が三番目なのも納得できる。学校の成績はともかく、彼女は頭が良かった。しかし有田悠二が二番目っていうのは、どうかな？　ここに入るのは大仁多くんだろ」

「ぼくは二番目に殺されているべきだ――って言いたいのかい？」

呆れたような彼の顔に、真剣に晃一はうなずいた。

「買いかぶってくれるのはうれしいけど、この場合は誰が誰より頭が切れたとか、記憶力が良かったとか、まったく関係ないのかもしれない」

「どうして？」

「問題になる過去の出来事に、みんなが均等に関係を持っていたとは限らないからさ。個人差があったとしても不思議じゃない。現にこうちゃんとぼくは、なかなか思い出すことができないでいるだろ」

「……言われてみれば、そうだな。だとすると七番目の人物も、ぼくらよりも英介と親しくしていた誰か、ということになるか」

「推理を進めれば、そういう考えに落ち着く」

達芳はいったん肯定してから、

「だけど、えいくんにそんな友だちがいたなんて、こうちゃんも少し引っかかるだろ」

「少しじゃない、大いにだよ」

「やっぱりな」

「もしぼくたち以外の友だちが別にいたのなら、きっと英介は自慢したと思う。いいや、その前に瓢箪山へ連れて来て、仲間に入れて欲しいって言ったはずだ」

「そうしなかったのは、誰にも知られたくない秘密の友だちだったから……とか」

「有り得ないよ。いつも英介は、ぼくたちと遊んでいた。誰かが抜けることはあっても、彼の姿が見えない日はなかった。そうじゃないか」

「……確かにな」

　遠い目をして達芳が答えた。

「それにだ。もしも英介にそんな友だちがいたのなら、その子との遊びに没頭したんじゃないか。自分だけの友だちが、親友ができたって喜んでさ」

「中学のときの知り合いにも、同じことが言えるな」

「うん。いちおう警察には、英介と交流のあったらしい中学校時代の同級生の名前もあげておいたけど、そこに七番目の人物がいるとは、どうしても思えない」

「いるはずないよ。えいくんの中学の友だちは、どうあっても小学校時代の我々とは関われない。それに忘れたのか。さーやとぼくは、みんなと中学校が違うってことを」

「あっ、そうか……」

「あと気になるのは、我々に心当たりがない人物にもかかわらず、なぜか向こうは瓢箪山の六人の現状を知っているらしい――という事実だな」

「英介の居場所はともかく、犯人は名古屋の有田悠二と、京都の小田切早弥香の住所を知っていた」

「おそらく残りの三人、こうちゃん、さーちん、ぼくの住居も把握しているだろう」

こちらには完全に未知の存在なのに、向こうは晃一たちを知っている。そのアンバランスさが、とても薄気味悪く感じられる。

「英介から聞き出したのかもしれない」

「崖から突き落とす前に？」

「……無理か」

「ひとりや二人なら可能だろう。だけど五人ともなると……。そもそもえいくんが、みんなの住所を空で覚えていたかどうか」

「年に一度、年賀状を出すくらいでは、ちょっと難しいか」

「これ以上の推理は無理だな」

天井をあおぐように達芳が椅子にもたれた。

「えっ、そうかな」

「材料不足だよ。えいくんしか知らない出来事、または覚えている人物、そういった新しい情報を入手しない限り、ここから先に進めそうにもない」

冷静な達芳の判断に、素直に晃一はうなずくと、

「どうする？　内原慧に連絡をとるか。あいにく彼の連絡先を、ぼくは知らないけど」

「こっちも同様だ。さーちんには警察が接触するだろうから、むしろ我々は関わらないほうが

良いと思う。それに彼が、どこまで何を覚えているか、あまりにも未知数だからな」

「かといって他に……。あっ、それぞれの親とか」

「誰かの家に遊びに行った記憶が、ぼくにはほとんどない」

「……そういえば、いつも瓢箪山で遊んでいたな。つまり両親だけでなく、みんなの兄弟姉妹も駄目ってことになる。他の同級生たちとは、学校を離れれば没交渉みたいなものだった。先生もそうだな。となると、もう誰もいないぞ」

「我々のまわりで捜せば……ね」

「それ以外に、どこを捜すっていうんだ？」

晃一がお手上げの仕草を見せると、かすかな笑みを達芳は浮かべながら、

「瓢箪山のまわりだよ」

「何だって？」

「我々が集まって遊んだのは、あの山だった。その姿を最も目にしたのは、山の周辺にいた人ってことになる」

「田圃や畑で仕事をしていた、あの地域の住人か！」

「山に行くとき、いつも誰かしら農作業をしている大人と会っただろ」

「うん。声をかけられたことも……」

と言いかけて、晃一は「あっ」と小さく叫んだ。

「何か思い出したことでも？」

「お婆さんに何度か、あの山では遊ばないほうがいい……って言われた覚えがある。あるとき

は諭すような、またあるときは脅すような口調だったな」

「ああ、ぼくもあるよ。同じ人だったのかもしれない。それからぼくの場合は、いつも同じお爺さんににらまれた記憶がある」

「瓢箪山に行っていたからか」

「たぶんそうだよ。ただ、あの地域の子どもではなかったので、注意する以上のことはしなかった」

「摩館市立第三小学校に通っていた子どもが、あそこの近辺にもいたよな？」

「ああ、少人数だがいたはずだ。でも誰ひとり、あの山では遊ばなかった。近くに小さな森があったけど、そこに入る子どもの姿も見た覚えがない。格好の遊び場なのにな」

「そうか……。他の同級生が誰も来ない、ぼくらだけの理想的な環境だと当時は喜んでいたけど、みんな避けていたのか」

「少なくともあの地域の子どもは、祖父母や親に行ってはいけないと言われていたのかもしれない。あとは街のほうの子どもだから、わざわざ小学校をはさんで家とは反対方向へ、最初から遊びには行かなかった」

「ぼくたちのような、はみだしっ子は別にしてか」

　思わず二人で苦笑する。

「だから、きっと我々は目立っていたはずだ」

「それもそうだな」

「あの山の周辺で毎日、仕事をしていた人たちの記憶に残っている公算は大きい。ということは我々のまわりに、もし七番目の人物が出没していた場合、その人物も覚えられている可能性が高いと言える」

「瓢箪山の周辺で、布引町で聞きこみをするのか」

「よろしく頼む」

達芳が軽く頭を下げたので、晃一は慌てた。

「おいおい、ひとりでやれって言うのか」

「ぼくは夏期講習があるからな」

「こっちも仕事があるよ。今はちょっと停滞気味だけど……」

「それじゃ気分転換にどうだ？　そもそも自分も巻きこまれている事件だぞ。ミステリ作家の好奇心がうずくだろ」

「ホラーミステリ作家だよ」

「このさいジャンルは関係ないだろ。作家である以上、この状況を放っておくことはできないはずだ」

「はいはい、分かりました。大仁多くんは頭脳で、ぼくは肉体労働の担当だよ」

またしても半ばふざけた物言いをしているところへ、ようやく円覚警部が到着した。

研究室に入って来た円覚は、相変わらずのポーカーフェイスである。

「お二人とも、おそろいですね」

「彼が、大仁多達芳です」

晃一が紹介して、お互いが挨拶をする。晃一が達芳の側に移動して、彼が座っていたほうに円覚が腰を下ろした。

「さっそくですが――」

晃一と達芳を交互に見つめながら、円覚がストレートに質問した。

「お二人は今朝、どちらにおられました」

「私は三鷹のマンションに――」

「ぼくはここにいました」

晃一のあとを受けて、達芳が今いる部屋を指さした。

「私が速水さんを訪ねたのが、午後一時過ぎでした。そのとき大仁多さんに電話をしていたということですが、この研究室の電話でしたか」

「ええ、直通ダイヤルにかけました」

「何時ごろです？」

「一時十分前くらいでしょうか。警部さんがお見えになるまで、そんなには話していませんからね」

「小田切早弥香さんは、今朝のいつ亡くなったのです？」

二人の会話に、達芳が割って入った。

「八時四十四分ごろです。地下鉄の五条駅を四十五分に発車する予定の、京都行きの電車に撥ねられました」

「どうやら今回も、ぼくのアリバイはないようです。現場から大学まで三時間半もあれば移動できます。こうちゃん――速水くんの電話の前に、余裕で研究室に入れたことになる」

「ぼくからの電話を、大仁多くんが予測できるわけがない」

「そう。だから君が三、四十分ほど早く電話をかけていれば、ぼくは出ることができなかったのかもしれない」

「そもそもアリバイが成立していないのに、何を訳の分からないことを――」

「そういう検討は、こちらでやります」

円覚にたしなめられ、ようやく達芳が肝心な質問をした。

「それで早弥香さんの死は、他殺だと分かったのでしょうか」

「おそらく何者かに、背中を押されたのだと思われます」

「………」

「ただ、はっきりと目撃している人がいないようで――」

「朝の地下鉄のホームなのに？」

思わず晃一は声をあげた。

「とても混んでいたのは事実ですが、誰もが携帯を見る、新聞や文庫本を読む、という状態だったため、ひとりとして犯行の瞬間を目撃した者がいません」

「群衆の中の孤独……ですね」

ぽつりと達芳が漏らした。

「小田切さんが線路へ落ちた直後、ホームは騒然となりました。助けようとする人、逆に逃げ出す人で、その場は混乱を極めました」

「犯人は簡単に逃走できたわけか」

「現場には、小田切さんの息子の善則くんがいました」

「なっ……」

晃一と達芳が、ほぼ同時に絶句した。

「母親を助けようとした善則くんを、必死に引き止める人もいて、現場の騒ぎはかなりのものだったようです」

「……彼は何歳ですか」

絞り出すような口調で尋ねた晃一とは対照的に、あっさり円覚が返答する。

「十歳です」

だが警部の冷たい態度に、腹を立てている余裕はなかった。十歳という年齢を我が身に当てはめると、摩館市に引っ越して来た翌年になる。そのころ母親がもし同じ状況で死んでいたら……と考えただけで、晃一は何とも言えない気持ちになった。

「息子さんの保護は？」

達芳が尋ねた。

「少年課の担当者をつけると共に、専門の医師にも協力をあおいでいます。とはいえ、まだまともに話せる状態ではありません」

「無理もない」

「可哀想に……」

晃一は思わずうつむいてしまった。

「目撃者がいないと、先ほどお伝えしましたが――」

しかし円覚は、あくまでも事務的に話を進めた。

「犯人を見たと証言する者は、実は何人もいるのです」

「えっ、でも……」

晃一が顔をあげると、円覚は首をふりながら、

「この目撃証言であがった犯人像というのが、ニートっぽい二十歳《はたち》前後の若者、年配の主婦らしき女性、背広を着た中年男性、派手な化粧《けしょう》をした若い女……と、まったくバラバラで使いものにならない。全員に共通しているのは、その場を逃げるように立ち去った、という行動面だけです」

ある意味かなり自然な行為だけに、確かに何の手がかりにもならない。犯人以外にもその場を離れた人は、きっと数十人におよぶだろうからだ。

「今朝、小田切早弥香さんは、息子の善則くんを京都駅まで送りに行く途中でした。摩館市の彼女の実家に、夏休みが終わる前に善則くんが遊びに行く予定だったからです」

「………」

晃一が言葉をなくしていると、

「そのため、自殺の線は薄いと思われ――」

「当たり前です」

円覚が無神経な物言いをしたので、思わずかみついた。

「どこの母親が、自分の息子の目の前で、電車に飛びこみますか」

「ところが――」

円覚は気分を害した様子もなく、その可能性について説明した。

「実は最近になって、小田切さん夫婦と旦那さんの両親との間で、ちょっとしたもめごとがあった。ただし早弥香さんが自殺をするほど、深刻な事態だったわけではない。とはいうものの発作的にという可能性は、どうしても残ります」

「それでしたら――」

反論しかけた達芳を、円覚は制するように、

「私は、もちろん殺人事件と見ています」

「そういうことなら……」

達芳は納得しながらも一方で、警部の物言いに引っかかった顔をしている。それは晃一も同様だった。

私は――という言い方が、二人とも気になっていた。まるで警察組織としては、まだ連続殺人事件とは認めていないのだと、遠回しに表現しているようではないか。

しかし次の円覚の台詞で、それどころではなくなった。

「私が本件に事件性を見るのは、彼女が例のメンバーのひとりであること。先週の火曜日に多門英介さんから電話をもらっていること。その多門さんと有田悠二さん、二人と死の状況が非常に似ていること。そして――」

思わせぶりに円覚は言葉を切ってから、

「昨夜、早弥香さんが奇妙な電話を受けていること」

「えっ？」

「どんな電話ですか」

驚きの声をあげた晃一に続けて、すぐに達芳が尋ねた。

「相手が誰か、早弥香さんには分からなかった。ほとんど無言で、とにかく無気味な電話だった。旦那さんには、そう話したようです」

「ゆうじゅん――有田悠二くんも、同じような電話を受けているのですか」

「残念ながら分かりません。ただ有田さんが亡くなられた日の朝、電話で話された奥さんによると、なんとなく様子が変だったらしいです」

「前の晩に、彼女と同じ無言電話が、彼にもかかってきたからでしょうか」

「奥さんが『どうかしたの？』と尋ねると、有田さんは少し口籠もったあとで、『とても厭なことを思い出した』と漏らしたそうです」

「…………」

達芳がゆっくりと、晃一に顔を向けた。

「彼が口にした厭なことって、いったい何ですか」

晃一の質問に、円覚はそっけなく首をふった。

「有田さんは、その内容までは話さなかった。奥さんも訊きそびれた。なんとなく尋ねてはいけない気がしたと、あとで奥さんは言っています」

「…………」

今度は晃一が、じっと達芳を見つめる。

「実は早弥香さんも、有田さんと似たような……と表現しても良い不安を、旦那さんに訴えているのです」

「な、何ですって」

「本当ですか」

興奮する晃一と達芳に対して、円覚は淡々と小田切善幸の事情聴取の一部を話した。

「桜の樹の下の死体……」

早弥香の言い得て妙な表現が、晃一の心をゆさぶった。

「しかし彼女は、具体的には何も思い出していないのですね」

達芳が確認をする。

「ええ、漠然とした恐れだけです。だから旦那さんは、無言電話は多門さんからだと決めつけた。そして奥さんの怯えは、自分の司法試験や店での問題のせいだと考えた」

「きわめて合理的な解釈です」

納得する達芳とは別に、もっと詳しく教えて欲しいと晃一は頼んだ。

「ご夫婦のやり取りは、今の通りです。ただし善幸さんも今はまだ情緒不安定で、奥さんとの会話を完全に思い出して話したと、おそらく言えないでしょう」

「それは……仕方ありませんよ」

「あと旦那さんがおっしゃったのは、奥さんが童謡のようなものを口にした、ということくらいです」

「……童謡？」

妙に引っかかるものを晃一は感じた。

「子どもの遊びにちなむ歌のようだったと」

「とおりゃんせのような？」

「そうです。何かお心当たりはありますか」

じっと円覚に見つめられて、なぜか晃一はどぎまぎした。まるで過去に犯した罪を、この警部に悟られるのを恐れるかのように。

だけど、何も思い出せない……。

正確に言うと、かすかに浮かびあがろうとしている記憶はある。だが残念ながら肝心の中身がいっさい見えてこない。

「大仁多さんは、いかがです？」

考えこむ晃一から、同じように熟考している大仁多へ、円覚が矛先《ほこさき》を移した。

「童謡といえば――」

達芳は何か思いついたらしい。

「えいくん――多門英介くんからの電話で、自分が今どこにいると思うと訊かれたので、素直に分からないと答えると、彼がヒントだと言って口にしたのが、そういう歌でした」

「ほうっ、何ですか」

「だるまさんがころんだ……」

「どうしてヒントになるんです？」

「だるまさんがころんだは、瓢箪山の上の桜の樹を使って、みんなで一時期よく遊んでいたからです。特に三、四年生のころは、しょっちゅうやっていたんじゃないかな」

後半は晃一に向けられたので、同意の印にうなずきながらも、突如として胸の中に湧き起こるもやもや感に、彼は言葉にはできぬ不安を覚えた。

「だるまさんがころんだ……ですか」

呪文のように円覚がくり返す。

「速水さんへの電話でも、多門さんは同じヒントを?」

「……いえ。彼が懐かしい場所にいると言ったので、すぐに瓢簞山の名前が出ました。そこから桜の樹にたどり着くのは簡単でした」

そう答えながらも、どこか晃一は上の空である。

「なるほど」

円覚は納得したようだったが、そんな晃一の様子が気になるらしく、引き続きじっと見つめている。

「どうかされましたか」

「………」

「だるまさんがころんだ……で、何か思い当たることでも?」

「………」

「速水さん?」

…………したぁ。

またしても、あの変な歌声が蘇りそうになる。

……女の子?

そして見知らぬ子どもの姿が、ふっと浮かびかける。

「速水さん？」

「……背中が」

とっさに口に出たのは、晃一自身にも意外な一言だった。

「はっ？」

だが、あとが続かない。

「背中というのは？」

自分でも何のことなのか、まったく説明ができない。

「速水さん？」

急に襲ってきた圧倒的なある感情のうねりが、あっという間に晃一の全身を包みこんだ。それは頭の天辺からつま先まで、彼のすべてを一瞬で覆った。にもかかわらず最も敏感に反応している部位があった。

背中が怖い……。

速水晃一は無防備な子どもに戻ったかのように、おのれの背後にいる何かに、ひたすら震えていた。

第十二章　垂麻《たれま》の鬼っ子

昨夜、円覚警部が隋門院大学の大仁多達芳の研究室を辞してから、速水晃一は達芳と遅い夕食をとりに出かけた。

「内原慧さんは長期出張中のため、なかなか連絡がとれません。実家と会社に伝言してあるのですが、未だに応答がない状態です」

最後に円覚が今後の捜査について話したのだが、内原慧に事情聴取ができないことを何よりも困っているらしい。

「携帯はお持ちなんですが、会社への連絡はビジネス旅館やホテルの電話を使われている。ご両親も妹さんも、彼の携帯の番号は知らない。携帯は自分だけの、本当にプライベートなツールとしているようで、家族にも教えないのだそうです」

慧の携帯電話の番号を知らないかと円覚に訊かれたが、晃一も達芳も首をふった。ただし晃一は、それが彼からの年賀状に記されていた覚えがあった。友人と認めている者にだけ、慧は知らせたのかもしれない。達芳は年賀状をとっくに処分しているという。

「速水さん、ぜひ探し出して下さい」

珍しく円覚が感情を表に出したかと思うと、

「実は――」

小田切早弥香には今朝の八時半に連絡したにもかかわらず、あと一歩のところで間に合わなかった。それが悔やまれてならない。そう警部は続けた。

「お二方には当分――」

できれば外出をひかえてもらえれば警察としても助かる、という意味のことを帰りぎわに言われた。

達芳には夏期講習があり、晃一は『七人の鬼ごっこ』を書かなければならない。どちらも大学の研究室とマンションの部屋にこもる必要がある。そう二人が伝えると、円覚は納得したように見えた。

だが達芳はともかく、晃一にその気はなかった。警察が来る前に話していた、例の七人目を見つける聞きこみを実行するつもりだった。

達芳とは軽く飲んだだけで別れた。推理の材料が不足している状態では、二人で額を突き合わせていても仕方がない。

有田悠二と小田切早弥香の通夜と葬儀は、それぞれ名古屋と京都で行なわれると、円覚が教えてくれた。晃一たちは相談した結果、摩館市立第三小学校同窓生として、連名で弔電《ちょうでん》を打つだけにしておいた。

帰宅すると、もう深夜に近かった。それでも晃一は、すぐに年賀状を探した。今年の分は難なく見つかったが、内原慧の年賀状には携帯電話の番号が記されていない。ということは昨年か、もっと前の年賀状に彼は書いたのだろう。確かに目にした覚えがあるからだ。しかし、他の年のものが見つからない。いくら探しても出てこない。数年に一度まとめて処分しているため、ひょっとすると捨ててしまったのかもしれない。あきらめてシャワーを浴びて、もう寝ることにした。

木曜の朝、いつもより早く起床した晃一は、手早く朝食をすませたあと、再び摩館市を目指した。

瓢箪山の周囲で農作業をする人たちは、きっと早朝から畑に出るだろう。その仕事が一段落したあたりで、ちょうど向こうに着くようにと考えた。この時間の調整は上手くいった。ただし大きな誤算があった。いくら話しかけても、誰も相手にしてくれない。

どんなアプローチをするべきか、さすがに晃一も考えた。変に誤魔化すよりも、ストレートに訊いたほうが良いだろう。だから次のような台詞を用意した。

「私は小学校のころ、川添町に住んでいた者です。今は作家になっていて、次の作品で子ども時代の話を書く予定があります。かつての同級生に取材をしているのですが、ひとりだけ記憶が曖昧な友だちがいて困っています。その子とは、あそこの瓢箪山でよく遊んでいたはずなのですが、どうしても思い出せなくて――」

この前置きのあと、当時の晃一たち六人の容姿を説明したうえで、他にも子どもがいなかったかと尋ねる。もし七人目がいたと証言する者があれば、どこの誰だったか重ねて問いかける。すぐに見つかるとは楽観していないが、質問する人の数が増えれば、そのうち何か分かるかもしれない。

ところが、そもそも肝心の話ができなかった。しゃべりかけても無視をされる。最初はたまたま人見知りをする、または愛想の悪い人物に当たったのだろうと思った。しかし何人に声をかけようと、ほとんど同じ反応しか返ってこない。それでも根気よく続けていたら、そのうち訳の分からない罵倒を浴びせられた。

「しつこいな。帰れ、帰れ！」

「馬鹿者がぁ。二度も同じ手を使いやがって」

「うるさい！　売らんものは売らん」

どうやら何か誤解されているらしい。そう途中から察したのだが、誤解を解こうにも話ができないのだから、どうしようもない。

そのうち、とりあえず晃一の説明に耳をかたむける者も出てきた。彼が子どものころ摩館市で暮らしていたと分かると、笑顔を見せる人もいた。ただし瓢箪山の名が出たとたん、誰もが顔を強張《こわば》らせた。それからは一言もしゃべろうとせず、彼を無視したままだんまりを通す。とほうに暮れるしかなかった。

結局、午前中いっぱいを費やして汗だくになりながら、収穫は零だった。地域の人たちを敵に回したらしい事実を考えれば、むしろマイナスだったかもしれない。

晃一は前中町の商店街まで戻ると昼食をとり、それから前河町の古本屋を何軒かはしごして、あとは喫茶店で涼みながら読書をした。

こんなところまで来て、いったい何をしてるのか……。

自分でも不甲斐《ふがい》ないと思ったが、午前中に受けた精神的なショックと肉体的な疲労が、一時とはいえ彼を無気力にさせた。ようやく重い腰をあげたのは、少し日差しが衰《おとろ》えはじめた夕方になってからである。

瓢簞山に行こう――。

このまま手ぶらで帰るわけにはいかない。もっともあの山に登ったからといって、今さら手がかりは見つからないだろう。だが他に訪ねる場所もない。かなり消極的な理由ではあるが、とにかく再び瓢簞山を目指した。

日はかたむいているものの、残照はきつかった。数メートル歩いただけで、すぐに汗が噴き出す。ただでさえ聞きこみには適していない時季である。そんな風に思ったが、もちろん何の慰めにもならない。

ほっと一息つけたのは、瓢簞山の石段にたどり着いたときだった。両側にそそり立つ樹木が木陰をつくっており、なんとも涼しい。日中でも山を照らす南天の太陽から、この両脇の緑が石段を隠しているので、ほとんどの石が暖められていない。ひんやりとしたままのため、よけいに涼を呼ぶのだろう。

とはいえ恩恵にあずかれたのは最初だけになる。石段を登るにつれて、またしても汗が流れはじめる。足の運びを遅くしても大して変わらない。頂上に着いたころには、すっかり汗だくになっていた。

それなのに石畳の参道からお堂へ、さらに境内の東側にそびえる桜の巨木へと巡るうちに、べたつく衣服がひんやりしてきた。山頂も木陰が多くて、山の下に比べればしのぎやすい。それでも動き回れば、やはり暑くて汗をかく。にもかかわらず妙に寒々としている。決して心地のよい涼しさではない。まるで霊安室に漂う冷気に触れているかのような……そんな気配がひしひしと感じられてならない。

前に来たときよりも、なんか空気が重いな……。

ぐるっと境内を一通り見渡しながら、今にも何かに襲われる恐怖に、とっさに晃一は囚われていた。

英介だけでなく、この山のどこかで悠二と早弥香の二人も命を落としている……としか思えないほどの、とても重苦しい空気があった。今ここで自分が四番目の犠牲者になったとしても、少しも不自然ではない気がした。

帰ったほうがいい。

来たばかりだったが、すぐにも山を下りたかった。

これは……。

実際それに気づかなかったら、一目散に石段を目指して駆け出していただろう。

またしても線香の匂いがした。巨木の根元に目をやると、やっぱり線香の灰らしきものがある。二日前の灰が残っているとは思えない。つまり新しい線香があげられているのだ。ひょっとすると毎日ここで、誰かが焚《た》いているのかもしれない。

英介の供養か。

場所と時期を考えると、そういうことになる。

いったい誰が？

ふと浮かんだのは、英介の父親の会社に勤めていた従業員で、借金の連帯保証人になっていた人物である。英介の周囲で彼を気づかいそうな者といえば、残念ながらその人くらいしか思い当たらない。

　でも、線香っていうのは変か。

　当然その人も警察の事情聴取は受けているはずである。だから英介が何らかの事件に巻きこまれたらしいと、おそらく知っているに違いない。とはいえ彼の遺体は見つかっていないのに、こうして線香をあげるだろうか。本来は死者に手向《たむ》けるものを、一度ならず何度もあげに来るだろうか。

　それとも……。

　ここで線香を焚いている人物は、多門英介の死を確信しているのか。すでに彼が死亡している事実を知っているのか。

　なぜなら、そいつが当の犯人だから……。

　この想像に晃一の心は騒いだが、いくつもの問題点にも気づいた。

　まず多門英介の供養に線香をあげるのなら、樹木の根元ではなく崖の上か下だろう。次に自殺したかもしれない男をわざわざ殺害しておきながら、それを供養するのは辻褄が合わない。しかも一度だけでなく、少なくとも二度は足を運んでいる。また有田悠二と小田切早弥香はどうなるのか。名古屋の路上と京都の地下鉄ホームへも、犯人は線香をあげに行っているのか。それとも英介だけが例外なのか。だとしたらその理由は何か。

　やっぱり違うな。

　犯人の仕業だと考えるには、どうにも違和感がある。むしろ逆ではないか。これは英介側に属する人物の行為ではないのか。

「だけどなぁ」

晃一は思わずつぶやいた。

そうなると七人目以外にも、英介には付き合いのあった八人目がいたことになる。彼が死んだらしいと知り、ここまで線香をあげに来る者が……。

英介の彼女か。

最も可能性が高いのは、彼が付き合っていた女性だろう。だが、そこまで親しい存在がいれば、間違いなく電話で晃一や達芳に自慢しただろう。仮に過去の人であったとしても、まったく口にしないとは思えない。なんとも淋しい限りだが、そんな女性はいなかったと見るべきではないか。

誰が線香をあげているのか。

事件を巡るあまたの謎の大きさに比べれば、あまりにも小さな疑問である。だが晃一は、これが手がかりになる気がした。ここを突破口にして事件の核心に迫れるのではないか。

とはいうものの……。

付近の住民に聞きこみができない以上、線香の主を突き止めるためには、この山頂で見張っているしか手はなさそうである。

「この樹の裏にでも隠れるか」

桜の表皮を触《さわ》りながら冗談っぽくつぶやく。こんな場所で下手をすれば一日中、ずっと見張り続ける状態を想像すると、早くも心が折れそうになった。

巨木を前にして立ちつくしていた晃一は、ふっと厭な感覚に囚われた。

背中が怖い……。

後ろに異様な気配を感じる。今このときではない。もっと昔、それこそ子どものころの体験ではなかろうか。

「だるまさんがころんだ……」

自然に口ずさんでいた。

晃一は桜の樹に右腕をあてがうと、その上に顔を伏せた。前腕に額が当たる格好で、目はふさがない。そして今度は独特の抑揚をつけて、半ば歌うような調子で叫んだ。

「だぁーるまさーんがぁ、こーろんだぁ」

こう唱えたあと、ふり返らなければならない。でも、どうしてもできない。後ろを見るのが恐ろしい。背後を確かめるのが、とにかく厭で仕方がない。

背中が怖い……。

だが、いつまでもこのままではいられない。勇気をふり絞り、ゆっくりと恐る恐る、そっとふり返る。

すると山頂の西側に茂る樹木の合間から、ちらちらとこぼれる厳しい西日の残照が、ぱっと晃一の両目を射た。

まぶしい……と思った次の瞬間、彼の脳裏にある光景が、ふっと浮かんだ。ずっと記憶の奥底に沈んでいた封印された眺めが……。

いくつもの黒い人影が、西日の中で静止している。子どものころ、当時のメンバーと遊んだ懐かしい風景である。それは間違いない。けれど、この光景ではなかった。もっと異なる眺めだった。そう否定する己《おのれ》がいた。

どういうことだ？

たった今ふと蘇った記憶は、彼が鬼だったときのものである。それが違うとなると、彼は鬼ではなかったわけだ。鬼は別の者がやっており、彼はみんなといっしょに、その鬼の後ろ姿に向かって進んでいたのか。

だけど……。

それでは背中が怖いという感情の説明がつかない。後ろに戦慄を覚えるのは、彼が鬼だったからではないのか。しかし肝心の鬼の視点による光景が、どうやら思い出さなければならない記憶とは違っているらしい。

この矛盾は、いったい何を意味するのか。

晃一は桜の樹の前でふり返ったまま、じっと考えこんだ。木漏れ日と呼ぶには毒々し過ぎる橙《だいだい》色の西日に目を細めつつ、ひたすら切れそうな細い記憶の糸を手繰《たぐ》ろうとするのだが、どうしても上手くいかない。

それでも夕まぐれの妖《あや》しいまぶしさが、しきりに彼の脳を刺激する。完全に閉ざされた心の扉を、強引にこじ開けようとする。

こんな逢魔ヶ刻のただ中で、お前は見たではないか。

同じ囁きを何度も耳元でくり返しながら、執拗に責め立ててくる。彼の記憶が蘇るまで、責めさいなみ続けようとする。

「子どものころに、いったい何があったんだ……」

つぶやいたところで、またしても怖くなってきた。必死に思い出そうとしながらも、それを邪魔する自分も確かにいる。その事実に気づいたからだ。

自己防衛の本能かもしれない。

速水晃一という人間を、過去に起こった忌まわしい出来事から、彼自身が守ろうとしている。そんな経験をした覚えなど、そのまま記憶倉庫の奥へと仕舞いこんで永遠に封印してしまえと、彼自身に諭されている気分である。

「それでぼくが殺されたら、元も子もないわけだ」

自嘲的な考えに思わず苦笑が漏れる。だからといって恐怖は去らない。むしろ、ひたひたと増し続けていた。

晃一は巨木の側を離れると、少し急ぎ足で石段を目指した。もうすぐ日が暮れる。まだまだ空は明るいが、この山の上には一足早く薄闇が降りる。帰るなら今のうちだ。薄暗い中で急な石段を下るのは、できれば避けたい。

慎重に石段をたどりながら、一向に執筆がはかどらない『七人の鬼ごっこ』の原稿のことを、いつしか晃一は考えていた。作家である以上それは当たり前だが、彼が気にしたのは作品の完成よりも、その内容についてだった。

今回の事件と似ていないか……。

鬼ごっことだるまさんがころんだの違いはあるが、どちらも子どもの遊びである。関わっている子どもは、ともに七人と同数になる。しかも、どちらも昔の子ども時代の記憶が鍵となっている。

でも小説の構想を得たのは、英介から電話を受ける前だった……。

つまり単なる偶然に過ぎない。そう考えかけて晃一は首をふった。本当にそうだろうか。これは意味のある暗合《あんごう》ではないのか。

彼のまわりで起きている友人の連続死は、七人の中の鬼が残り六人をひとりずつ捕まえているから……なのではないか。

文字通り『七人の鬼ごっこ』である。

瓢簞山の麓から重い足取りで、晃一は田畑の中を進んだ。あたりには人っ子ひとり見えない。もっとも昔から、この地域はそうだった。働く大人の姿はともかくとして、まだまだ遊び回っている子どもの数人は見つかる時間帯である。そろそろ帰宅しなければと思いつつも、ずるずると遊んでしまう。そんな子どもたちの影が、西日を受けて伸びている。そういう風景が自然のはずだった。

だが当時、この地域に出没したのは晃一たちのメンバーだけである。どうやら今も変わっていないらしい。それとも現代っ子は近所の山や森で遊ばないのか。または少子化の影響がここにも出ているのか。

取り留めもないことを考えながら、こぢんまりとした墓地の側を通り過ぎようとして、晃一はぎょっとした。

墓場の中に誰かいる……。

南北に長細く広がる墓地の、北側の石垣の近くに生えた樹の下に、じっと動かぬ人影が見える。彼の視界の片隅に映っている。

そっと立ち止まって盗み見ると、半ば朽ちたベンチに老婆が腰かけていた。老婦人でも年寄りの女性でもなく、いかにも老婆という表現がぴったりな容姿で、杖《つえ》代わりらしい古びた乳母《うば》車《ぐるま》に両手を置いてうつむいている。

ほっとはしたものの、ひとりで夕暮れの墓地に座っている姿は、ちょっと無気味だった。場合によっては物悲しく見えるかもしれないが、今の晃一の心象からは、どうしても忌まわしく感じられてしまう。

晃一が立ち去ろうとしたとき、ゆっくりと老婆が顔をあげた。視線が合うかと思ったが、その眼差しは焦点が合っておらず、彼を素通りしてはるか後方を見すえていた。ちょうど瓢簞山のあたりを……。

失礼だとは思いながらも、なんとなく気味が悪いので、顔をそむけて足早に通り過ぎようとしたところ、

「……こんにちは」

意外にもしっかりとした声をかけられ、とても驚いた。ためらいつつ視線を戻すと、微笑みをたたえた理性的な眼差しが、じっと晃一に注がれている。

「こ、こんにちは」

とっさに挨拶を返して、慌てて軽く頭を下げる。すると老婆が深々とおじぎをしたので、彼も自然と話しかけていた。

「お散歩ですか」

「はい、そうです。昼間は暑いので、今は夕方にしとります」

「日が暮れたというのに、まだ蒸しますね」

「ほんとにねぇ。けどお日様のきつい日差しがない分、いくらかはましですわ」

老婆は大きなため息をついてから、ようやく目の前の男が何者なのか、そこに興味を持ったようである。

「お兄さんも散歩ですか」

「はぁ……」

そんな風に呼ばれる歳ではないのだが、彼女から見れば若造に映るのかもしれない。

「町のほうの人ですか」

「住んでいるのは三鷹です。生まれは京都になりますけど」

「ほうっ」

あいづちを打ったような口調だったが、そこには問いかけのニュアンスも感じられた。京都出身で三鷹在住の働き盛りに見える年齢の男が、どうして平日の夕刻に、こんなところにいるのか。そう暗に訊かれている気がした。

「実は子どものころ、川添町に住んでおりました」

晃一が説明したのは、特に打算があったわけではない。

「ほうっ」

それなのに老婆のあいづちに、好奇心が交ざりはじめた。

「小学校三年生の夏休みに転校して来て、中学校二年生の夏休みに京都へ戻るまで、こちらで暮らしました」

「今は三鷹にお住まいということは、また出てらしたんですか」

「大学が東京だったものですから、卒業してそのまま就職して、以来ずっとこちらにおります。お婆さんは摩館の方ですか」

その質問が切っかけとなり、老婆の多摩での生い立ちから戦時中の話を、晃一は墓地の低い石垣越しに聞かされる羽目になった。別に嫌ではなかったが、内容が嫁入りから姑との確執におよんだところで、彼女の人生すべてに付き合わされる懼《おそ》れを覚えた。

タイミングを見て帰ろう。

と思うのだが、まったく途切れる気配がない。むしろ饒舌さが増している。これは強引に辞去したほうが良さそうだと考えていると、子育ての話になった。

「お子さんが遊んだのは、あそこの山や、あっちの森でしょうか」

せめて何らかの情報が得られないものかと、晃一が瓢箪山と黒い森を指さしたとたん、ぴたりと老婆は口を閉ざした。

「あのう……」

「………」

「お婆さん？」

「………」

最初に目にしたときと同じく、焦点の定まっていない虚ろな眼差しを、しきりに彼の後方へと向けている。

「もしもし……」

「……あれはどっちも」

山と森から晃一へと視線が戻ったところで、老婆がつぶやいた。

「垂麻家が祀っておった。昔は祭礼もあってな。お祭りのたびに屋台が出て、それは賑やかで楽しい祭事でした。それが戦後に、大陸から達磨の神様を持って帰ってきてから、段々とおかしくなりはじめて……、次第に廃《すた》れていきよりました」

達磨の神様？

はじめて耳にする宗教的な概念である。それまで垂麻家が信仰していた民俗宗教に、道教の思想を取り入れたことを、そんな比喩で表現しているのだろうか。

でも、このお婆さんの物言いでは……。

本当に中国から達磨の神様を、この布引の地へ連れてきたように聞こえる。おそらく達磨の像か、それが描かれた掛け軸でも、出征していた垂麻家の者が持ち帰ったのだろう。

あっ……。

そのとき、ぱっと晃一の脳裏に蘇る光景があった。瓢簞山のお堂の中で目にした、あの忌まわしい眺めである。

毒々しい朱色の……、ぽっかり穴の開いた両目の……、黒い何かをまとう……、そんな達磨の姿が、より鮮明に浮かびあがった。

「最初のうちは良かったのに――」

晃一の変化に気づくことなく、老婆は話し続けている。

「十年、二十年、三十年と経つうちに、垂麻家はおかしくなってな。いや、むしろ家はますます栄えたなぁ。けど……」

その代わりに何かが駄目になったのだと言いかけたものの、とっさに言葉を飲みこんだように見えた。

「だからこのあたりの子どもは、よけいにあそこでは遊びません」

よけいに――という部分に、垂麻家が山と森を祀らなくなった理由があるらしい。そこを尋ねたかったが、老婆に嫌がられる気がした。今も彼女は、つい調子に乗ってしゃべり過ぎたという顔をしている。

ここは考えどころだな。

せっかく打ち解けている貴重な情報源になりそうな人物を、みすみす怒らせる手はないだろう。訊き出すにしても婉曲なほうが良いと、とっさに晃一は判断した。

「そうだったんですか。私たちは何も知らなかったもので、よくあの山で遊びました」

もちろん、これも賭けだった。子ども時代の体験とはいえ、この地域の忌み地に出入りしていたことになる。果たして老婆がどんな反応を示すのか、まったく予測がつかない。とはいえ、どこかで核心に触れなければ先へは進めない。

「ほうっ」

このあいづちにも好奇心が感じられた。と同時に畏怖《いふ》の感情も、そこには少なからず交じっている様子があった。

「森へは入らなかったのですが、瓢簞山には毎日のように登りました」

「懐かしい呼び名ですな」

「最近では、そう呼ばないのでしょうか」

老婆が首をふったのは、晃一の言葉を否定したからではないだろう。おそらく瓢簞山という呼称が廃れるほど、誰もあの山には関わらなくなっているのではないか。

「山の上には、達磨神社がありますよね」

「……よくご存じで」

「正式な名称は知らずに、勝手に達磨堂とか、達磨神社とか呼んでいました」

「垂麻神社が本来の名ですが、達磨神社という呼び方もふくめて、今でも覚えているのは年寄りばかりですよ」

そこで老婆は、改めて晃一を見つめると、

「お兄さんがあの山で遊んだのは、いつごろのことです？」

「三十年も前になります」

「………」

老婆は記憶をたどるような、そんな表情を浮かべていたが、突然はっと息を呑むと、

「あのときの子でしょ！」

びっくりするほど若やいだ声を出した。

「えっ、あのとき？」

驚く晃一の顔を、身を乗り出すようにして老婆は見つめながら、

「うーん、やっぱりお兄さんのような気がするなぁ」

「はっ？」

「瓢箪山に登る子どもがいると、あの当時の布引で、ちょっと噂になってました。ただ、よその子どもは放っておけと言う家が多くて――。それでも私は気になって、何度か注意したことがありました」

まさか……。

晃一は信じられない思いがした。確かにあのころ瓢箪山で遊んではいけないと、何度か忠告された覚えがある。その人が目の前の老婆だったとは、何という僥倖なのか。

いや、待てよ。

あのとき彼に忠告したのは、いつもお婆さんだった。三十年も前である。年齢が合わなくはないか。それとも子どもにとって、六十歳前後はお婆さんに思えたのか。または他にも声をかけた人がいたのを忘れているだけで、この老婆はそのひとりなのか。

そういう疑問はおくびにも出さず、忠告してくれた大人の記憶があるとだけ告げると、まるで子どものように老婆はたいそう喜んだ。

「それは私です。山に登る子どもは何人かいたけど、その中でも一番賢《かしこ》そうな子に、何度か声をかけたんです」

きっと大仁多達芳に注意をした老婆も、この人なのだろう。

「そ、そのとき見た子どもたちを、今でも覚えていますか」

思わず晃一が気負いこむと、不思議そうに見返された。

「……あ、あの実は、その当時の友だちを、ちょっと捜しているもので……」

「ほうっ」

またしても老婆の好奇心を刺激したようだ。

「まぁこっちに、どうぞお入り下さい」

しきりに手招きされて、ずっと墓地の石垣越しに会話を続けていたことに、晃一は改めて気づいた。

「えーっと……」

出入り口はどこかと探すと、石垣の南の端に小さな門がある。今いる場所のちょうど反対側になる。低い塀を乗り越えるほうが手っ取り早かったが、地元民の目の前でそんな行為もできない。

晃一は小走りで門まで行くと、墓地の中を突っ切るようにして、老婆が腰かけている樹木の側へとたどり着いた。

「さぁ、ここへお座りなさい」

言われるままに、今にも崩壊しそうなベンチに、老婆の隣に腰を下ろす。墓地の敷地内の緑といえば、樹が茂っている場所だけだった。それで誰かが昔、ここで休めるようにとベンチを置いたのだろう。

「うんうん、面影がある」

しばらく晃一の顔を見つめてから、老婆がうれしそうに言った。

本当に覚えているのか。

ちらっと晃一は疑問に思った。三十年も前の出来事である。しかも、よそから来た子どもの面影を見出せるほど、確かな記憶があるのは変ではないか。

しかし――。

老婆には嘘をつく理由がない。もしかすると記憶に残るほど、あの山に出入りしていた晃一たちは、かなり目立っていたのかもしれない。とにかく今は疑うよりも、彼女に当時のことを訊くべきである。

「色の白い、賢そうな男の子を覚えていませんか」

「それは、お兄さんでしょう」

「もうひとりいませんでしたか」

少し考えてから、

「……ああ、なんとも大人びた子がいましたな。昔なら、それこそ結核病みにでもなりそうな、そんな男の子でしたなぁ」

大仁多達芳に間違いない。その子にも同じ忠告をしたかと訊くと、はっきり「しました」と答えがあった。

「ただ、その男の子に注意したのは、一番あとだったと思います。もうみんなで遊んでいたころで、もちろんお兄さんもいました」

「それまでは、みんなバラバラだったわけですね？」

「だから、あまり目立たなかったんでしょう」

「そのバラバラのとき、どんな子がいたか覚えていますか」

「二人だけ、いつもいっしょに来ていた、男の子たちがいましたな。片方は少し威張《いば》っていて、もう片方は腰ぎんちゃくみたいな感じで……」

有田悠二と内原慧だと分かる。慧は晃一たちと仲良くなっても、いつも悠二の側にいたからだ。二人は幼稚園からいっしょだったらしい。それでも当時の慧は、ちょっと悠二に依存し過ぎていたかもしれない。

「いつもひとりきりだった子は？」

老婆の記憶も次第に鮮明になってきているようで、

「ああ、子どものくせに暗くて元気のない、顔にあざのある男の子がいました。あれは、いじめられっ子でしょう。こそこそと隠れるように歩いてましたな」

多門英介に間違いない。

それにしても老婆の見立ての正しさに、晃一は驚いた。まったく交流がなかった子どものことを、よくそこまで分かるものだと感心した。

素直にそう言うと、何でもないとばかりに老婆は笑った。

「四人も子どもを育てましたから、どんな子かくらいは、だいたい分かります」

「他には？」

「女の子もひとりだけ、いました。あの子には、声はかけませんでしたが」

「どうしてです？」

「言っても聞く耳を持たんと、分かっていたからです」

確かに早弥香には頑固なところがあった。

「女の子は本が好きらしくて、よく歩きながらも読んでいる姿を見かけました」

晃一がはじめて会ったときも、江戸川乱歩の『幽霊塔』を読書中だった。

「それがいつの間にか、みんなで仲良く遊ぶようになって――。もっとも、ほとんどあの山の上で遊んでいたようでしたから、実際に目にしたのは数えるほどでしょうね。あれは転校して来たお兄さんが、みんなをまとめたんですか」

「まぁ、たまたまそうなりまして――」

その言葉を謙遜と受けとったのか、ひとしきり老婆は感心すると、

「もうひとりの賢い男の子を、このあたりで見かけるようになったのは、そのもう少しあとでしたよ」

達芳が仲間に加わったのは、確かに最後である。ここまでの老婆の記憶は、すべて正しいと言って良いだろう。

「私が遊んでいた友だちは、それで全員でしょうか」

かなりおかしな質問だったが、特に老婆は不審がることもなく、そのまま考える表情を見せながら、

「お兄さん、もうひとりの賢い子、二人組、いじめられっ子、女の子……と、ひい、ふう、みぃ、よぉ、いつ、むぅ……と六人になりますから、そうです。あの山に行くときはバラバラでも、帰るときには六人で、よくいっしょに歩いてましたなぁ」

瓢箪山の六人は、やはり変わらないのか。

問題となる七人目は、結局はいないのか。

晃一は心の中で、失望と不安と恐怖が渦を巻いているのを感じた。彼と達芳の推理が間違っているとなると、今後どのように事件に対処すれば良いのか、まったくとほうに暮れてしまう。

「私を入れて、六人ですよね？」

「はい、そうです」

無駄とは思いつつ、つい念を押してしまう。

「はぁ、七人目ですか」

老婆は困ったように首をかしげつつ、

「お捜しのお友だちは、今のお話には出てきてないのですか」

「その五人なら、私も覚えています。自分もふくめて、瓢箪山の六人の仲間のことは、まだ記憶にあるのです。ただ、そこにもうひとり、七人目がいたのではないか……。そう考えられる出来事が、実は最近になって起こりまして」

「何か事情がおありのようですね」

「はい。それで当時のことをご存じかもしれない、このあたりの人にお訊きしようと思い、こうして――」

「あれはお兄さんでしたか」

突然、老婆がひとりで納得しはじめた。

「何のことでしょう？」

「いえね、今朝になって、また例の不動産屋が現れたけど、誰もが無視をしたって、ちょっと小耳にはさんだものですから」

「はっ？」

「この春のことです。ここらあたりの土地を売らないかと、柄の悪い不動産屋がやって来ましてね。誰もその気がないのに、その後も人を替えて、何度も現れたんです」

「つまり私は、問題の不動産屋と間違われたわけですか」

「そのようですねぇ」

老婆は気の毒だと言わんばかりの口調で、

「どうもすみません。みんなの勘違いでして……」

「……い、いえ。仕方ありませんよ」

とはいうものの、とんだとばっちりである。その落胆が顔に出たのだろうか、老婆は半ば慰めるような様子で、

「けど、このあたりの人に、あの山に関わる話をしても、満足に答える者がいるとも思えません。話を聞けなかったという意味では、結局は同じだったでしょうね」

「でもお婆さんは、私の相手をしてくれました」

「この歳になるとね、もう怖いものなどなくなります」

そう言って老婆は笑ったが、すぐに真面目な表情に戻ると、

「うーん……、七人目の子どもねぇ」

晃一の問いかけに対して、真剣に考えはじめた。

「毎日ではないまでも、私たちと遊んだことが何回かある、そういう子どもがいなかったでしょうか」

「お兄さんたちと、たまに遊んでいた子ども……」

「はい」

「たまに遊んでいた子ども……」

遠い過去を見つめるような眼差しで、何度も老婆がくり返す。だが一向に思い当たる子どもがいないのか、そのつぶやきが次第に小さくなっていく。

見当はずれだったか……。

気がつけば、もう日はとっぷりと暮れかけている。いかに日の長い夏とはいえ、もう十数分もすれば完全に暗くなる。その前に老婆を家に帰すべきだろう。

晃一は頭を下げると、

「すみません。ありがとうございました。お話ができて――」

「……ああ、あの子がいましたな」

彼の挨拶など耳に入っていなかったらしい老婆が、突然そこで声をあげた。

「はっ？」

「いえ、お兄さんの友だちと言われたのと、お兄さんらが仲良しになったころばかり考えていたので、ちょっと思い出せなかったようで――」

「ど、どういうことです？」

急に晃一の胸が高鳴り出した。

「お兄さんたちが、あの山でいっしょに遊びはじめた、翌年の夏です。お兄さんらよりも小さな女の子が、ちょくちょく姿を見せるようになりましてな」

「年下の子ども？」

「お兄さんは、十歳くらいでしたか。それならヨシコちゃんは、五、六歳くらいに見えたと思います。おかっぱ頭の色の白い可愛らしい子で、秋になっても丈の短いスカートをはいていました」

「……」

その名前と容姿を耳にしたとたん、何度か浮かびかけた女の子のイメージが、再び脳裏に映りそうになった。

「ただ、ちょっと様子が妙に思えたので、あるとき声をかけたんです。すると実は、少し障害のある子だと分かりました」

老婆の口ぶりから、ヨシコには何らかの知的障害があったらしいと分かる。

「それで私も心配したのですが、どこから来たのかと訊くと、『まえかちょう』とたどたどしく答える。名前はと尋ねると、『さかやのヨシコ』と辛うじて返事をする。最初は前河町と酒屋が結びつかずに困りました。しばらく話しているうちに、どうやら前中町の商店街にある酒屋の子どもらしいと、ようやく見当がつきました」

「酒屋のヨシコ……」

晃一の脳の一部がうずいた。

「そんな子でしたから、いつもこのあたりに来ていたわけではなく、気がつくと姿を見せていたくらいで――。それで、すぐには思い出せなかったんでしょう」

「瓢箪山には？」

「ええ、登ってました。それで私は、お兄さんらがあの子と遊んでくれれば良いのにと、そう思ったことを覚えております。そのときだけは、あの山で子どもが遊ぶ心配よりも、ヨシコちゃんがみんなと遊べるかどうか、そっちのほうが気になって――」

「遊んだような……気がします」

「そうですか」

老婆がほっとしたように、うれしそうに笑った。

「ヨシコちゃんは山から下りて来るとき、いつもひとりきりでした。お兄さんらの仲間に入れてもらっているのかどうか、ちょっと分からなかったんです」

「ただ……、ほとんど覚えていません」

「そんなに長くではは、なかったからでしょう」

「ヨシコちゃんは、そのうち姿を見せなくなったのですか」

「ええ……」

と答えたところで老婆の表情が曇った。

「……そうでしたなぁ」

「突然ある日から、ヨシコちゃんは来なくなったわけですか」

それなら老婆にも理由が分からなくて当然だろう。しかし、どうやら何か引っかかるものがあるらしい。じっと考えこんでいる。

「なぜヨシコちゃんが姿を見せなくなったのか、お心当たりがおありですか」

「………」

「お婆さん？」

「…………」

次第に老婆の顔が、とても険《けわ》しい形相になっていく。

「たれまの……」

「はっ？」

「……おにっこ」

「えっ……」

どういう意味かと晃一が訊き返そうとしたとき、

「お祖母《ばあ》ちゃん！」

すぐ近くで呼び声が聞こえた。とっさに見やると石垣の外に、二十代後半くらいの女性と小学校低学年と思《おぼ》しき男の子が立っている。

「もう帰らないと。そろそろ夕ご飯だよ」

老婆の孫とひ孫なのだろうか。あたりが暗くなりはじめているのに、いつまで経っても帰らない祖母を心配して、わざわざ迎えに来たのかもしれない。

「すみません。ちょっとお話を伺っていたもので――」

晃一は立ちあがって頭を下げたが、すでに女性は墓地の門へと足を向けている。

「今の件について、改めてお話しできませんか」

「……ええ」

老婆が肯定とも否定ともつかぬ声を出した。

「お願いします」

今ここで約束を取りつけておかないと、なぜか手遅れになりそうな気がする。

「お祖母ちゃん、帰りますよ」

すぐ後ろで声がした。驚いてふり返ると、孫らしい女性がベンチの側まで来ていた。

どうしてこんなに早いんだ？

さらに彼女の後ろには、ひ孫らしい男の子が、こちらへ必死に駆けてくる姿があった。これではまるで一刻も早く老婆を、この場から連れ出したいかのようではないか。

「実は今お婆さんに、このあたりの昔の話をお聞きしていて――」

晃一は弁明しようとした。そんな彼を無視したまま、女性は老婆に手を貸してベンチから立たせ、乳母車につかまらせた。そして優しく祖母の背を押すようにして、墓地の門のほうへと歩きだした。

その間、いっさい晃一には目を向けなかった。逆に遅れてやって来た男の子のほうは、好奇心と恐怖心が相半ばしている表情で、女性に「ほら、早く来なさい」と言われるまで、じぃーっと彼を見つめ続けた。

「あのう……」

名前と住所を訊きたかったが、仕方なくあきらめる。老婆ひとりなら問題ないが、この女性がいっしょでは無理だろう。

でも、どうして？

自分がよそ者だからか、と首をひねったところで、もしかすると女性は老婆との会話を聞いていたのではないか、と晃一は気づいた。

仮にそうなら、彼女が声を出したタイミングと、そのとき老婆が口にしていた内容が、当然ながら問題となる。

――たれまのおにっこ。

確かに老婆は、そう言った。「たれま」とは、瓢箪山の隣の小山に建つ垂麻家のことか。「おにっこ」とは、「鬼っ子」という意味なのか。

つまりは「垂麻家の鬼っ子」だ。そう呼ばれた人物がいたのか。そいつがヨシコと関わりがあったのか。それから晃一たち六人とも……。

なんとかして確かめないと。

老婆たち三人の後ろ姿を見送りながら、晃一は思案した。このまま尾行して家を突き止めることはできる。しかし、おそらく女性に感づかれ、よけいに警戒されるだろう。一度そうなったら、もう老婆から話を聞けなくなる。かといって他に協力者を見つけられるかというと、かなり厳しいに違いない。

さて、どうしたものか。

薄闇が降りた墓地の中で晃一は、とほうに暮れて立ちつくした。

すると門から出ようとしていた老婆が、急にふり返った。そして子どもに諭すような口調で、これまでとは違う若々しい声音で、こう言うのが辛うじて聞こえた。

「坊ちゃん、良い子だから、あの山に入ってはいけませんよ」

ある光景（四）

「だぁーれまさんがぁ、こぉーろしたぁ」

大きな樹に右腕と顔をつけながら叫んだあと、ぱっと鬼が左肩越しにふり返った。そのとたん、西日を受けて黒々としている人影の動きが、ぴたっと止まる。全員が鬼のほうへ、まさに今にも歩き出しそうな格好のままで。

ひとり、二人、三人、四人、五人……、誰も身じろぎひとつしない。

でも鬼が樹に向き直って背中を見せると、いっせいに五人は動き出す。

「だぁーれまさんがぁ、こぉーろしたぁ」

独特の抑揚をつけた幼い声で、またしても鬼が歌うように叫ぶ。

その間に五つの影が、少しずつ大きな樹へ近づいて行く。ただし鬼がふり返った瞬間、いっさいの身動きをぴたっと止める。どれほど不自然な格好をしていようとも、そのままの姿勢で微動だにしない。ひたすら鬼が樹に向き直るのを待っている。

ところが、何度目かにふり向いた鬼が、なかなか元の姿勢に戻らない。大きな樹に顔を伏せずに、みんなのほうを向き続けている。

いったい鬼は何をそんなに見つめているのか……。

「ずるいぞ！　長過ぎるよ」

静止したままの人影から抗議の声があがった。もちろん口だけを動かしている。

しかし鬼は、ひたすら人影を見つめ続けている。決してやめようとしない。

「おい、もういいだろ！」

引き続き批難の声があがる。

だが鬼には聞こえていなかった。なぜなら鬼は一心に数えていたからだ。

ひとり、二人、三人、四人、五人、六人……。

……ひとり多い。

鬼が陣取る大きな樹へ向かって来る人影が、いつの間にか増えている。

七人目がいた……。

こうしてあるときから、この遊びは七人でするようになった。

「だぁーれまさんがぁ、こぉーろしたぁ」

鬼が左肩越しにふり返ると、ほとんど同時に人影が静止する。誰も動いていないことを確かめてから、鬼が樹のほうに向き直る。

「だぁーれまさんがぁ、こぉーろしたぁ」

再び鬼が歌うように叫び、それからふり向く。人影も全員がぴたっと身動きをやめる。そのくり返しがしばらく続いたところで、急に鬼がふり返ったまま固まった。

「こんなに長いの、反則じゃないか」

七人目が加わったとき以上の、強い抗議の声があがる。しかし鬼は強張った表情を浮かべて、完全に凝固している。

西日を受けて立ちつくす子どもたちの後ろに、何か黒いものが無気味に蠢いている様を、ひたすら目にしながら……。

第十三章　蠢く影

電話が鳴っている。

熱いシャワーを浴びた内原慧《うちはらさとし》が、つい先ほどチェックインしたばかりの、長野《ながの》の田城《たしろ》市にある〈ビジネスホテル田城〉のバス・トイレ共用のせまい空間から出たところで、まず気づいたのが携帯の着信音だった。

「へぇ、誰からだ？」

周囲に他人がいないと、ひとり言を口にしてしまう。すっかり彼の癖になっていた。

少しわくわくする気持ちと、なんとなく感じる不安を胸に、手早く頭と身体をバスタオルでふいてから、備えつけの小さな机に置いた携帯を手にとる。

この電話番号は、ごく親しい友人にしか教えていない。もっとも慧には深い付き合いをしている友だちが少なく、かけてきた相手はかなり限られてくる。ただし、もう数分で時刻は午後十一時半になる。こんな時間に電話をよこす者など、その少ない友人関係の中にも、ほとんどいないはずなのだが……。

彼が相反する思いを抱いたのは、そんな理由からだった。

「公衆電話？」

それが発信先の表示を見て、たちまち戸惑いの気持ちに変わった。これまで公衆電話からかけてきた者など、ひとりもいない。そんな必要がないからだ。

「携帯を失くしたのか」

そうとしか考えられない。ならば家の固定電話でかければ良さそうだが、きっと外出先なのだろう。わざわざ公衆電話を使うのだから、きっと大事な用事があるに違いない。

「もしもし」

慧は慌てて携帯に出た。

（…………）

ところが、何の返答もない。

「もしもし？」

（…………）

出る前に切れたのかと思ったが、ならばプーという発信音がするだろう。それに何も聞こえないとはいえ、電話のつながっている気配が確かに感じられる。

「どちらさん？」

（…………）

相変わらず返事がない。しかし慧はこのとき、まだ相手が自分の友人の誰かだと思っていた。この携帯の番号を知っているのは、その限られた数人だけである。

「おい、誰なんだ？」

（…………）

「悪戯なら成功してるから、もうやめてくれよ」

（…………）

彼も少し薄気味悪くなってきた。

「もしもし？」

（…………）

「いい加減に――」

そこで慧はようやく、こんな電話をかけてくる者で、ひとりだけ該当する友人がいることを思い出した。

「……えいくんか。多門英介じゃないのか」

先週の木曜日の同じ時間帯に、英介は電話をしてきた。そのころ慧はまだ群馬《ぐんま》に滞在しており、今と同じようなビジネスホテルの部屋にいた。今日の夕方に群馬での仕事を終えて、長野に入ったのが十時半ごろである。ここで少なくとも月末前までは、営業活動をする予定を立てている。

英介の電話は最初、年に一度くらいかかってくる通常の内容だった。それが次第に重くて暗い身の上話へと変わりはじめたので、かなり慧を辟易《へきえき》させた。

しんどい思いをしているのは、お前だけじゃないよ。

そう言いたかったが、口にはできない。英介の話に同情したわけでも、彼の自殺を恐れたからでもない。そういう気持ちも少しは芽生えたが、理由はまったく別にあった。

昔から自分の素直な気持ちを、ほとんど慧は表明したことがない。そうしてしまった場合の相手の反応と結果を、つい悪いほうに想像して萎縮するからだ。両親や妹といった家族、伯父と叔母やいとこたちなどの親戚、近所の顔見知りの住人、学校の教師や同級生など、その対象が誰であれ同じだった。

八方美人という言葉を知ったとき、自分のことだと慧は驚いた。だが、その割に友だちができない。小学校のときの有田悠二をはじめ、中学や高校でも仲良くなれるのは、たいていひとりだけである。そのひとりが彼の親友になるのなら問題ないが、残念ながら違った。慧のほうが一方的に友だち関係を求めて、それを相手が受け入れている。そんな間柄ばかりだった。

大人になっても、その関係はあまり変わらない。連絡をとるのは、つねに慧からである。よって彼の携帯の番号を知っていても、実際にかけてくる相手は限られていた。その数少ない中で、こんな妙な電話をしてくるのは、どう考えても多門英介しかいない。

「元気だったか」

英介に聞かされた状況から、元気でいられるわけがないとは思う。しかし他に言いようも浮かばない。それに少なくとも彼は、まだ生きている。自殺をしたわけではない。

「あれから進展はあったのか」

訊くだけ酷かと、口にしてから気づく。でも再び電話をしてきたということは、何か話をする材料があるからだろう。

そうか。携帯電話を手放したんだ。

公衆電話からかけてきた理由を、ようやく慧は悟ることができて納得した。おそらく料金が払えなくなったのだろう。それほど彼は金に困っているのか。

まさか……、借金を頼むつもりじゃないよな。

我が身にも降りかかる現実的な問題に思い当たり、慧は思わず顔をしかめた。

しがないサラリーマンに、貸す金なんてないよ。

ひとり言の代わりに、心の中でため息をつきながらつぶやく。そんな自分の思いだけに囚われていたため、相変わらず何の返答もない事実に、しばらく慧は気づけなかった。

「もしもし？」

（…………）

まったく反応がない。

「おーい、聞こえてるか」

（…………）

公衆電話だと分かる程度に、遠くのほうで車の走る音がしている。

「……えいくんなんだろ」

（…………）

完全な沈黙を耳にしているうちに、再びなんとも薄気味悪くなってきた。

間違い電話だとしたら、とっくに切れていないとおかしい。不特定多数の人間を狙った悪戯電話なら、何らかのリアクションがあるだろう。

どういうことだ？

電話は確かにつながっている。公衆電話ボックスの外部の物音も、かすかにだが伝わってくる。その人物は間違いなくそこにいて、彼の声に聞き耳を立てているのだ。

いったい誰が……？

そう考えたとたん、ものすごく怖くなった。慌てて携帯を切ると、忌むべきものを手放すかのように、急いで机の上に置いた。

立て続けにくしゃみが出る。バスタオル一枚を片手に持っただけで、まだ裸だった。冷房のきいた部屋のせいか、夏とはいえ身体が冷えてしまった。もう一度シャワーを浴びようかと思ったが、そのまま浴衣《ゆかた》を着る。冷蔵庫の缶ビールを取り出して、ベッドに腰かけて一気に半分ほど飲んだ。

「ふうっ」

ため息をついてから、ごろんとベッドに寝転がる。

知らぬ間に喉が渇いていたらしい。熱いシャワーを浴びたからではなく、今の無気味な電話のせいに違いない。残りのビールも飲み干したが、とても一本ではものたりない。ただ二本目のために動くのも億劫《おっくう》だった。週半ばの水曜日にして、早くも仕事の疲れが溜まっているのだろう。

東京の大学を出たあと、学校教育系の出版社に就職した内原慧は、小学生のいる家庭を対象にした学習教材の営業職についた。その後、転職により教育出版からは離れたものの、つねに書籍営業に関わる仕事を続けてきた。

そして現在、彼は様々な分野の大系的な専門書をあつかう中堅の総合出版社で、営業課長の職についていた。もっとも役職は肩書だけで、部下はひとりもいない。彼自身がほとんど会社におらず、言わば個人商店に近い仕事をしている。今の会社に転職してから十年ほど経つが、ずっと自分ひとりでやってきた思いがある。

　仕事のやり方は昔から変わっていない。会社がリース契約をしている車に、専門分野ごとに商品見本となる書籍を何十冊も積みこんで、自分の担当地域を数ヵ月かけて回る。訪問先はあつかう書籍の分野によって異なる。医療や看護関係は病院や関連施設、建築や土木関係は設計事務所や工務店、料理関係はホテルや店舗、武道関係は警察署や警備会社という具合に、企画分野ごとに営業先のリストが会社には分類されている。あとは各分野に関わる大学と専門学校と公立の図書館が、そこに加わってくる。

　二十年ほど前の会社組織では、分野ごとに営業部が設けられていたという。それぞれの部の営業部員があつかうのは、ひとつの専門分野だけだった。とはいえ大系書は一シリーズの冊数が多く、そういう企画がいくつもあるため、営業トークの勉強は容易ではなかったらしい。それでも営業部員の持つ専門知識が、しばしば現場では役立ったという。

　ところが、訪問して営業をする形態そのものが、次第に世の中に受け入れられなくなってきた。一般家庭をターゲットにした訪問販売とは違い、各分野の専門家を相手にしているため、急に営業が困難になることはなかった。とはいえ市場は確実にせばまっていた。その一方で、大系書という書籍の形態自体にも需要がなくなり出した。言わばダブルパンチである。

　会社は営業部を縮小すると共に、中型商品の企画にも力を入れ出した。たとえば医療と看護関係ではメンタルヘルス・シリーズ、料理関係では創作料理シリーズなど、それまでにない企画を矢継ぎ早に放った。だが売り上げは下がり続け、ついに営業部はひとつにまとめられた。そのころ会社の主力商品が、ちょうど一般書店での市販をメインにした出版物へと移行したこともあり、直販営業部は会社内で斜陽を迎えていた。

慧が転職したのは、まさに直販営業部の冬の時代だった。ただし、そんな時期だったからこそ、彼のような経験者が求められた。実際ほとんど乞われるようにして、彼は今の会社に入っている。そのため待遇も良く、彼自身もやる気に満ちあふれていた。

しかし残念ながら会社も営業部も慧個人も、まったく時代に逆行していたと言わざるを得ない。彼の入社後、一時的に持ち直した直販部門の売り上げが、再び下降線をたどり出すまで時間はかからなかった。少し上がってはより下がる、という折れ線グラフを描きつつ、今日にいたっている。大型商品の大系書のシリーズはとっくに企画されなくなり、中型でさえ新商品の数が次第に減っていき、気がつけば在庫販売だけになっていた。

取りあつかう商品が在庫一色になっているのに、毎月の販売ノルマは増えていった。やがて過労で倒れる者が出はじめた。慧より社歴の古いある課長は、御茶《おちゃ》ノ水《みず》のカプセルホテルの洗面所で、絶命しているところを発見された。死因は心臓麻痺《まひ》である。会社は労災を認めなかったが、その課長が過剰な労働を強いられていたのは間違いない。

それでも慧がこの仕事を辞めなかったのは、自分に向いていたからだ。子どものころから人づき合いが苦手だった。でも、その場だけの関係で良いのなら、かなり上手くこなす自信があった。かつての八方美人的な性格が、思わぬところで役に立った。学校のクラスや会社の職場で毎日、同じ人間と顔を合わせるよりも、つねに異なる場所へ移動しつつ違う人間と会うほうが、彼には向いていた。

「そういえば……」

ベッドに寝転びながら慧は、心臓麻痺で亡くなった課長の死に関する奇妙な噂を、ふと思い出した。

「あの人が死んでいたのは、合わせ鏡の洗面所だった……って言われてたな」

夜中に合わせ鏡の中を覗くと、怖いものが見える……。子どものころに、そう祖母から聞いた覚えがある。

よりによって今どうして、そんな気味の悪い噂と伝承が頭に浮かんだのか。自分もホテルの部屋にいるせいか。だけど、ここはカプセルホテルではない。あの課長はきっと宿泊代を浮かせて、減らされる一方の給与の足しにするつもりだったのだろう。だから安いカプセルに泊まった。そして合わせ鏡の洗面所で……。

「俺は何を考えているんだ？」

自分でも分からない。なぜか不吉なものを想像してしまう。もう一本ビールを飲もう。酔って寝てしまおう。そう思うのだが、まったく動く気になれない。

そのとき、携帯電話が鳴った。

がばっと起きあがり、机の上に置いた携帯に目をやる。確かにランプが光っている。着信音も聞こえている。

ゆっくりベッドから立ちあがると、数歩で机の前まで行く。恐る恐る携帯を取りあげ、一瞬ためらったあとで本体を開き、ぱっと画面を見る。

公衆電話……。

先ほどと同じ表示が出ている。別の誰かがかけてきたとは、とても思えない。間違いなく同じやつだろう。無視して切ろうとしたが、またかかってくる気がする。公衆電話からの着信を拒否する設定にすれば、この問題はあっさり片がつく。しかし、そいつは慧の携帯の番号を知っている。彼のプライベートな情報を、なぜかつかんでいる。

「何者なんだ？」

今ここで逃げても、別の方法でつきまとうのではないか。この電話に出ないだけでは、きっと何の解決にもならない。

「けど……」

だからと言ってどう対処すれば良いのか、もちろん分からない。ただ、このまま無視をする度胸が彼にはなかった。

ピッ――。

電話に出る。

（…………）

相手は何もしゃべらない。

（…………）

慧もいっさい問いかけない。

「…………」

声を立てない我慢比べのように、お互いが沈黙したままである。ただし慧は必死に聞き耳を立てていた。電話ボックスの周囲の物音が、何か聞こえないかと耳をすました。もし特徴的な音がしていれば、その場所を推理できるかもしれない。それが相手の正体に迫る手がかりになるかもしれなかった。

……静かだ。

時おり遠くのほうから車の走行音がするだけで、あとは何の物音もしない。

いや……息づかいがしている！

ごくかすかに息を吐いて吸う音が、向こうから聞こえてくる。抑えようとしながらも抑え切れない何者かの息吹が、確かに伝わってくる。

気持ち悪い……。

とたんに慧はぞっとした。沈黙には耐えられても、この息づかいを聞き続けるのは、とても無理そうだった。

もう切ろう。

一言も話していない通話を、彼が終えようとしたとき、

（だぁーれまさんがぁ、こぉーろしたぁ……）

奈落の底で歌っているような、幼い子どもの声が響いた。

「えっ？」

思わず訊き返したが、まるで脳の奥のほうで小さな小さな爆発があったかのように、慧には感じられた。

「な、何だって？」

（…………）

今は電話の相手が誰かより、そいつが何と口にしたのか、その正確な台詞が知りたくてたまらない。

「何て言ったんだ？」

（…………）

そいつは再び黙りこんでいる。

「おい。電話してきたのは、俺に用があるからだろ。ちゃんと聞いてるから、もう一回、今の歌のような台詞を言ってみろ」

（…………）

「もしもし？」

（…………）

相変わらず黙ったまま何もしゃべらない。それでも慧の様子をうかがっている気配があって、それが何とも言えぬほど無気味に感じられた。

「おい？　もしもし？　聞こえてるんだろ」

（…………）

「くそっ！　切るぞ」

（…………）

脅したつもりだったが、やはり何もしゃべらない。このまま切らなかったら、自分が負けたような気がする。

「もういい」

まさに慧が通話を放棄しようとした寸前、

（だぁーれまさんがぁ、こぉーろしたぁ……）

たちまち脳裏に遠い日の記憶が、鈍い橙色に染まったある光景が、一気に蘇りそうになった。

そして二の腕に、たちまち鳥肌が立った。

いったい今、何を思い出しそうになったんだ？

決して封印を解いてはいけない記憶の扉が、少しずつ開き出している。そんな厭な感覚に彼は囚われた。

だれまさんがころした……。

そう確かに聞こえた。その歌うような抑揚から、だるまさんがころんだ……というあの遊びが連想される。

だるまさんがころんだ……。

だれまさんがころした……。

さーちん、動いた……。

「あっ！」

過去の忌まわしき記憶が、ふっと顔を覗かせそうになったところで、

（……バイバイ）

いきなり別れを告げられ、もう訳が分からなくなった。

「バイバイって、なんだよ？」

（……バイバイ）

「おい……」

(……バイバイ、さーちん)

そして電話は、そのまま切れた。

「……な、なんだよこれ？」

右手に持った携帯を見つめながら、その場で慧は呆然《ぼうぜん》とした。すぐに立っているのが困難になって、気がつくと両足が震えていた。最初はがくがくと小刻みな動きだったのに、次第にぐらぐらと大きくゆれはじめた。

机や椅子に両手をつきながら、慧はベッドまで移動した。そこで倒れこむように横になった。いつしか足の震えは身体中へ広がっている。エアコンの冷房を切らなかったのは、決して寒いわけではないからだ。その証拠に、かなり嫌な脂汗が額に浮かんでいる。

今の気味の悪い電話の相手は誰だ……。

やつは俺の携帯の番号を知っていた……。

しかも子ども時代の愛称で俺を呼んだ……。

そもそも携帯の電話番号を知る者が少ないのに、そこにさーちんの呼び名が加わると、もっと少人数になってしまう。どちらも間違いなく知っているのは、きわめて限られたメンバーだけである。

大仁多くんこと大仁多達芳。

こうちゃんこと速水晃一。

ゆうじゅんこと有田悠二。

さーやこと小柳早弥香。今は結婚して小田切早弥香になっている。

えいくんこと多門英介。

この五人しか有り得ない。二つの情報を持っているのは、彼らだけである。にもかかわらず五人の誰ひとりとして、こんな電話などかけそうにない。

「けど……、おそらく誰かなんだ」

ためらいながらも慧がそう思ったのは、相手が口にした台詞のせいである。あの気味の悪い言葉によって、彼の昔の記憶が刺激された。とっさに覚えた感じでは小学生のころ、問題の五人と知り合って遊んでいた当時のいつか……であることは間違いない。つまり電話の主は、やはり五人のうちのひとりになる。

「いったい誰だ？」

最初に聞こえた声は、本当に幼い子どものようだった。真っ暗な闇の中にひとりぼっちでいて、だぁーれまさんがぁ、こぉーろしたぁ……と唱え続けている淋しくも恐ろしいイメージが、ふっと浮かぶ。

「でも……、そのあとは違った」

大人が無理に子どもの声を出している、そんな気持ちの悪さがあった。そのせいで相手が男なのか女なのか、なかなか判断がしづらい。

「誰であってもおかしくない……ってことか」

ひとり言を続けながら慧は考えた。

「それにしても、どんな目的があって、こんな電話をしてきたんだ？」

過去の何かを思い出させたいのか。だとしたら相当に回りくどい方法ではないか。相手が口にしたのは「だれまさんがころした」と「バイバイ、さーちん」のみである。たったそれだけの言葉で、こちらの記憶を蘇らせる自信があるのか。

「しゃべり過ぎると自分の正体がばれるから、それで警戒したとか」

その可能性は考えられるが、口をつぐんでいては何もできない。

「いや、やっぱり変だよ」

あのころの出来事だとすると、もう三十年も前の話になる。なぜ今ごろになって、そんな昔の記憶を掘り起こす必要があるのか。

「変だけど……」

肝心の記憶に覚える忌まわしさが気になった。思い出せそうになりながら、薄ぼんやりとしたイメージしか浮かばないのは、忘れていたほうが良いからではないか。思い出せないのではなく、思い出したくないからではないのか。

「……待てよ。そういえば英介も、だるまさんがころんだの話をしていたぞ」

やはり電話の主は多門英介なのか。だとすると自分だけでなく、他のメンバーにもかけているかもしれない。先週の電話がそうだった。

「誰かに電話して確かめてみるか」

ベッドから起きあがり、携帯を置いた机まで行こうとして、慧は動きを止めた。

「もし英介じゃなかったら……」

他のメンバーの誰かで、そいつに今から偶然かけてしまったら……と思うと怖くて誰にも電話ができなくなった。

「くそっ！」

　ほとんど乾いている髪の毛に両手を突っこむようにして、彼は頭を抱えた。しばらくそうしていたが、やおら立ちあがるとバスルームに入って再び熱いシャワーを浴び、冷蔵庫から二本目の缶ビールを出して飲む。三本目を飲み干したところで酔いが回りはじめる。自分が大して酒に強くないことを、このときほど感謝した覚えはない。

　ベッドに潜りこんでから数十秒で、慧は眠りに落ちていた。もっとも彼は一晩中、悪夢の世界で遊び続けなければならなかった。

だぁーれまさんがぁ、こぉーろしたぁ……。

無気味な声が響く瓢箪山の、血のような残照に照らされた夕まぐれの神社の境内で、つねに自分の背後に恐怖を覚えながら、何度も何度も後ろをふり返る……という狂気の遊戯を、ずっとやり続ける羽目になった。

　ふり向くと、人影が見える。

　ふり向くと、また人影が見える。

　ふり向くと、またまた人影が見える。

　そうして背後の人影を追っているうちに、それが懐かしい友だちの影らしいと、彼にも次第に分かってきた。

　あれは……、大仁多くん。

こっちは……、えいくん。

そっちは……、ゆうじゅん。

あっちは……、さーや。

向こうにいるのは……、こうちゃん。

みんなが同じ世界で遊んでいた。それが分かって、とても慧は安堵した。依然として背後が気になって怖かったが、ふり返ると見知った友だちが立っている。いつもの瓢箪山の仲間である。その事実を理解するにしたがい、やがて後ろに感じる恐ろしさが薄れはじめた。

ところが、何度目かにふり向いたとき、そこに見慣れぬ女の子が立っていた。

……誰？

色が白くて可愛らしい顔立ちをしている。女の子なのに、晃一や達芳に少し似ている気がする。ただし二人のように賢そうには見えない。むしろ茫洋《ぼうよう》として、とらえどころのないように映る。それでいて妙に親しみを覚える雰囲気がある。変な言い方だが、同じ子どもとして安心できる気がする。自分たちより年下らしいのに。

でも、あんな子いたっけ？

みんなに訊こうとしたが、ふり向いた慧が近づこうとすると、誰もが逃げてしまう。これでは鬼ごっこである。

違うよ。だるまさんがころんだをしてるんだよ。

そう訴えるのだが、ひとりも耳を貸そうとしない。彼と目が合ったとたん、わぁっとばかりに逃げ出してしまう。

もう！　それに鬼なら、今は大仁多くんじゃないか。

慧が怒っていると、その見知らぬ子が恥ずかしそうに、にこっと彼に笑いかけた。

えっ……。

その瞬間、彼の脳裏に自然とある言葉が浮かんだ。

さかやのヨシコちゃん……。

だが、どういう意味かまったく分からない。しばらくして、ようやく名前らしいと気づいた。

すると「さかやの」が名字で、「ヨシコ」が下の名だろうか。「坂矢野良子」とでも書くのかもしれない。

そうじゃないな。

とっさに首をふった。あの子の名前がヨシコなのは間違いないが、「さかやの」は名字ではなく、何か別の意味があったはずだ。

さかやの？

そのころになると、なぜか後ろをふり向いても、ヨシコの姿しか見えない。慧が少し照れるほど、可愛く微笑んだヨシコひとりが、いつも彼の背後に立っている。

いいや、そうではない。

ヨシコの背後に、何かが見えている。

いつの間にどこから現れたのか、ヨシコの真後ろに、黒々とした影が蠢いている。

な、何だ、あれ……？

それが今にも大きく膨れあがって、あっという間にヨシコを呑みこんでしまいそうで、慧は心の底から慄いた。

に、逃げろって……言わなきゃ。

と思うのだが、まったく言葉が出てこない。からからに喉が渇いて、あーっという叫び声さえ発することができない。気がつくと目の前には誰もおらず、またしても自分の後ろが怖くなっている。恐る恐るふり返るとヨシコと、その背後で蠢く影が見える。そうやって何度も何度も彼はふり向き、まったく同じ光景を何度も何度も見続けた。

もう厭だ……。やめてくれ……。

ふり返りたくない。でも後ろが怖い。ふり向く。ヨシコがいる。その背後に影が見える。蠢く影がヨシコを覆いそうになる。逃げろと言いたいのに声が出ない。気がつくと目の前には誰もいない。すると背後が怖くなる。ふり返る。ヨシコがいる。その背後に影が見える。蠢く影がヨシコを覆いそうになる。逃げろと言いたいのに声が出ない。気がつくと目の前には誰もいない。とたんに背後が怖くなる。

目覚める直前まで、この悪夢がずっと続いた。

翌朝、幸いにも悪夢の記憶は、ほとんど内原慧の脳裏から消え去っていた。とてつもなく厭な夢を見た……という感じだけが残った。それよりも彼は、いつもより起床が遅いことに落ちこんだ。

定時に出社する必要がないため、その日の仕事に差し障りさえなければ、いつ起きても別に問題はない。しかし、ひとりで長期の出張をする以上、普段から規則正しい生活を心がけておかなければ、必ず仕事の成果にも影響が出てくる。

午前中、慧の業務が上手くいかなかったのは、そのせいもあった。睡眠時間は足りているのだが、充分に寝たという気がしない。頭がぼうっとして身体がだるい。仕事をする気力が湧いてこない。昨夜の無気味な電話は、できるだけ考えないようにしている。あれに関わる夢を見たような気もするが、強いて思い出すつもりはない。

今日は仕事になりそうもないな。

昼食をすませた慧が、ファミリーレストランの駐車場に停めた車の中で、そんな風に思っていたときである。

彼の携帯が鳴った。

それは犯人からの電話だった。

この犯人とは、もちろん瓢箪山の仲間を次々と手にかけている人物である。しかしながら慧は、電話の相手が連続殺人事件の犯人だとは知らない。かつての旧友たちが殺されている事実さえ、まだ彼はつかんでいないのだから……。

その日の夕方に、慧は犯人と会う約束をした。相手の話に興味を持ったからだが、たまたま犯人が長野にいて、すぐに田城市まで来られると分かったこともある。むしろその理由のほうが大きかったかもしれない。

待ち合わせは、駅前の喫茶店にした。そこで犯人の話を聞き、慧も充分にしゃべった。お互いの用事がすんだところで、犯人から夕食に誘われた。少し妙にも思ったが、別に断る理由もない。二人で相談して適当な居酒屋に入る。

犯人はあまり飲まなかったが、すすめ上手だった。つい慧は飲み過ぎた。それは自分でも認めるが、だとしても酔いの回りが早い。なんだか眠くて仕方がない。一定量を超えて飲むと、彼の場合は睡魔に襲われる。昨夜はその習性を利用して寝たわけだが、今夜はそれ以上に眠い。

なんかおかしい……。

慧の様子を見て、酔いざましに外を歩こうと犯人が提案した。早くホテルに帰ってベッドに入りたいが、彼の性格からして嫌とは言えず素直にしたがう。

二人が向かったのは、繁華街から少しはずれた地点を流れる田代《たしろ》川である。すでに日はとっぷりと暮れており、川風も吹いていたが、相変わらず蒸し暑い。嫌な汗が額から流れる。いや、これは脂汗だろうか。気分が悪い。

吐きそうな気がしたので、慧が橋の欄干《らんかん》から上半身を出すと、すかさず犯人が背中をさすってくれた。大丈夫かと訊かれたので、少し休めば平気だと力なく答える。しかし本当は気分が悪くてたまらない。

欄干にもたれた状態で、じっと動かずに休む。眩暈《めまい》を覚えたので、そっと目を閉じる。頭が痛い。単なる酒の酔いではない。そういう感覚がある。もう吐き気は治まっている。さすってもらわなくても大丈夫です――と言おうとして、とっくに犯人がやめていることに気づく。そのとたん、見られている……と感じた。

背中が怖い……。

ものすごい視線が向けられている。慧の後ろには、犯人しかいない。でも、どうして自分をこんなに見つめているのか。心配してか。そんなレベルではない。明らかにもっと強い意志がこめられている。それが背中越しにもかかわらず、ひしひしと伝わってくる。

に、逃げないと……。

とっさに身の危険を感じる。理屈ではない。本能が告げていた。その場から一刻も早く離れるようにと、彼に警告を発している。

慧が必死に気力をふり絞り、欄干から身体を持ちあげようとしたとき、

「だぁーれまさんがぁ、こぉーろしたぁ……」

あの声が聞こえた。

昨夜の電話と同じ声音が、彼の後ろで発せられた。

「えっ……？　そんな……」

彼がふり返ろうとした瞬間、下半身が浮いた。両足の膝《ひざ》から下の部分を、ちょうど下腿《かたい》のあたりを抱えられ、そのまま持ちあげられた格好である。そのため欄干の外へ出ていた身体の部位が、一気に胸から腹へとずり上がった。

「うわわっ！」

慧が叫びながら身体をねじったのと、犯人が抱えていた両足を回したのとが、同じ方向であり、かつほぼ同時だった。

ふり向いた慧の瞳に映った犯人の顔と、三十年前のある人物の顔とが一瞬だけ重なり、そして忌まわしい過去を思い出したところで、彼は橋の下へと落ちていった。

そんな内原慧の様子を、犯人は顔色ひとつ変えずに橋の上で凝視していた。彼の最期の瞬間まで、しっかりと見届けるために。

第十四章　垂麻家の二十年

木曜日の夜、内原慧が長野の田城市の田代川に架かる橋の上から、犯人によって投げ落とされようとしていたころ、速水晃一は摩館市前中町の商店街にいた。布引町の墓地で老婆に教えられて、自分でもかすかに思い出しかけているヨシコという子どもの、実家の酒屋を探すためである。

町に酒屋は三軒あったが、どれも特に見覚えはない。瓢箪山の仲間の家にさえ、ほとんど遊びに行った記憶がないのだから当然かもしれない。

さて、どうする？

商店街をぶらぶらと歩きながら、晃一は一心に考えた。

いきなり訪ねて行って、「ヨシコさんはいますか」とストレートに訊く方法はある。年齢は当時で五歳くらいだから、現在は三十五、六というところか。そのまま実家で成長したのなら、今は酒屋の仕事を手伝っているのかもしれない。もちろん結婚して家を出ている可能性もある。ただ彼女の障害を考えると、なかなか難しい気もする。いずれにしても問題は、当のヨシコに対してどう話すかだ。

ヨシコの知的障害がどの程度のものか、まったく分からない。晃一たちと遊んでいたのだから、それほど重度ではないだろう。とはいえ一連の事件について、どういう風に説明すれば良いのか。

そもそもヨシコに何を訊く？

ヨシコという子どもが、どうやら七人目らしいと判明した。だが同時に、とうてい犯人にはなり得ないことも分かった。

被害者が多門英介ひとりであれば、ヨシコが犯人と考えてもおかしくはない。彼女には何より土地勘がある。ずっと摩館市に住んでいるのなら、英介から電話を受けたあと、すぐに瓢簞山へも駆けつけられた。しかし続いて名古屋の有田悠二、さらに京都の小田切早弥香と、連続殺人を行なうことが果たしてできたろうか。これまでに検討した保身という動機の面でも、いまひとつ当てはまらない気がする。

ヨシコは犯人ではない……。

むしろ当事者なのかもしれない。瓢簞山の仲間たちが子ども時代に遭遇した忌まわしい出来事の、言わば中心的な人物だったのではないか。まだ何の根拠もないが、ヨシコこそ事件の謎を解く鍵ではなかろうか。

よし。とにかく存在を確認しよう。

いったん決めると、あとは早かった。一番近くの酒屋から、さっそく晃一は開始した。いらぬ嘘は面倒のもとなので、昔の友だちに会いに来てヨシコを思い出したことにする。いっしょに遊んだのは本当らしいから、まったくの嘘ではない。あとは向こうが晃一たちを覚えているか。肝心の過去の出来事を記憶しているかどうか。それにつきる。

一軒目は該当する年齢の女性がいなかった。二軒目にはいたが、「ヨシコ」という名前ではなく、しかも結婚して家を出ていた。三軒目には晃一たちの年齢に近い二人の姉妹があり、妹が「由子《よしこ》」といった。ちょうど店に出ていたので話したが、知的障害があるようには見えない。また子どものころ布引町に遊びに行った覚えもなく、瓢箪山の六人にも心当たりがないと言われた。

そうか。店がなくなっているのかもしれない。

当時の酒屋が、今でもあるとは限らない。晃一は少し思案してから、商店街で一番歴史のありそうな店舗を探した。そして店構えと看板から、ある刃物屋に当たりをつけた。

そこを訪ねて訊いてみると、創業は戦前だという。ただ対応したのが四十代半ばの主人だったため、「酒屋のヨシコ」という子どもがいた気はするが、よく覚えていないと言われた。幸い親切な人らしく、もう引退している父親に尋ねてもらえることになった。

ところが、人当たりの良かった主人が奥から出て来たら、急に無愛想になっていた。

「親父も、そんな子どもは知らないそうだ」

言葉づかいもぞんざいになり、そういう子どもがいたと彼が認めた事実さえ、はなからなかったことになっていて、まったく取りつく島もない。

……妙だな。

あまりの急変ぶりに、晃一は驚くよりも気味が悪くなった。それでも礼を述べて辞すと、二番目に当たりをつけていた豆腐屋に入ってみた。すると意外にも、まったく同じ状況のくり返しに遭い、底知れぬ怖気を感じた。

やっぱり何かあるんだ……。

三十年前の記憶を持つ老人たちが、二人続けて同じような反応を示したことに、晃一は興奮を覚えながらも恐怖を感じた。それでも冷静さは失わなかった。今後はもっと慎重に動く必要がある。少なくとも商店街での直接の聞きこみは、もうやめておいたほうが良いだろう。

ここからどうするか。

火曜日の夜に入ったのと同じ中華料理屋で、晃一は夕食をとりながら考えた。調べなければならない項目は三つある。

一、酒屋のヨシコの素性。

二、垂麻の鬼っ子の正体。

三、子どものころに起きた出来事の詳細。

すべてに答えてくれそうなのは、今のところ布引町の老婆しかいない。彼女は家を突き止めるよりも、あの墓地で捕まえるほうが得策だろう。早い時間から会うようにすれば、孫たちが迎えに来るまでの間で、十二分に話は聞ける。ただ、明日の夕方まで待つ必要がある。

その前に、垂麻家について調べられるか。

瓢箪山の低いほうの山の上に建つ屋敷の構えを見ても、かなりの旧家と見受けられる。墓地で老婆が口籠もったのも、垂麻家に対する遠慮からではないか。いや、畏怖と言うべきかもしれない。もしかすると商店街の刃物屋と豆腐屋の、それぞれ引退した親仁《おやじ》たちが晃一を追い払ったのも、酒屋のヨシコに垂麻家の人間が関わっていたせいではないか。

その垂麻家の人物というのが、垂麻の鬼っ子だとしたら……。

摩館市での垂麻家の勢力が、かなり強大だということになる。もっとも、すべては過去の栄華とも考えられる。垂麻家の屋敷に漂う退廃的な気配が、まさに没落という二文字を感じさせるからだ。そんな斜陽の雰囲気は、晃一が子どものころから、すでに屋敷にはまとわりついていた。

けど、今でも影響力があるとしたら……。

こういった場合、実際に力があるかないかは、ほとんど関係ない。まわりの人間が、どんな反応を示すかが問題になる。心の中では没落した一族と嘲笑《あざわら》っていても、いざ自分が垂麻家に関わりそうになると、自然に畏怖の念を持って対応してしまう。そういった人々が、まだこの地域には多いのかもしれない。

翌日の午前中、速水晃一は天谷大学の文学部を訪ねた。教授の仕手河原史夫に会うためである。隋門院大学の大仁多達芳とは違って、仕手河原には夏期講習の予定がない――でも本人は研究室にいる――ことは事前に調べてあった。

開けっぱなしの扉から、そっと教授の研究室を覗く。すると案の定ソファに寝転がりながら、戦後のカストリ雑誌を暇そうにめくる彼がいた。いかに夏休み中で学生が少ないとはいえ、あまりにも無防備な姿に、晃一は思わず笑みを浮かべた。

それなのに扉をノックしたとたん、仕手河原は慌てて起きあがると、手近にあったノートに何かを猛烈な勢いで書き出した。

「失礼します。速水です」

晃一が入室しても、顔もあげずに書き続けている。

「先生、ご無沙汰《ぶさた》をしております。速水晃一です」

「…………」

「仕手河原先生？」

「……あぁ」

そこで教授はようやく顔をあげると、はじめて晃一に気づいたという風に、

「なんや君か。いつの間に来たんや」

「たった今です」

「忙し過ぎてな。まったく分からんかった」

「何を書いておられたんです？」

教授の暇な姿を目にしたことは、おくびにも出さずに尋ねると、晃一が覗くとでも思ったのか、急いで仕手河原はノートを閉じた。

「そのー、なんだ。戦後のカストリ雑誌研究について、かなり魅力的な考察を思いついたんでな。ちょっとメモするつもりが、自分でも気づかんうちに、いつしか本気で書きはじめておったんやな」

「夢中でご執筆されていたわけですね」

「まぁ、そういうこっちゃ。わしのような天才型の人間には、ようあることや」

「さすが仕手河原先生です」

「ほめても珈琲は出んぞ。ちなみに茶菓子は持って来たんか」

「珈琲が出ないのに、どうして茶菓子が必要なんですか」

「アホ、そんなもん訪問の礼儀やないか」

仕手河原から礼儀について教えられるとは、まさか晃一も思わなかった。

「お忙しそうですね」

「見て分かるやろ。めちゃくちゃ多忙を極めとる」

「出直して来たほうが……」

「……まぁ、少しぐらいやったら構わんぞ」

「でも、お仕事のお邪魔になってはいけません」

「……あれや。そろそろ休憩しようかと考えとったんや」

「そうなんですか。では、少しだけよろしいでしょうか」

「ああ」

ぶっきらぼうに答えながらも、いそいそと仕手河原は珈琲カップの準備をはじめた。

「あっ先生、どうぞお構いなく――」

「何を言うとる。君が淹れてくるんや」

「はっ？」

「二つ右隣の須磨《すま》の研究室には、珈琲の器具が一式そろっとる。もちろん珈琲豆もある。ただな、あいにくカップに良いのがのうて――」

嫌な予感を覚えたが、晃一は訊くだけ訊いてみた。

「須磨教授はいらっしゃるんですか」

「おるわけないやろ」

「不法侵入罪のうえに、窃盗罪《せっとうざい》まで犯すことになりますが」

「大げさなやっちゃなぁ」

「それに研究室の扉には、鍵がかかっているでしょ」

「合い鍵やったら、ここにあったはずや」

仕手河原が机の引き出しをかき回しはじめたため、晃一は慌てて休憩室の自動販売機まで缶珈琲を買いに行った。

「やれやれ」

晃一が戻って来て缶珈琲をカップに注いでいると、

「こんなことしたら、君に淹れたてのうまい珈琲を飲ませてやろういう、わしのもてなしの心が無になるやないか」

わざとらしく仕手河原がため息をついたが、気にせず無視した。あまり教授の戯言に付き合っていると、肝心な話をする前に体力も気力も消耗《しょうもう》しそうである。

しばらく無言で珈琲を味わってから晃一は、先週の金曜日にかかってきた多門英介の電話に端を発する一連の事件について、おもむろに話しはじめた。

仕手河原はその間、「ほぉ」とか「うむ」とか「むむっ」とか、あいづちを打つだけで珍しく何ら突っこんでこない。教授なりに色々と推理を巡らせているのか、時おり部屋のあらぬかたに顔を向けては難しい顔をしている。

「――というわけで、昨夜はそのまま摩館市から帰って来ました」

「なるほど」

晃一の話が一通り終わったと察したらしい仕手河原は、ことさらに鹿爪《しかつめ》らしい表情を浮かべながら、じっと彼を見つめつつ言った。

「で、犯人は君なんか」

「……はぁ？」

「せやから瓢箪山連続殺人事件の真犯人は、速水晃一なんかと訊いとる」

「そ、そんなわけないでしょう」

「ほんまに？」

「当たり前です！」

「なーんや、違うんか」

とたんに興味を失くした顔を仕手河原がした。

「せ、先生は、ちゃんと私の話を聞いて下さったのですか」

「失礼な。もちろんや」

「でしたら――」

「せやからわしは、てっきり真犯人の告白やと思うたわけや」

今の話をどう受けとれば、そんな風に曲解できるのか。しかも勝手に「瓢箪山連続殺人事件」などと名称までつけている。

「もしですよ、あくまでも仮にですが、私が犯人だったとしましょう。でも、そういう場合は普通、今のような説明の仕方はしませんよね。まず真っ先に、自分が罪を犯したことを認めるはずじゃないですか」

「そこはほれ、やっぱり作家やからなぁ。最初に事件の全体像を話して、犯人当ての醍醐味を味わわそうとしたんかもしれんやろ」

そんな殺人犯が、いったいどこの世界にいるのか。

「念のためにお訊きしますが――」

「うん？」

「この一連の事件の犯人が本当に私だった場合、いったい先生はどうされるおつもりだったのですか」

仕手河原は鬼瓦のような顔に満面の笑みを浮かべると、

「もちろん名探偵としての、わしの手柄にするんやないか」

誰が名探偵ですか――という突っこみを、あえて晃一は入れなかった。

「せやな、このネタで本を書いてもええな。『瓢箪山の惨劇　仕手河原史夫最初の事件』いうタイトルでどや」

「それじゃ、フィクションのミステリですよ」

「小説やと勘違いさしたほうが、よう売れるやないか」

「本を買った読者が怒ります」

「心配すな。かつて江川《えがわ》蘭子《らんこ》が『書斎の屍体《したい》』に『血婚舎の花嫁』を、媛之森《ひめのもり》妙元《みょうげん》が『迷宮草子』に『媛首《ひめかみ》山の惨劇』を連載して、同じようなことをしとるからな」

「その二人の本に、『瓢箪山の惨劇』を買う読者の何人が、いったい目を通しているとお思いです？　それに『媛首山の惨劇』という作品が存在するのでしたら、『瓢箪山の惨劇』などというタイトルは、普通は避けませんか」

　そんな晃一の指摘など、仕手河原は聞いていないようで、

「第一それにゃ、実録風に執筆するもんの、君が真犯人やいう真相は伏せとくから、犯人捜しの興味はちゃんとあるぞ」

「先生の本が出る前に、とっくに私は警察に捕まっていますよね？　事件は報道されるでしょうから、犯人を隠しても意味がないと思いますが……」

「うーん」

　仕手河原は真剣に悩む様子を見せつつ、

「わしが原稿を書きあげるまで、君が自首せんといたらええ」

「そんなことをしたら、きっと先生も犯人隠匿《いんとく》罪で捕まりますよ」

「よし、分かった。君の告白はなしや。わしが推理して、事件の真犯人が君やと突き止め、その過程を原稿に書く。その本を読んだ君が、『恐れ入りました』と警察に自首する。これで問題は解決するやないか」

　信じられないほど教授に都合の良い展開である。

「自首するときには、わしの本を持って行くのを忘れんようにな」

　悪ふざけが過ぎると思ったが、悪戯心から晃一は訊いてみた。

「警察に持参する本は、教授からいただけるのですか」

「そんなもん君が、発売日に書店で買うに決まっとるやないか」

「…………」

仕手河原の答えに絶句したが、良い返しを晃一は思いついた。

「しかし教授、名探偵がその本を犯人に送って、暗に自首をすすめた――としたほうが、格好良くはありませんか」

「……ほおっ。それはええな」

仕手河原は喜びながらも、すかさず釘を刺した。

「せやけど実際は、ちゃんと君が書店で買うんやぞ。それを表向きは、わしが親切にも送ったことにする。うん、ええな」

そこまで言われると与太話とはいえ、さすがに付き合っているのが嫌になってくる。

「ところで先生、真面目な話に戻りますが――」

「告白する気になったんか」

「そこから離れて下さい」

「やっぱり違うんか。変な気を持たせるもんやから、わしはてっきり……」

誰も持たせていません――とも突っこまずに、晃一は話を進めた。

「先生に教えていただきたいことがあります」

「瓢簞山連続殺人事件の犯人やったら知らんぞ」

「別のことです」

「なんや、事件解決の依頼やないんか」

再び名探偵気どりになりかけているので、すぐさま本題に入る。

「摩館市の垂麻家をご存じですか」

仕手河原は少し考える素ぶりを見せてから、

「……あれか。敗戦後に、異形の神さんを祀った一族やな」

「達磨のことですか」

「なーんや、知ってるんやないか」

子どものような拗《す》ねた口調になったので、晃一は慌てて説明した。

「いえ、そうではありません。小学生のときに、お堂のような祠《ほこら》の中に、無気味な達磨めいたものを見た記憶があるだけです」

「どんな代物やった？」

とたんに仕手河原が食いついてきたので、思い出せる限りの描写をする。

「うーむ、そりゃ本物っぽいな」

「どうして分かるんですか」

「両目が空洞やったいうことと、黒い何か意外なものを見たいう君の記憶にな、言わば信憑性があるからや」

「あの黒いものって？」

「髪の毛や」

「えっ？　達磨にですか」

「正確には、体毛と言うべきかもしれん」

「……まさか。達磨にあるのは、せいぜい眉と髭《ひげ》ですよね。あれにしても、結局は描かれたものじゃないですか」

晃一が意外そうに返すと、仕手河原はやれやれという表情で、

「君は作家のくせに、なーも知らんのやな。墨で描いたものやのうて、実際に眉毛や髭を生やした達磨はあるぞ。長野の松本《まつもと》達磨や神奈川県平塚《ひらつか》の相州《そうしゅう》達磨なんかがそうや。いや、他の県の例を出すまでもないわ。東京には多摩達磨がある」

「多摩に……」

摩館市から遠くないため、垂麻家の達磨神社との関連を晃一は考えた。しかし、そんな彼の思考の流れを読みとったのか、教授がすぐに否定した。

「垂麻のもんとは関係ないけどな」

「まったく？」

「ああ。そもそも達磨いうんは、縁起もんや。群馬の高崎《たかさき》達磨は、眉が鶴で髭が亀を表現しとる。髭と目のまわりの円と鼻の穴で、松竹梅を意味するいう解釈もあるしな」

「鶴亀に松竹梅ですか」

確かに縁起の良いものばかりである。

「それに比べて垂麻家の達磨は、最初から両目が空洞なわけや。普通の達磨とは違う証拠やな。第一そもそも中国から持ち帰って来たもんやろ」

「布引町の墓地で会った老婆は、そう言っていました。ちなみに先生は、その達磨をご覧になったことが……」

「いや、ない」

とても残念そうに仕手河原が首をふった。

「わしはな、君も知ってるように、日本各地の怪談奇談が好きや。それで垂麻家の達磨についても、けっこう昔から何度も噂を耳にしとってな。一般的な噂話やない。主に全国行脚《あんぎゃ》をしておる宗教家の間で、ある時期から囁かれはじめた特殊な噂でな」

「どんな内容ですか」

「日本の敗戦から数年が経ったころ、満洲《まんしゅう》で戦死したいう知らせのあった垂麻家の長男が復員した。そのとき彼は、奇妙な達磨像を持ち帰った。しかも、それを先祖代々にわたり祀ってきた屋敷神に合祀《ごうし》したいうんや」

「そんなことが可能なんですか」

「素人が勝手にできるわけないやろ」

仕手河原が呆れたような声を出している。

「……そうですよね」

「もっとも問題は、そこやないけどな」

「どういう意味です？　何かもっと大きな問題があったんですか」

「達磨の正体に決まっとるやろ」

「……正体？」

「張り子の達磨は、日本独特のもんや。赤色は高僧の緋衣《ひごろも》を表しとって、昔は疱瘡《ほうそう》や麻疹《はしか》などの魔除けになっとった。垂麻家の達磨が張り子かどうか分からんが、見た目はそのまんまらしい。つまり達磨や。そんなもんが、なんで戦時中の満洲にあったんか。垂麻家の長男は何のために、わざわざ持ち帰ってきたんか。この異形の達磨については、まったく謎だらけでな」

「似たような話が、他にはないのですか」

「わしの知る限りでは、まったくない」

教授はきっぱり言い切った。

「ただな、その達磨を合祀してから、垂麻家の家運が急に上向き出したんや」

「えっ……」

「垂麻家と言えば、戦前は摩館の地に広大な地所を有する素封家《そほうか》やったが、敗戦後の農地改革で多くの土地を失《うしの》うてな。戦後は一気に勢力を減じてしもうた、あのころは珍しない斜陽族のひとつやった」

「それが奇妙な達磨を祀ってから、なぜか運気があがったと？」

仕手河原はうなずきながら、

「手を出す事業はどれも当たり、そりゃ大変な羽ぶりやった。戦前から摩館の市政には大きな影響力を持っておったが、それが一時は都政にまでおよぶほどやった」

「あの退廃的な屋敷の一族が……」

子どものころに受けた印象からは、ちょっと想像がつかない。

「ただし栄華を極めたんは、ほんの二十年ほどやった」

晃一たちが生まれる数年前から、どうやら風向きが変わったらしい。

「今度はやることなすこと、すべてが裏目に出はじめた。そのうえ一族の中に精神的な変調をきたす者、いきなり奇行に走る者、ふいに行方不明になる者が、次々と出る始末やった」

「その中に垂麻の鬼っ子と呼ばれた人物は、い、いませんでしたか」

思わず晃一は身を乗り出したが、仕手河原は首をふった。

「うーん、知らんな」

「……そうですか」

「せやけど、そう呼ばれてもおかしない者が、昭和四十年代の半ばごろから、垂麻家に現れたんは間違いない」

「実際に、何か事件は起こらなかったのでしょうか」

「わしも詳しくは知らんが、事件だらけやったようや」

「そんなに……」

「もっとも垂麻家がもみ消したやろうから、警察沙汰になったもんは、ひとつもないのかもしれんな」

とても厭な感じがする。

「とはいえ、あまりにも垂麻家がらみの事件が重なってしもうたため、さすがに同家の勢力が衰えはじめた。成功続きやった事業も、軒並み損失を出すようになってな。あとはもう、ひたすら没落の一途をたどる二十年やったわけや。ちょうど平成になるあたりまでやないかなぁ」

「どういうことなんでしょう？」

「さぁなぁ」

そう返しながらも教授は、自分なりの意見を口にした。

「人間に災いをもたらすもんは、最初に過分なほどの幸いを与える場合がある」

「わざと？」

「もちろん。おそらくそうしたほうが、落差が出るからやろ」

ぞくり……と晃一の背筋が震えた。

「見た目はそのまんま、というのは何です？」

「せやから達磨やろ」

「達磨の正体は？」

「そんなもん、わしに分かるか」

仕手河原はへそを曲げそうになったが、ふと思いついたように、

「そういうもんを祀ることで恩恵を受けとったのに、それが急になくなったら、ある怖い想像をしてしまう可能性が、ひょっとしたら人にはあるのかもしれん」

「どんなことを、ですか」

「生贄《いけにえ》を捧げたらどないやろ……とか」

ずんっと脳髄の奥が刺激されて、もやもやっと何かおぞましい考えが浮かびそうになり晃一は怖くなった。

「……へ、平成になってからの二十年は？」

「特に何の変化もないようやな」

生贄の話に晃一が乗ってこないのが不服なのか、ぶすっとしながら教授は答えた。

「垂麻家が断絶した様子はないし、かというて往年の勢いを取り戻したわけでもない。ひたすら静かに、じぃーっと沈黙を守っとる状態やないか。その様が、いかにも薄気味悪うてかなわん……と言う者もおるようやけどな」

「これで摩館市の人たちの反応が、なんとなく分かりました」

かつての垂麻家を知る者には、きっと今なお影響力があるのだ。具体的にどうこうではなく、あくまでも心理的な作用としてだが、垂麻家の力は活きているのだろう。

「ああ、今でも垂麻家を特別視して敬うか、畏怖する者はおるやろな。摩館市だけやのうて、周辺の市町村にも存在しとるはずや。何かあるたびに、密かにご注進におよぶようなやつがな」

「よそ者だった私の家は別として、小学校時代の友人たちの家も、どうやら垂麻家とは関わりがなかったようですが……」

「そらまぁ無関係な家や、接点の薄かった者もおったやろ。でもな、君子危うきに近寄らず――とばかりに、あの家との関わりを恐れる風潮は、そういう人らにもあったんやと思うな」

「地元で垂麻家について調べるのは、どうやら至難の業《わざ》のようですね」

「せやなぁ」

そこで珍しく仕手河原が、かなり真面目なアドバイスを口にした。

「垂麻家のことは、何か方法を考えるとして――。それとは別に、その多門英介いう友だちが話した生命の電話の相談員と、彼の自殺を阻止するために瓢簞山へ行った福祉センターの職員に、一回会《お》うて話を聞いてみたらどうや」

「警察が事情聴取をしていますが……」

「友だちの君やからこそ、聞き出せる手がかりがあるかもしれんやろ」

「……そうですね。ただ生命の電話の相談員は、匿名が原則のようですから、お会いするのは難しいかもしれません」

「ほんなら福祉センターのほうやな。そっちは公務員やろ」

「公務員ゆえに、ガードが堅くないですか」

「そんなもん、会うてみんと分からんわ」

もっともな指摘である。知らぬ間に弱気になっていたらしい。

そのあと仕手河原と雑談をしてから、晃一は教授の研究室を辞した。具体的な手がかりをつかめたわけではないが、摩館市で垂麻家が現在でもどういう存在なのか、それが判明しただけでも大きな収穫だったと言える。

途中の公衆電話から、隋門院大学の研究室にダイヤルする。大仁多達芳が出たので、今から行っても良いかと訊くと、すぐさま来いと言われた。昼食に誘うつもりだったが、それどころではないようなので急いで駆けつける。

「どうした？」

研究室の扉をノックして、返事も待たずに部屋に飛びこむと、

「さーちんが死んだ……」

沈痛な面持ちの達芳に出迎えられた。

「えっ……」

「午前中、円覚警部が来たよ」

「……け、警察は、……あの警部は、いったい何をやってる」

怒りの矛先が思わず円覚個人に向く。

「詳細は分からないけど、おそらく警察内部では、まだこの事件を連続殺人とは見ていないんじゃないかな」

「よ、四人も殺されているんだぞ」

「最初から他殺だと見なされた者がいないうえ、事件の場所が、東京、名古屋、京都、長野とバラバラなために、色々と大変なのかもしれない」

「……慧は長野で？」

「うん、出張先で――」

しばらく二人とも黙りこんでから、晃一が口を開いた。

「でも、円覚は警視庁の警部じゃないか」

「この前ここに来たとき、彼は連続殺人説を唱えていただろ。にもかかわらず捜査が後手に回っているのは、きっと正式にはまだ認められていないからだよ」

「そんな……。そもそも彼が、三鷹のマンションを訪ねて来たとき――」

「こうちゃん、落ちつけ。さーちんの場合は、警察も打つ手に困ったはずだ」

「出張中だったからだろ。けど――」

なおも憤る晃一に、とりあえず座れと達芳はソファをすすめつつ、円覚から教えられた状況を話しはじめた。

「出張というよりも、よく聞くと完全な行商だよ。さーちんの担当地域は東北と関東で、そのエリア内でどう動くかは、すべて彼に一任されていたらしい。つまり各々の県を回る順番や滞在日数などは、彼の裁量で決めていたわけだ」

「大変そうだな」

つい現在形でしゃべってしまい、晃一は何とも言えぬ気持ちになった。

「ちょうど間の悪いことに、さーちんは一昨日の夜遅くに、群馬から長野に移動している。会社から聞き出した情報をもとに、ようやく群馬のビジネスホテルを突き止め、警部が電話をしたときには、とっくに彼はチェックアウトをしたあとだったらしい」

「社員の居場所を把握していないとは、その会社もひどいな」

「良く言えば、社員の自己管理に任せている。悪く言えば、売り上げさえ達成できれば何の関知もしない。そういうことだろう」

再び怒りがこみあげてきたが、今は慧自身の話である。

「……それで、彼は？」

「田城市の西のほうを流れる田代川に、橋の上から落ちたということだ」

「溺死《できし》か」

「いや」

痛ましそうな表情で達芳は首をふると、

「今年の梅雨はやたらと蒸し暑かっただけで、ほとんど雨が降らなかっただろ。そのため田代川の水量が例年よりも少なく、さーちんは川底の石で頭を強く打ったらしい」

「突き落とされたのか」

「円覚警部はそう見ている」

「明らかに他殺だという証拠が、またないのか」

「橋の上では、何も見つかっていない。ただし、さーちんの両腕にはすり傷があった。前腕の部分だというから、落とされるときに欄干をつかもうとして、できた傷ではないかと警部が言っていた」

「長いこと慧には会ってないけど、極端に小柄だったわけじゃないよな」

「うん。犯人が成人男性でも、橋の欄干の高さから考えて、さーちんを抱えて落とすのは大変みたいだ。ただし彼は酒を飲んでいた。その酒に睡眠薬でも盛られたのではないか、と円覚警部は考えている。司法解剖の結果が出れば、そのへんがはっきりするだろう」

「目撃者は？」

「いない。繁華街から大して離れていないのに、現場の橋は人通りが少ないらしい。推定される犯行時刻が日の暮れた薄暗いころで、よけいに人がいなかったみたいだ」

「その時間帯だと、犬に散歩をさせてる人がいるだろ」

「きっと別に、もっと適した散歩コースがあるんだろう」

「奇妙な電話は……分からないか」

晃一の言いたかったことを察したのか、すぐに達芳が応じた。

「ゆうじゅんとさーやが死の前夜に受けた、例の無気味な電話について、さーちんにもかかったのかは、さすがに分からないだろう。彼の携帯の着信履歴は調べるそうだけど、突き止められるかどうか」

「家の固定電話にしろ携帯にしろ、犯人が身元の分かる方法で電話をかけているとは、まず思えないものな」

「ある意味それを裏づけるような履歴が、さーちんの携帯には残っていたらしいけど」

「どこから？」

「公衆電話だよ」

「……なるほどな。かなり数は減ったとはいえ、駅や街中には設置されてる場所もまだある。前もって探しておけば、犯人にとって何の問題もない。利用者が列をなして並んでいる——なんてことも絶対にない」

　晃一の指摘に、達芳はうなずきながら、

「電話をかけるだけでなく、電話を受けるさーちんのほうにも、犯人にしてみれば問題はなかったことになる」

「うん？」

「番号表示のない電話を、着信拒否にしている人は多いと思う。しかし案外、公衆電話は盲点《もうてん》じゃないか。普段まったく公衆電話と縁のない人が、もしも急に電話を受けた場合、とっさに携帯を落とした家族や友人からではないか、と考える可能性が高いからさ」

「そこまで犯人は読んでいたと？」

「——そう思わないか」

　逆に訊き返され、この正体不明の犯人に対して、さらなる得体の知れぬ気味の悪さを晃一は覚えた。

「それから警部が教えてくれたよ。瓢簞山の崖下の岩に付着していた血痕は、確かにえいくんのものだったって……」

「……そうか」

再び二人の間に、しばらく沈黙が降りた。

「それで円覚警部が現れるまで、また二人で待つのか」

晃一が気を取り直して尋ねると、

「いや。とにかく出歩かないように、身辺に注意してくれと言われただけだ」

「おいおい、あの警部、連続殺人の証拠が欲しいばかりに、俺たちが殺されるのを待ってるわけじゃないよな」

晃一が冗談っぽい口調ながら、一抹の不安も抱きつつ軽口をたたくと、達芳が真面目な顔で妙な台詞をはいた。

「証拠をつかむ前に、現行犯で捕まえるつもりかもしれない」

「何だって？」

「おそらく我々は、刑事に見張られている」

「まさか……」

「警部から出歩かないようにと注意されたとき、こうも言われた。速水さんは少し活動的なようですが――ってね」

摩館市での行動がばれているらしいと分かり、晃一はショックを受けた。

「尾行されていたのか」

「おそらく半々じゃないか」

「何が？」

「尾行の目的さ。万一のときの警護と、怪しい動きの探索と」

「被害者候補であると同時に、容疑者でもあるわけか。それにしても円覚警部は、よく大仁多くんに、尾行の事実を仄めかしたな」

「作戦を変えたのかもしれない。瓢箪山の仲間は、もう二人しか残っていないからな」

「いや、まだ七人目がいる」

晃一の物言いに何か感じたのか、達芳が珍しく興奮した様子で、

「七人目が分かったのかい？」

「うん。ただし犯人ではないと思う」

そこから晃一は昨日の収穫と、それにもとづいた自分の推理を達芳に話して聞かせた。

「酒屋のヨシコ……」

「覚えてる？　ぼくの記憶はかなり曖昧だよ」

「ヨシコ……」

「そう言われてみれば、もうひとり遊んだ友だちがいたかも……という漠然とした覚えはある。女の子のイメージが、ちらちらと脳裏に浮かびもする。けど、どんな子だったかまでは思い出せない」

「………」

「大仁多くんは、どう？」

しばし達芳は視線をそらして考えこんでいたが、ふいに晃一に目をやると、

「今、何て言った？」

「えっ……。だから、覚えているかって——」

「違う。ぼくが『今、何て言った？』って訊く直前だよ」

「……それは、『大仁多くんは、どう？』って言っただけだぞ」

自分の呼び名をつぶやいたきり、再び達芳は黙ってしまった。だが次の瞬間、彼にしては珍しく大声で叫んでいた。

「おおたくんだ！」

「何だって？」

「ヨシコは、みんなのようにぼくのことを、『おおにたくん』とは呼べなかった。いくら教えても、『おおたくん』と口にしてしまう」

「おおたくん……」

　またしても記憶を刺激されるような、なんとも気になる言葉が出てきた。

「ヨシコのことは、みんなが『ヨシコ』と呼んでいた。そうだろ？」

「早弥香は、愛称をつけなかったのか」

「おそらく年下だったからだろう」

「それならなおさら、『よっちゃん』とでも呼びそうじゃないか」

「いいや。年下で気を使う必要がなかったからこそ、さーやも下の名前で呼んだ。我々全員に彼女が愛称をつけたのは、誰ひとり他のメンバーと打ち解けていないころだ。さーやなりに、我々にはお互いに親しみを覚える呼称がいる。そんな風に思ったからじゃないか」

なかなか鋭い分析である。

「……君と同じで、かなりぼんやりとしている。ただ、おおたくんと呼ばれた記憶が蘇ったので、少しずつ思い出せるかもしれない」

「ヨシコは他のメンバーを、どう呼んでたんだろ？」

「……その記憶は残念ながらないな。けど普通に、こうちゃん、えいくん、ゆうじゅん、さーちん、さーや、と言っていた気はする。君たちの愛称はいかにも子どもっぽくて、ヨシコには呼びやすかったんじゃないか」

「そこが大仁多くんとぼくとの、ヨシコに関する記憶の差というわけか」

「たぶんそうだな」

達芳はうなずきながらも、もどかしそうな口調で、

「でも、まだまだ手がかりが足りない。酒屋のヨシコ、垂麻の鬼っ子、垂麻家が祀っていた達磨……と、当時の記憶を呼び起こすための材料が集まっている。けど、もっと決定的な意味合いを持つキーワードが、おそらく必要なんだよ」

「ぼくたちの記憶の封印を破るような……」

「うん」

その核となるキーワードを、翌日に速水晃一は手に入れることになるのだが……。残念ながら、それは少し遅過ぎたのである。

第十五章　過去に戻る呪文

土曜日になった。多門英介が深夜の瓢箪山において、生命の電話にダイヤルしてから一週間が過ぎた。その週の月曜日に、すでに彼の電話ゲームは開始されていたわけだが、今回の一連の事件がはじまったのは、やはり一週間前の生命の電話にかかった一本からだったような気がする。

翌日の日曜に当の多門英介が、火曜に有田悠二が、水曜に小田切早弥香が、木曜に内原慧が……次々に転落死をとげていった。人の命を救うために設立された生命の電話が、逆に人の命を奪う連続殺人事件の切っかけになったのであれば、これほど皮肉なこともないだろう。もちろん生命の電話には何の問題もないが、それゆえに空恐ろしく感じられてしまう。

そんな日に再び瓢箪山へ行くなんて……。

この行動が吉と出るか凶《きょう》を招くか……。

速水晃一が事件の謎を解くためにできるのは、封印されている自分の記憶を蘇らせるか、瓢箪山と布引町の住人を何度も訪ねて手がかりを探すか、このどちらかである。前者が困難であるなら、後者に賭けるしかない。

晃一は昨日、大仁多達芳の研究室に入り浸ってしまった。彼と事件について話し合ったからだが、円覚警部より「遅くなるかもしれないが、必ず訪ねるので待っていて欲しい」と連絡があったせいだ。にもかかわらず彼は一向に現れず、ようやく来たと思ったら代わり映えのしない事情聴取をしただけである。瓢簞山の崖下で発見された血痕がＤＮＡ鑑定の結果、多門英介のものであると証明されたのが、唯一の新情報だった。

　肝心な手がかりは、こちらに隠しているんじゃないか。

　晃一は大いに疑った。達芳とは違い、自分にはアリバイがある。でも重要な関係者のひとりであることは間違いない。警護するだけなら事前に教えるはずなのに、それを黙って尾行しているのは、達芳が言うように見張られている証拠だろう。

　おそらく円覚警部は、晃一と達芳から情報を引き出したい、子どものころに何があったのか思い出して欲しい――と願いながらも、そのくせ自分の手の内はすべて見せたくないと考えているのではないか。警察官なら当たり前かもしれないが、今回の場合は二人を容疑者と見なしているからと思われる。

　そのため晃一も、前日の聞きこみと仕手河原との会話について、あえて教えなかった。警察に任せたほうが……と散々に迷ったが、もう少しで何かにたどり着けそうな気がしてならない。それは自分の記憶の蘇りかもしれない。だから時期が来るまで、自分たちでやってみようと決心した。

　達芳も同じ気持ちだったのか、二人で話し合った内容について一言も口にしなかった。円覚が帰ったあとで、改めてお互いの意思を確認しただけである。

　土曜の朝、晃一は真っ先に瓢簞山へと向かった。例の線香の主が現れないか、現場で見張るためだ。蚊よけのスプレーを持参して、本を読みながら二時間近く粘ってみたが、一向に誰も現れない。そこで次の予定として考えていた、多摩市にある西東京精神保健福祉センターを訪ねた。

窓口で名刺を差し出しながら、単刀直入に用件を伝える。

「この前の日曜日に、西東京生命の電話からの依頼を受けて、多門英介さんの件を担当された方にお会いしたいのですが。私は、その多門さんの友人で、速水晃一と申します」

すると少し待たされてから、三十代半ばくらいの男性職員が出てきた。渡された名刺に肩書はなかったが、常葉良光と名乗った男は整った容貌と女性的な美しい声で、たちまち同性の晃一をも魅了してしまった。

「作家さんですか」

通された応接室のソファに座ったとたん、微笑ましい好奇心を覗かせながら、色々と良光が質問してきた。どれも作家という職業に対するもので、相手が完全に一般の読者と化している状態だったので、できる限り晃一も丁寧に答えた。

「あっ……、すみません」

一通り尋ねて満足したのか、急に常葉良光は仕事用の顔に戻ると、

「関係のない話を、長々とお聞きしてしまいまして――」

「いえ、別に構いません」

晃一の微笑みに良光も笑顔を返したが、すぐさま真顔になって、

「多門英介さんのご友人ということですが、日曜の夜の件については――失礼ですが、どちら

からお知りになったのでしょうか」

無理もない疑問だったので、警察の事情聴取を受けたのだと正直に教えた。ただし連続殺人事件については、まだ伏せておいた。

「――電話を受けた友人のひとりとして、多門くんの最期がどんな様子だったのか、ぜひ知っておかなくてはと思い、お邪魔した次第です」

「ご事情は、よく分かりました」

晃一の説明に納得したのか、良光は日曜の夜の出来事を話し出した。午前中にあった西東京生命の電話の事務局長の連絡にはじまり、深夜の瓢簞山の崖下で藪に潜む何者かに恐怖した事実まで、その詳細を教えてくれた。

こっちを疑っている様子は、まったくないな。

連続殺人事件について何ら知らなくても、多門英介の死を取り巻く状況は、常葉良光も理解しているはずである。つまり晃一と同じ推理を、もし良光がしていれば、目の前にいる作家が重要容疑者だと気づいてもおかしくない。もちろん完全に信頼されているからこそ、良光はすべてを語ったわけで、その素直な性格に晃一は感謝した。

相手の話が終わったところで、ストレートに問いかけた。

「崖下の藪の中にいたのは、飛び降り自殺をして失敗したらしい、多門くんひとりだったと思われますか。それとも彼を突き落とした犯人が、多門くんの遺体を引きずっていたのでしょうか」

「正直よく分かりません」

良光は戸惑いつつも答えた。

「でも多門さんひとりだったのなら、我々に助けを求めたと思います。自殺未遂を恥じて黙っていた、という可能性は考えられますが、そういうケースでも、まず羞恥心よりも傷の痛みが勝ってしまいます。よって普通は、まず声を出すはずなんです」

「なるほど。そうでしょうね」

しっかりした良光の考えに、晃一は感心した。ただ、もしかすると速水晃一が容疑者だと認めたうえで、彼はこちらの相手をしているのかもしれない。遅まきながらそう思ったとたん、晃一の知的好奇心が刺激された。

「ということは、犯人が多門くんの遺体といっしょにいた――と、常葉さんは考えておられるのですか」

「断定はできませんが、そのほうがしっくりします。それに……」

良光が言いよどんだので、小首をかしげて先を促すと、

「こんなことを言うと変に思われるでしょうが……、あのとき、あそこに漂っていた気配というのが、なんとも異様で……」

「尋常ではなかった？」

「……はい。何と言えば良いのでしょう……。そう、ぞっとする悪意が感じられました」

「多門くんに対する殺意ですか」

「……それ以上かもしれませんね」

「殺意を超えた悪意……」

それが肌で感じられるほど、その場の雰囲気が異常だったことになる。

「妙なお尋ねをして恐縮ですが、いわゆる霊感と言われるものに、常葉さんは……」

「あっ、まったくありません」

念のためにと訊いた質問を、良光は即座に否定した。

「そういうものが存在するのかどうか、ちょっと判断できませんが、少なくとも自分には無縁なようです」

と言いつつも良光は、またしても好奇心を前面に出しながら、

「速水先生は、やはりおありになるんですか」

「えっ？　いえ、まったくありません」

「そうなんですか。ホラーをお書きになるので、てっきり……」

意外そうな良光の表情を目にして、晃一は苦笑した。とはいえ一般の読者とは案外そんなものである。不条理な世界をあつかうホラーと、合理性を追求するミステリとの決定的な差異について、そもそも理解している読者は驚くほど少ない。その事実を彼は過去の様々な経験から悟っていた。

「かつて有名なＳＦ作家が、空飛ぶ円盤の実在の有無を訊かれ、一笑にふしたというエピソードがあります。私たちが書くものは、あくまでも小説ですからね」

そう語りながらも、瓢簞山では自分もぞっとする感覚に囚われたことを、ふと晃一は思い出した。ただし、それを常葉良光に伝えるつもりはない。いたずらに事態をややこしくするだけである。

「ところで——」

先ほどから気になっていた点を晃一は尋ねた。

「瓢箪山に行かれたのは、常葉さんと上司の課長さん、お二人ですよね。その課長の幕間さんは、今回の件をどう見ていらっしゃいますか」

「……そのー、私どもが判断できる問題ではないと。……つまり、これは当センターの業務範囲を超えていると。……まぁ、そのように認識しております」

良光の口調が急におかしくなった。

「警察に連絡される前は、どうお考えでした？」

「……幕間が、ですか」

「はい。多門くんの件を、どのように課長さんがとらえられていたのか、参考までにお聞かせいただけませんか」

このとき晃一は、幕間課長に対する常葉良光の態度に、かなりの違和感を覚えた。それまでの応答のやり取りの確かさから、問題があるとすれば目の前の青年にではなく課長の幕間ではないかと、大いに疑っていた。

「……それは、ですね」

「はい」

よって良光には悪いと思ったが、晃一は執拗に問いかけ続けた。

「も、もちろん言うまでもなく、多門さんの自殺を思い止まらせなければならないと、そう課長も考えておりました」

「先ほどのお話では、こちらの勝手な印象かもしれませんが、現場でイニシアチブをとられていたのは、常葉さんだったような感じを受けました」

「…………」

「こちらのお仕事に口出しをするつもりは、当然ですが毛頭ありません。ただ私は、多門英介くんの最期の状況のすべてを、できる限り知りたいと思っています」

「お気持ちは、よく分かります」

良光は頭を下げると、しばらく動かなかった。じっと考え事をしているというよりは、深く悩んでいる風である。

「実は——」

やがて顔をあげると、何とも言えない複雑な表情で、

「非常にお恥ずかしい話なんですが——」

そう断ったうえで、課長の幕間方正の勤務態度の実態と、自殺対策用のプロジェクトチームが機能していない事実について、あからさまに話しはじめた。

これには晃一も驚いた。部外者の人間に、そこまで打ち明けて良いのか。常葉良光の真面目な性格からも、ちょっと予想できない展開である。

ただ、そこまで課長に対する鬱憤《うっぷん》が溜まっていたのだ——と考えると、目の前の男性が気の毒になった。また、ここまで彼が打ち明ける気になったのは、こちらを信頼してくれたからに違いない——という思いがこみあげ、ありがたい気持ちでいっぱいになった。

「——という有り様でして、本当に恥ずかしい限りです」

良光の課長評が一通り終わったところで、晃一は大いなる失望を覚えた。幕間には何ら期待できないと改めて分かったからだ。ただし妙な引っかかりがあった。多門英介の件に対する彼の言動が、どこか変ではないか。

晃一はもう一度はじめから、特に幕間が関わる部分だけに重点を絞り、良光に当日をふり返ってもらった。

「あの日の課長は、確かに妙でしたね」

まとめてふり返ってみて、良光も同じように感じたらしい。

「いつもは消極的な幕間さんが、多門くんについてだけは、なぜか興味を持った。とはいえ知り合いではなさそうだった。まずは、そこが引っかかります」

「でも、多門さん個人が理由でないとすると、いったい他に何が……」

「場所かもしれません」

「はっ？」

いぶかる良光に、晃一は確認した。

「多門くんの件を報告したとき、どんな順番で説明されたのですか」

「最初に生命の電話の通話内容と、そこで分かった多門さんの現状を伝えました。それから相談員の方が推理された、自殺する恐れのある場所を……あっ！」

晃一の言葉の意味を理解したのか、良光が目を丸くしながら、

「摩館市の瓢箪山という場所に、課長は反応したと？」

「ひょっとすると幕間さんは、あのあたりの土地勘があるのかもしれません。そう考えると瓢

篁山に着いてからの言動も納得できませんか」

「はい、できます。あそこを知っていたからこそ、暗がりの中でもどの方向に進めば良いのか、課長には分かったわけですね」

「幕間さんは、摩館市のご出身ですか」

「さぁ、存じませんが——。調べてお知らせしましょうか」

良光の申し出に、晃一は度肝を抜かれた。

「そんなことをして、大丈夫ですか」

良光に迷惑がかかるのでは……と心配していると、いきなり応接室の扉が開いた。

四十代の半ばから後半くらいか、不遜な表情を浮かべた男が扉から顔だけを出して、人を値踏みするような眼差しで、じろじろと晃一を無遠慮に眺め回している。

……な、何だ？

訳が分からずに戸惑っていると、男は最後に良光をちらっと一瞥して、そのまま一言も口をきかずに立ち去った。

「……すみません」

すかさず良光が頭を下げた。

「今のが、課長の幕間です」

「えっ……」

部下が来客と応接している最中に、課長たる者が取るべき態度ではないだろう。いや、そもそも社会人として、絶対に有り得ないふる舞いではないか。

「まったくお恥ずかしいです」

なおも良光があやまろうとするので、気にしていないと晃一が伝えると、

「もしかすると速水先生は、ご友人の事件を調査されているのではありませんか」

突然そう訊かれ、ついうなずいてしまった。

「やっぱり……。いえ、失礼しました。あまりにご熱心なので、これは何かあるのではないかと思いまして――。そういうことでしたら、私もご協力させていただきます」

「……すみません。とても助かります」

今度は晃一が頭を下げた。

このとき彼の脳裏には、実は「垂麻家」の三文字が浮かんでいた。もし幕間方正が摩館市の出身であれば、垂麻家と関わっている可能性も出てくる。当センターの仕事に対する能力と姿勢のひどさに反比例して、幕間が現在の地位についている背景には、垂麻家の存在があるからではないだろうか。だからこそ幕間は、瓢簞山での騒動に反応したのかもしれない。

とはいえ、ここで垂麻家の名前を出すのは危険だな。

とっさに晃一は判断した。常葉良光は信頼できる人物だと思う。だが、どこかで垂麻家とつながっていないとも限らない。仮に本人は無関係でも、ここで垂麻の家名を出すことで、彼の口から誰かに伝わる恐れは普通にある。すると遅かれ早かれ、こちらの動きを垂麻家に知られてしまうだろう。それは避けたい。

もっとも、とっくにばれているかも……。

商店街の刃物屋と豆腐屋の親仁たちが、あのあとご注進におよんでいれば、それまでである。

垂麻家を畏怖するあまり、関わり合いを避けてくれれば良いのだが。

いずれにしろ晃一は、いっさい垂麻家にはふれなかった。

常葉良光に礼を述べて、西東京精神保健福祉センターを出たあと、昼食をとってから再び瓢簞山に向かう。桜の樹の根元を確認してから、読書をしつつ二時間ほど張りこむが、線香の主は現れない。これまでは小まめに来ていたと思われるため、もう姿を見せても良いころなのだが、まだ待つ必要があるらしい。

そこで次に予定していた、摩館市の市立図書館へと移動する。過去に垂麻家は様々な事件を起こしたと、仕手河原は言っていた。ほとんどもみ消したらしいが、まったく新聞に報道されなかったとは考えにくい。垂麻の家名は出ないまでも、事件の記事は書かれたのではないか。それを当時の新聞記事から見つけるつもりだった。

市立図書館は立派な三階建てで、新聞の縮刷版を見るには一階の受付カウンターで申請する必要があるという。摩館市の市民でなくても、閲覧《えつらん》だけの利用はできるらしい。希望する新聞名と年月を所定の用紙に書いて出せば、職員が書庫から探して持ってきてくれる。そこで晃一は自分が転校して来た前年の十二ヵ月分を、まずチェックすることにした。

受付カウンターから十二冊の分厚い縮刷版を抱えて、苦労して閲覧用の机まで慎重に運ぶと、その年の元旦の新聞から一心に頁《ページ》をめくりはじめる。一面にはさっと目を走らせ、地方面はじっくり確認する。それをすべての日の新聞でくり返す。しかし一月が二月になり、三月から四月へ進み、五月、そして六月になっても、特に引っかかる記事は出てこない。見逃しているのかと不安になったが、このまま十二月まで目を通すことにした。

すると八月下旬のある日の地方面に、少し気になる記事を発見する。隣の市で六歳の男の子が行方不明になったという。ただし摩館市の事件ではないため、最初はあまり問題にしなかった。だが九月に入ったところで、ふと八月に戻って該当の記事を再確認する気になる。子どもが関わっていたからだ。

……鈴本《すずもと》健《たけし》君（6）が、住宅造成地の雑木林に行くと言ったまま……

そこからは続報にも注意を払いつつ作業を進めたが、一向に何も現れない。やがて十二月まで目を通し終えたので、返却と同時に次の年の十二ヵ月分を申請して、再び一月から同じチェックを続ける。ちょっと気になる鈴本健の記事はあったものの、さすがに二年目ともなると集中力が落ちてきた。少し休んだほうが良いと思いながら、やや惰性《だせい》で頁をめくっていたときである。またしても八月下旬のある日の地方面で、幼い男の子の行方不明を報じている記事を見つけた。去年とは別の地域だが、そこも摩館市に接している隣の市だった。

……加《か》来《く》谷《たに》卓《すぐる》君（5）が、幸福山《こうふくやま》公園で遊んでいたところ……

晃一は受付カウンターまで行くと、翌年の八月分だけの閲覧を申請した。受け取ると机に戻る間も惜しんで、歩きながら下旬の地方面だけを集中的にチェックする。ちょうど机に着いたところで、ついに摩館市でも同じような男の子の行方不明が起きていた事実を、彼は突き止めていた。

……伊《い》倉《くら》吉彦《よしひこ》君（7）が、いつも遊んでいた摩館市立第三小学校付近から……

前年の加来谷卓、前々年の鈴本健とは違い、伊倉吉彦だけは行方の分からなくなった場所が、いまひとつ曖昧のように感じられる。

小学校付近って、まさか瓢箪山では……？

他の二人が行方不明になったのは、雑木林に山の公園である。第三小学校の近くで該当しそうなところは、瓢箪山か黒い森くらいだろう。

だったら当時の自分たちが気づくか。

夏休み中は、ほとんど瓢箪山で遊んでいた。まったく何も知らないのはおかしい。となると残るのは黒い森である。

布引町の山や森へ行くことを、吉彦の両親は禁じていたのではないか。もちろん垂麻家の領域だからだ。だから彼は小学校の近くで遊んでいると、両親に嘘をついた。拡大解釈をすれば、瓢箪山も黒い森も小学校付近と言えなくもない。彼なりに本当らしく聞こえるようにと、きっと考えたのだろう。

晃一はその年の八月分を机に置くと、受付カウンターに取って返して、さらに翌年の八月分の閲覧申請をした。これまでに対応した職員は、幸い三人とも違っていた。もし同じ人だったら気まずかったかもしれない。

今度も机へ戻るまでに、下旬の地方面だけを確認する。だが何も見つからない。机に座ってから念のために、上旬までさかのぼって目を通してみたが、やはり子どもの行方不明を伝える記事は存在しなかった。

摩館市と近隣の地域で、晃一が転校してきた年を間にはさんだ三年にわたり、ちょうど一年にひとりずつ、八月の下旬に男の子が行方不明になっている。

これは垂麻家の鬼っ子の仕業なのか……。

そう考えたところで、はっと晃一はある可能性に思い当たり、たちまち感情が高ぶった。自分たちが探しているものを、ようやく見つけた気になった。

例のヨシコも同じ被害者ではないのか。

つまり垂麻家の鬼っ子に、他の三人の男の子と同様、攫われたとは考えられないか。そのためヨシコと関わりを持っていた晃一たちも、否応《いやおう》なく巻きこまれたのだとしたら……。もしかすると瓢簞山の六人と遊んだあとで、彼女は垂麻家の鬼っ子に捕まったのかもしれない。そのとき晃一たちが、何かを目撃していたとしたら……。

当時は何かの意味が理解できなかった。もしくは大事ではないと判断した。そんな事件が起きているとは、そもそも思いもしなかった。だから何も分からないまま、ヨシコのことを忘れて大人になった。それが三十年ぶりに、多門英介の電話が切っかけで蘇った。

そ、そうか！

晃一は興奮のあまり声に出して叫びそうになった。

英介が日曜の夜にかけた七人目とは、垂麻家の鬼っ子ではないか！

電話で昔の遊びの話をしているうちに、問題となる何かに英介はふれてしまった。しかも同じ内容を、当時の友だちにしゃべっていることまで伝えた。そのために鬼が、ヨシコ以外の残り六人の口も封じてしまおうと――。

いや、おかしいな。

喜んだのも束の間で、すぐに晃一は首をひねった。

そもそも英介が電話をかけるほど、垂麻家の鬼っ子と親しかったはずがない。存在は知っていたとしても、電話ゲームの相手に選ぶほどの関係があったとは、とうてい思えない。またヨシコが本当に攫われたのなら、男の子たちのように記事になったはずだ。しかし、どこにもそんな報道は見当たらない。

　未遂に終わったのか。それなら記事にならなかったかもしれない。そんな事件があったことさえ、当人たちと瓢簞山の六人の他には、誰も知らなかったとも考えられる。

　だけど――。行方不明になった三人は、すべて男の子である。どんな動機で攫ったにせよ、四人目で急に女の子を選ぶだろうか。

　ヨシコと鬼っ子が結びつかない？

　晃一は机の上に両腕の肘《ひじ》をつくと、両手で頭を抱えてしまった。良いところまで迫れたと思ったのに……。旧友たちの連続死に小学生時代の過去が関わっていて、そこにヨシコと鬼っ子がからむことは、まず間違いないだろう。ただし謎の七人目は、どちらにも当てはまらない。いったいこれはどういうことなのか。

　ふと気づくと、すっかり夕方になっている。新聞の縮刷版を返却して、晃一は図書館を飛び出した。

　布引町の墓地まで行くと、あの老婆がすでにベンチに座っていた。目の前には杖代わりの乳母車があり、その取っ手に両手をかけてうつむいている。うつらうつら居眠りをしているのかもしれない。

晃一は墓地の門から入り、老婆に近づいて声をかけた。

「こんにちは。またお会いしましたね」

「………」

顔をあげた老婆は訝《いぶか》しそうな表情をしたあとで、

「ああっ、この間のお兄さん！」

「今日も暑いですねぇ」

「本当に。年寄りにはこたえますなぁ」

そう言いながらも老婆は身体をずらして、晃一のために場所を空けた。

「すみません。お邪魔します」

晃一はベンチに腰を下ろすと、猛暑についての話題を続けてから、それとなく昔話に水を向けた。すると老婆は二日前の夕方と同じく、とても饒舌になった。

もっとも彼女が語ったのは、生まれ育った多摩の子ども時代の思い出から戦時中の苦労話、嫁入り、姑との確執、出産に子育てと、この前の内容とほとんど同じだった。それを晃一は厭《いと》うことなく、はじめて聞いたように耳をかたむけ、あいづちを打った。そうしながらも彼は、垂麻家の鬼っ子について尋ねるタイミングを計っていた。

辛抱強く待つうちに、垂麻家の名前が出はじめた。この地での生活をふり返るうえで、やはり無視できない存在なのだろう。

しばらく垂麻家の話が続いたところで、さり気なく晃一は切り出した。

「先日お話を伺ったとき、垂麻の鬼っ子という言葉をお聞きしたのですが――」

　老婆のおしゃべりが、ぴたっと止まった。

「あれは当時の垂麻家の、どなたのことだったのです？」

「…………」

　口をつぐんだまま何も答えない。

「教えていただけませんか」

「…………」

　だんまりを決めこむつもりかと思っていると、どこか逡巡しているようにも映る。

「お願いします」

　脈があると判断した晃一は、そう言いながら深々と頭を下げた。

「それは……」

　ためらいがちに老婆が口を開いた。

「この前お兄さんが言っていた、捜しているお友だちと関係あることですか」

「はい」

　ここで晃一は思い切って鎌をかけた。

「もしかするとその友だちは、垂麻の鬼っ子に攫われたのかもしれないのです」

「…………」

　老婆が息を呑んだ。

「そのころ近隣で、子どもが行方不明になる事件はありませんでしたか」

「………」

今度は絶句しているように見える。

「ご迷惑はおかけしません」

「そんなことは……」

老婆は首をふりながら、先日と同じ台詞を口にした。

「別にかまいません。この歳になると、大して怖いものはなくなりますからな」

「なるほど」

「いつごろの話です？」

その問いかけは晃一を試している――事件のことを本当に知っているのか、確かめているように感じられた。

「三十年ほど前になります」

「あぁ……、それならやっぱりあれでしょう」

老婆は深くため息をつくと、

「そのころ年にひとり、子どもがいなくなる事件が、三年ほど続けて起こったことがありましてな」

新聞の縮刷版で見つけた、あの三人の男の子に違いない。

「可哀想に、どの子も見つかりませんでした……」

「警察は？」

「迷子、交通事故、人攫いと、一通りは考えて動いたようですが、何があったのかは分からず仕舞いでした」

「噂はどうです？　その件について、何かそれらしい噂が流れたとか」

「…………」

再び口を閉ざした老婆を、晃一が静かに見つめながら待っていると、

「……ある噂がありました」

「どんな？」

「垂麻の鬼っ子がやったに違いない……」

「その噂は、あそこに建つ垂麻家の誰か、という意味ですよね？」

瓢簞山の低いほうを指差して、念のために晃一は確かめた。

「そうです」

「あの家の誰なんですか」

「当時あれは、もう中学生になっていました」

中学生？

晃一の封印された記憶がかすかに反応した。

「小さい時分から残酷なことが好きな子で、よく虫や小鳥を殺していたと聞きます。それが小学生になると、小さな動物や兎、猫や犬まで手にかけるようになって……」

小さな動物とはモルモットやハムスターだろうか。

「ただ、あくまでも噂でした。実際に見た者は、私の知る限りおりませんでした」

「しかし、火のないところに煙は立たない――ですか」

老婆は否定も肯定もせず、そのまま話を続けた。

「そんな子でしたから、小中学校とも摩館とは離れた私立に通っていて、このあたりの誰とも付き合いはなかったと思います」

にもかかわらず記憶をゆさぶられるのは、どうしてか。

「ですから普段は、ほとんど誰も気にしておりませんでした。ところが、あれが中学生になってから、隣の市でひとり、また別の市で二人……と子どもが消えはじめて、とうとう摩館でも行方が分からない子が出たときに、誰が言うでもなく自然に、垂麻の鬼っ子の仕業ではないか……という噂が流れましてな」

「警察は動いたのですか」

「ただの噂です。それに当時の署長は、垂麻家とは昵懇《じっこん》でした」

「…………」

「垂麻家の対応も、そりゃ早かったです」

「と言いますと？」

「あれを遠縁の家へ、養子に出したんですよ」

「どこの何という家ですか」

思わず晃一が気負いこんで訊くと、老婆はなんとも不思議な言い方をした。

「私も直接は知りませんが、いかにも垂麻に縁がありそうな、そんな名前の家でしたな」

「どういう――」

意味ですか――と訊きかけた晃一は、視界に入った人物を認めた瞬間、思わず立ち上がっていた。

「す、すみません。そのまま待っていてもらえますか。すぐに戻って来ます」

そう言うが早いか、ベンチから駆け出すと墓地の塀を跳びこえ、一目散に瓢箪山を目指して走り出した。

たった今、山の石段から下りて来た者がいた。

それは六十前後くらいの、中肉中背の女性だった。なんとなく見た目の印象から、このあたりの人ではないように思える。

線香の主かもしれない。

期待と不安を胸に走っていると、すぐに追いつけた。だが、そこではたと困った。いったい何と声をかければ良いのか。

「――すみません」

とっさに後ろから呼びかけると、驚いたように女性がふり返った。

「はい？」

警戒している感じはなかったが、少し戸惑っているらしい。

「失礼ですが――」

と口にしながらも、まだ適当な台詞が浮かばない。

「何でしょうか」

そのころになると女性の顔に、やや好奇心が覗きはじめた。そんな表情の変化を見てとったとたん、ここはストレートに尋ねようと決めた。

「間違っていたら、すみません。もしかすると多門英介くんの、お知り合いの方ではありませんか」

はっ……と女性が息を呑んだ。と同時に晃一に対して、明らかに警戒心を持ち出したことが分かったので、彼は慌てて自己紹介をした。

「私は、速水晃一と申します」

「えっ……」

女性は数秒ほど固まってから、しげしげと晃一を見つめつつ、

「作家の速水先生ですか」

「……はい」

自分のことを知っているのかと彼は驚いた。

「先生と呼ばれるほどの作品を、まだ上梓しておりませんが……」

「いえ、そんな——」

片手をふって否定しかけたところで、女性はいずまいを正すと、

「申し遅れました。私は西東京生命の電話で、多門英介さんのお電話を受けた者です」

「ええっ！」

今度は晃一が固まってしまった。

線香の主の正体が、生命の電話の相談員だったとは、まったく思いもしなかった。よく考えると今回の関係者の中で、英介の冥福を祈るような人物として、真っ先に思い浮かべても良い存在ではないか。

「線香をあげて下さって、ありがとうございます」

「差し出がましいとは思ったのですが……」

　晃一が頭を下げると、沼田八重と名乗った女性は少し暗い表情で、

「私ども相談員は、外で相談者の方と接触することはありません。それは禁じられております。なのに――」

　自分は違反してしまった、という忸怩たる思いがあるらしい。

「多門英介くんが瓢箪山で自殺したと、警察からお聞きになったのですか」

「……いえ、亡くなった可能性があると言われただけで、はっきりとは教えてもらえませんでした」

「それで沼田さんは、てっきり自殺したと思われた――」

　八重はうなずきながら、

「とにかく多門さんとの電話のやり取りについて、かなり熱心に質問されましたので、これは自殺の動機を探しているのだろうと……」

「沼田さんは、どう思われました?」

　とたんに八重は困った顔をした。決して分からないのではなく、生命の電話の相談員として自分の意見を口にすることに、おそらくためらいを覚えたからだろう。

「お聞かせ願えませんか」

「……私は、多門さんが陥った窮状が、やはり一番の原因だと思います」

「他にも理由があるようでしたか」

彼女の口ぶりから、なんとなくそう感じられたため重ねて晃一は尋ねた。

「……羨望でしょうか」

「えっ、何に対してです？」

「昔の友だちの、今の暮らしぶりに……」

戸惑う晃一の顔を見て、八重が言葉を継いだ。

「どなたに電話しても、みなさん成功されて、何の問題もなく生活している。おひとりくらいならまだしも、電話をする友だちの誰もが人生を楽しんでいる——」

「そ、そんなはず、あるわけないじゃありませんか」

思わず抗議してしまった晃一に、何とも言えない表情で八重が、

「おっしゃる通りです。でも多門さんには、そうとしか思えなかった。ご本人に意識はなかったかもしれませんが、自殺を止めて欲しい一心でかけた電話だったからこそ、よけいに友だちの成功話がこたえたのでしょう」

ボランティアとはいえ相手はプロである。彼女の見立てはおそらく正しいに違いない。そう考えて晃一はいたたまれなくなった。

多門英介は自殺ではなく他殺だったのだ——と自分に言い聞かせても、一向に心は晴れない。どちらにしても彼は死んでいたのだから……。

「私の力不足のせいです」

八重が頭を下げた。

「自殺ではなく他殺だったのですよ。それは——」

「あとからお聞きしました」

いったん彼女はうなずいたが、すぐに首をふると、

「そもそも多門さんが日曜の夜に、あの山へ行ったということは、私の電話相談が何の役にも立たなかったからです」

「そんな……」

強く否定したかったが、生命の電話に対する八重の真摯な気持ちが伝わってくるだけに、軽々しく口にはできない。

「それで線香をあげに、こうして来て下さった」

「……はい」

「毎日ですか」

「いえ。それに今は……」

八重が言いよどんだので、晃一が問いたげに見つめると、彼女の顔に浮かんでいた辛酸《しんさん》の表情が、とたんに恐怖へと転じた。

「多門さんだけではなく、お友だちの……」

「ご存じでしたか」

「摩館署の刑事さんのあとで、警視庁の円覚さんとおっしゃる警部さんが、生命の電話の事務局に見えられて……」

「多門くんが電話をかけた友だちが、次々と死にはじめたことを聞かれた？」

「……はい」

「それじゃ今は、みんなのために線香を？」

「私がお受けした多門さんのお電話から、すべてがはじまりました。ですから……」

そんな風に八重は受け取ってしまったらしい。だから多門英介だけでなく、連続死を遂げた友人たちの供養までしようと思ったのだろう。

「ありがとうございます」

晃一は深々と頭を下げた。

「わざわざ出向いていただくなんて、大変なご足労を――」

「とんでもありません。私にできることは、これくらいしか……。それに車で来ていますので、別に大変でも……」

と言いかけたところで、ふと八重は気づいたという風に、

「速水先生は、どうしてこちらに？」

「あっ！」

晃一は慌てて墓地に目をやった。でも樹木の側のベンチに老婆の姿が見えない。周囲を見回したところ、この前と同じ孫娘とひ孫らしき男の子との三人で、田畑の細い道を帰路についている彼女を見つけた。

また肝心な話を聞きそびれたな。

彼は思わず両肩を落としたが、沼田八重と出会えたのは、それ以上の収穫だろう。とりあえず気を取り直して、彼女から話を聞くことにした。

八重は車を駅前の駐車場に停めてあるという。多門英介との通話の詳細を教えて欲しいので、

町中まで戻って喫茶店に入りませんかと誘うと、少し躊躇する様子を見せたが結局はうなずいてくれた。

「以前は摩館市にお住まいだったのですか」

前中町まで歩いて戻る間、昔の思い出話でも聞こうと晃一は考えたのだが、急に八重の口が重くなって、

「生命の電話の相談員になろうと決心したのは、ここで暮らしていたときに、夫が自殺したからなんです」

とんでもない告白が飛び出してきた。しかも夫の自殺が、ひとり息子を失ったショックのせいと聞き、安易に昔話を促したことを心から後悔した。

「……すみません」

「いえ、別に先生があやまられることでは……」

もう昔の出来事なので大丈夫だと八重は言ったが、多門英介の件だけに話を絞るようにしようと彼は自戒した。

ところが、彼女の夫が摩館市で四代続いた「鮭富」という屋号を持つ、前中町で店を開いていた魚屋だったと教えられたとたん、その戒《いまし》めが早くもぐらつきはじめた。

だったら酒屋のヨシコを覚えているかも……。

とはいえ同じ商店街のヨシコについて尋ねることで、八重に否応なく辛い過去を思い出させてしまう懼れもある。みんなのために線香をあげてくれる人を、そんな目に遭わせたくはない。

そう思う一方で手がかりが欲しいと焦る気持ちも正直かなり強い。

訊くなら今のうちだ。

喫茶店に入ってからでは、まるで逃げ道をふさいだうえで質問したようで、どうにも後味が悪い。

晃一が悩んでいる間も、八重は昔とは変わってしまった摩館市のあれこれを、感慨深そうにしゃべっている。

「ところで――」

話が途切れるのを待って、晃一は口をはさんだ。

「前中町の商店街の酒屋に、ヨシコという女の子はいなかったでしょうか」

「…………」

八重が急に立ち止まった。

「ご存じなんですね」

「ど、どうしてあの子のことを……？」

明らかにうろたえている。

「実は――」

墓地の老婆や仕手河原教授の名前は出さずに、当時の垂麻家に関する噂と、図書館で調べた子ども行方不明事件について、かいつまんで説明した。

「…………」

八重は黙って聞いていたが、見る見る顔色が悪くなっていく。

「大丈夫ですか」

「……はい」

「喫茶店まで、もう少しですから」

あとは彼女を気づかいながら、ひたすら無言で歩き続けた。

前に晃一が入った喫茶店に着き、ないしょ話に適した隅の席に腰を落ち着け、一杯の水を飲んだところで、ようやく八重のほおに赤みが戻った。

「ごめんなさい。取り乱してしまって……」

「いえ。こちらこそ事件に巻きこんで、とても申しわけなく思っております」

あやまりながらも晃一は、どうしても好奇心を抑えることができない。それぞれ珈琲と紅茶のオーダーをすませ、両方がそろったところで思わず尋ねた。

「でも、いったいどうなさったんです？」

しばらく八重はうつむいていたが、おもむろに顔をあげると、

「多門さんや、そのあとお友だちが次々とお亡くなりになっている裏には、垂麻家の存在があるのでしょうか」

「そうではないかと、私はにらんでいます」

「昔の子どもたちの行方不明とも……」

「はい、関係があるはずです」

「あの噂は、本当だったんですね」

「では、ヨシコちゃんも？」

八重が辛そうにうなずく。

「よくご存じだったのですか」

「いつも可愛がっておりました。少し知的な障害がありましたので、実際の年齢よりは幼く見えましたが、その分とても純粋な子で……」

おぼろげながらもヨシコの容姿が、晃一の脳裏に浮かびそうになった。だが、そのまま霧散《むさん》してしまった。

「しかし当時の新聞には、彼女の記事は見当たりませんでした」

「それは私にも分かりかねますが――」

と断りながらも八重には、どうやら心当たりがあるように映ったのを見て、たちまち晃一は察しがついた。

「垂麻家が手を回したんですね」

「それまでの二人が隣の市とはいえ、さすがに三人目ともなると……。そのうえ地元で起きたことですから、噂が広がりはじめていました。ですから、もしかすると……」

「なるほど。ただし新聞を押さえたところで、警察は動きますよね」

「はい。でもヨシコちゃんは……、見つかりませんでした」

再び八重の顔色が悪くなりはじめた。

「警察は、垂麻家を調べなかったのですか」

「ただの噂ですし……、それも本当に陰で囁かれていましたので……。また地元でも人によって、垂麻家に覚える感情は様々でしたから……」

「かつての繁栄について、また没落してからも権力を持ち続けていたことなど、みんなが知っていたわけではないのですね」

「そうなります。主人の両親などは、明らかに畏怖していました。あの家が関係すると分かったとたん、とにかく身を引くといった感じでした。それが同じ世代でも、数年前に引っ越して来た人たちは、それほどでもなくて……。ただし誰もが漠然とですが、あの家とは関わらないほうが良いのだと、いちおうは分かっていたようで……」

そこで八重は弱々しい口調から一転して、

「三十年も前の子どもたちの行方不明と、多門さんとお友だちが命を落とされている今回の事件と、いったいどんなつながりがあるのです？」

晃一の顔をまっすぐ見ながら、ずばり問いかけてきた。

「まだ分かりません。でも私たちは子どものころに、どうやらヨシコちゃんと遊んでいたらしい。その当時、近隣では子どもの行方不明が連続しており、垂麻家の鬼っ子と呼ばれた人物が関わっているという噂があった。そんな中でヨシコちゃんもいなくなってしまった。以上の状況から、ひょっとすると彼女が消えることになった何らかの出来事に、子どものころの我々も関わっていたのではないか――と思ったわけです」

それから晃一は七人目の謎について説明してから、

「多門くんが電話でしゃべった内容に、今回の事件に関する重大な手がかりがあるのではないか、と私は考えています。沼田さんがおっしゃったように、彼の電話からすべてがはじまった――そんな気がしてなりません」

「よく分かりました。私が覚えていることを、すべてお話しいたします」

八重の話は、まさに微に入り細を穿《うが》つといった感じで、多門英介とのやり取りを正確に再現しているように感じられた。おそらく彼女は元から記憶力が良いうえに、警察に何度も事情聴取を受けているうちに、通話の細部まで完全に思い出して、それを完璧に覚えこんでしまったのだろう。

これは晃一にとって非常に有り難かった。ただし八重と英介の会話を知るにつれ、なんとも切ない気持ちになっていった。友だちが窮状を訴える電話を、いかに自分が気軽に受け答えしていたか。それを改めて思い知らされた。

唯一の救いは、通話内容を伝える合間に入る八重の言葉だった。生命の電話の相談員という立場上、決して英介本人には言えなかったコメントの多くを、このとき八重は口にした。

彼女はつねに前向きだった。どんな状況であろうと、その中に必ず良い面を見つけようとする。その人にとってプラスになる――またはプラスに転じられる――ものが必ずどこかにあるに違いない。そういう考えが彼女の信条らしい。

英介がコンプレックスを持っていた顔のあざにしても、その形状からチャームポイントになると考えた。もし自分が子どものころの彼と会っていれば、そう伝えられたのにと残念がったのが印象的だった。

八重の話が終わったとき、晃一の心には安らぎにも似た奇妙な気持ちが芽生えていた。多門英介が命を落とす前に、沼田八重という女性に電話とはいえ話を聞いてもらえたのは、本人のみならず友だちの晃一にとっても、大いなる救いになったのは間違いない。これは長谷川刑事や円覚警部からの又聞きでは、とうてい実感できなかった想いである。そういう意味でも八重からじかに話を聞けて、本当に良かったと晃一は喜んだ。

その一方で残念なことに、新しい収穫は何ひとつなかった。より詳細に知った事柄は多くあったが、どれも既知の情報ばかりである。晃一が欲していた新たな手がかりを見出すことは、まったくできなかった。

彼の落胆が伝わったのか、八重は申しわけなさそうな顔をしている。

「お役に立ちませんでしたか……」

「い、いえ、そんなことはありません」

慌てて否定するが、その口調は弱々しい。

「多門くんとの通話を最初から最後まで、お話しいただいたわけですよね」

それでも未練がましく晃一は続けていた。

「はい。最初から――」

と口にしたところで八重が首をかしげた。

「どうされました？」

「……あっ、多門さんとは関係ないのですが、電話に出たときに、実はちょっと妙なことがありまして……」

「どんなことです？」

とたんに晃一は緊張を覚えた。

「それが……、子どもが童謡を歌っているような……」

「声が聞こえたのですか」

「はい……」

「……どんな童謡です？」

そう尋ねるのが、なぜか晃一は怖かった。だが聞かなければならぬという強い気持ちも、心の奥底で感じている。

そんな彼の矛盾する感情を理解したかのように、ためらいつつも覚悟を決めたといった様子で、八重が囁くように歌い出した。

「だぁーれまさんがぁ、こぉーろしたぁ……」

ある光景（五）

「だぁーれまさんがぁ、こぉーろしたぁ」

大きな樹に右腕と顔をつけながら叫んだあと、ぱっと鬼が左肩越しにふり返った。

そのとたん、西日を受けて黒々としている人影の動きが、ぴたっと止まる。全員が鬼のほうへ、まさに今にも歩き出しそうな格好をしたままで。

ひとり、二人、三人、四人、五人……、誰も身じろぎひとつしない。

でも鬼が樹に向き直って背中を見せると、いっせいに五人は動き出す。

「だぁーれまさんがぁ、こぉーろしたぁ」

独特の抑揚をつけた幼い声で、またしても鬼が歌うように叫ぶ。

その間に人影たちは、少しずつ大きな樹へ近づいて行く。ただし鬼がふり返った瞬間、いっさいの身動きをぴたっと止める。どれほど不自然な格好をしていようとも、そのままの姿勢で微動だにしない。ひたすら鬼が樹に向き直るのを待っている。

ところが、何度目かにふり向いた鬼が、なかなか元の姿勢に戻らない。大きな樹に顔を伏せずに、みんなのほうを向き続けている。

いったい鬼は何をそんなに見つめているのか……。

「ずるいぞ！　長過ぎるよ」

静止したままの人影から抗議の声があがった。もちろん口だけを動かしている。

しかし鬼は、ひたすら人影を見つめ続けている。決してやめようとしない。

「おい、もういいだろ！」

引き続き批難の声があがる。

だが鬼には聞こえていなかった。なぜなら鬼は一心に数えていたからだ。

ひとり、二人、三人、四人、五人、六人……。

……ひとり多い。

鬼が陣取る大きな樹へ向かって来る人影が、いつの間にか増えている。

七人目がいた……。

こうしてあるときから、この遊びは七人でするようになった。

「だぁーれまさんがぁ、こぉーろしたぁ」

鬼が左肩越しにふり返ると、ほとんど同時に人影が静止する。誰も動いていないことを確かめてから、鬼が樹のほうに向き直る。

「だぁーれまさんがぁ、こぉーろしたぁ」

再び鬼が歌うように叫び、それからふり向く。人影も全員がぴたっと身動きをやめる。そのくり返しがしばらく続いたところで、急に鬼がふり返ったまま固まった。

「こんなに長いの、反則じゃないか」

七人目が加わったとき以上の、強い抗議の声があがる。しかし鬼は強張った表情を浮かべて、完全に凝固している。

　西日を受けて立ちつくす子どもたちの後ろに、何か黒いものが無気味に蠢いている様を、ひたすら目にしながら……。

　見つめているのが怖くなり、鬼は樹に向き直った。しかし元の体勢に戻っただけで、まったく言葉が口をついて出てこない。

「早く言えよぉ。これじゃ動けないだろ」

　再び抗議の声が聞こえる。鬼は仕方なく唱え慣れた文句を口にする。

「だぁーれまさんがぁ、こぉーろしたぁ」

　それから鬼はふり返ると、すぐに叫んだ。

「えいくん、動いた！」

「えっ……ぼ、ぼくが？」

　違うと反論したそうだった。でも多門英介は素直に樹の側まで進むと、鬼の右肩に左手を置いて最初の捕虜になった。

「だぁーれまさんがぁ、こぉーろしたぁ」

　心持ち早口で鬼は唱えると同時にふり返って、

「ゆうじゅん、動いた！」

「動いてないよ」

　すぐに有田悠二が否定する。

「いや、動いた」

「動いてないって！」

やや怒った声を出しながら、なおも悠二は否定した。

変だな？

悠二より後ろにいる晃一は、思わず首をかしげた。鬼がふり向いた瞬間、ぴたっと彼は身動きを止めたように見えたからだ。しかも鬼は、どんなときでも冷静な大仁多達芳である。ズルをするようなやつではない。

すると達芳が少しだけ樹のほうを向いた。あきらめて続けるのかと思うと、じっとしている。その様子が晃一には、何かを英介に耳打ちしているように見えた。当の英介と言えば、これまでの達芳のように晃一たちのほうに目を向けながら、愕然と立ちつくしている。

やがて、はっと正気に返ったようになると、

「……ゆ、ゆうじゅん、本当に動いたよ」

明らかに鬼の肩を持つ発言をした。

「何ぃ！」

これには悠二も驚いたらしい。

「鬼だけでなく、捕虜も動いたと言ってるんだから、ゆうじゅんはアウトだ」

達芳が駄目だしをした。

「お前らなぁ、二人がかりで――」

悠二は本気で怒り出しそうになったが、ふっと両肩の力を抜く仕草をすると、

「分かったよ」

ふてくされたような口調と歩き方で樹まで進み、英介の右肩に左手を置いて二人目の捕虜となった。

「だぁーれまさんがぁ、こぉーろしたぁ」

すぐに達芳が遊びを続ける。だが、それまでより唱え方が早い。まるで早口言葉のようである。そのうえ、ぱっとふり向いた瞬間、

「さーや、動いた」

ろくに見もしないで、ほとんど同時に口にしている。

「えっ……？」

明らかに早弥香は戸惑っている。まったく動いていないからだ。

彼女が動いていないと、晃一も自信を持って言える。だから鬼の間違いを指摘しようとしたのだが――。

ふり返った悠二の顔に、先ほどの英介と同じ怯えの表情が浮かんでいるのを目にして、とっさに晃一は固まってしまった。

ど、どういうことだ？

すると悠二がうわずった声で、

「ああ確かに、さーやは動いたな」

すかさず達芳に同調した。その前では英介もうなずいている。

「ちょっと、何なのよ、これは？」

　早弥香が不満げな声を出した。

「新しい遊び？　こんなことして面白い？」

「いいから、早く来いよ！」

　悠二の呼びかけに、ぷいっと彼女はそっぽを向く。

「さーや」

　しかし達芳が優しく呼ぶと、しぶしぶといった感じで三人目の捕虜となった。

「だぁーれまさんがぁ、こぉーろしたぁ」

　達芳が唱え、その鬼といっしょに英介、悠二、早弥香がふり向く。

「さーちん、動いた」

　すぐに達芳が指摘する。

「えっ……、そ、そう？」

　さすがに内原慧も、この展開には納得していないらしい。

「さーちん、動いたじゃないか」

　だが悠二に突っこまれ、

「さっさと来い！」

　怒鳴られた慧は慌てて駆け出して、四人目の捕虜となった。

　いったい何が起こってるんだ？

　あまりの訳の分からなさに、晃一は苛立《いらだ》ちと恐れが交じり合った、とても変な精神状態に陥った。

「だぁーれまさんがぁ、こぉーろしたぁ」

鬼の達芳が唱え、彼といっしょに英介、悠二、早弥香、慧がふり向く。

次はぼくだ！

そう晃一が思った通り、達芳が口にする。

「こうちゃん、動いた」

しかし自分は少しも動いていない。決して今だけではない。慧が捕虜になってからは、まったく進んでいないのだ。

「うん、こうちゃんは動いた」

「私も見たわ」

悠二だけでなく、早弥香まで声高に主張して、おまけに英介と慧の二人も力強くうなずいている。

そのとき、ちらちらと五人の眼差しが、自分の後ろに向けられていることに、ようやく晃一は気づいた。

……後ろ。

とたんに背中が怖くなった。無防備なままの背中が、たまらなく恐ろしい。

でも彼の後ろには、ヨシコがいるだけだった。少し知的障害のある子ながら、この遊びのルールはちゃんと理解している。みんなに迷惑をかけたことは一度もない。

ヨシコを見てるんじゃないのか。

恐る恐る晃一がふり向きかけたとき、前方が急に騒がしくなった。

「おい！ 早く来い！」

「こうちゃん、こっち！」

「やめろ！ ふり向くんじゃない！」

だが晃一はふり返ってしまった。

そこには、きょとんとした表情のヨシコが立っていた。晃一と樹の側のみんなを交互に見ながらも、じっと動かずに静止している。きっとヨシコには、だるまさんがころんだの遊びの最中だという意識が、まだあるのだろう。

そのヨシコの背後に、黒々とした人影が見えた。夕まぐれの弱い残照からヨシコを隠すようにして、ほぼ真後ろに立っている。

な、な、何だ、これ……？

誰だとは思わなかった。ヨシコの後ろにいたのは、得体の知れない何かだった。

ただ、それには顔があった。逆光のためはっきりとは見えないが、晃一たちより大人びた顔に、なんとも厭な嗤《わら》いが浮かんでいる。

ぱっとそれが両手を広げた。そしてヨシコに覆いかぶさる寸前、まるで一気に日暮れが訪れたかのように、あたりが真っ暗になった。

その眩暈にも似た状態から、ようやく晃一が立ち直ったとき――。

黒い人影もヨシコも、彼の前から消え失せていた。

第十六章　だれまさんがころした

「……どうされました？　速水先生？」

かすかに聞こえた沼田八重の声が、速水晃一を現実世界へと呼び戻した。

「……あっ」

「大丈夫ですか」

「……はい」

うなずいたものの、まだ視界は薄ぼんやりとして暗い。目を閉じては開けてをくり返すうちに、少しずつ回復してきた。

「びっくりしました。急に身動きされなくなって、いくらお声をかけても何の反応もないのですから……」

「……すみません」

「何かの発作だったら大変なので、救急車を呼ぼうかと思ったのですが――」

「ご心配をおかけして、申しわけありません」

晃一は頭を下げた。おそらく茫然自失に近い状態だったのだろう。

「何でもなくて良かったです」

ほっとした表情を八重は浮かべたが、そこで急にためらいがちに、

「子どものころの出来事を、ひょっとして思い出されたのでしょうか」

「……はい」

「もしよろしければ、お話しいただけませんか」

かなり遠慮をしている感じだったが、そんな気づかいは無用だった。晃一のほうこそ、この蘇った記憶について、彼女に聞いて欲しかった。

「先ほど口にされた『だるまさんがころんだ』をもじった言葉ですが、あれを耳にしたとたん、一気に封印されていた記憶が戻ったような感じです」

「だれまさんがころした……ですね。先生は今回の事件が起きてから、はじめてお聞きになったのでしょうか」

「そうです。ちなみに、その話を警察には？」

「しております」

晃一は苦笑した。何でも隠さずに教えている、というポーズを円覚は取っていたが、実際は違うらしい。そう八重に伝えると、彼女は驚いた顔をした。

「でも、この奇妙な言葉は、お友だちが亡くなられる前に受けた電話で、みなさんが聞かれたらしいと――」

「な、何ですって！」

「いえ、まったく同じ言葉かどうかは分かりませんが、気味の悪い童謡のような歌が聞こえてきたのは、間違いないようです」

それを警部が隠したのは、この言葉が事件の謎を解く鍵になると考えたからか。もしくは犯人しか知らない言葉だと見なしたせいか。

「同じ童謡を沼田さんは、多門英介からの電話で耳にされた――」

「はい。最初は子どもの悪戯か、間違い電話だと思いました」

「その歌を多門くんは？」

「聞いていらっしゃらないようでした」

「みんなが受けた電話では、どんな感じの――」

八重が首をふるのを目にして、それを彼女が知るのは無理だと改めて気づく。

「警察も、本人から聞けたはずないか……」

「私が電話で耳にした印象では、真っ暗な闇の中で子どもが淋しそうにひとり、ぽつんとたたずんだまま囁くように歌っている……という感じでした」

その情景を思い浮かべたとたん、晃一の二の腕に鳥肌が立った。

「……誰だと思われます？」

「そのときは、もちろん分かりませんでした」

だが今は見当がつきそうな様子である。

「いったい誰だと？」

「ヨシコちゃん……ではないでしょうか」

「…………」

だるまさんがころんだの遊びの最中に、黒い人影に覆われ、真っ暗な世界へと連れ去られたヨシコが、今もそこにいて歌っているというのか。

もしそうならば多門英介にはじまる旧友たちの連続死は、かつての遊び友だちを同じ闇の世界に引きずりこもうとする、ヨシコの仕業になるのか。

そんな馬鹿な……。

すっかり黙りこんでしまった晃一に、再び八重が申しわけなさそうに、

「……それで先生、いったい何があったのでしょう?」

「えっ? あっ、すみません」

晃一は慌ててあやまると、三十年前に瓢簞山の境内で、だるまさんがころんだをして遊んだときに起こった出来事について語った。

「それでヨシコちゃんは?」

彼の話が終わるのを待って、真っ先に八重はヨシコの安否を尋ねた。

「あの黒い人影に、きっと攫われたのだと思います」

「人影の正体は、垂麻家の鬼っ子……?」

「おそらく——」

と答えた瞬間、蘇った記憶の人影の顔に、晃一が知っている誰かの面影があったような気がして、彼は愕然とした。

いったい誰だ?

いくら考えても分からない。もっと細部まで思い出そうとしても、逆に人影の顔は暗闇に沈むばかりである。

「垂麻家の鬼っ子について、ご存じのことはありますか」

「いいえ。良くない噂は聞いておりましたが、それくらいしか……」

「墓地で話したお婆さんによると、どこかへ養子に出されたとか」

「ああ、そういえば……」

　八重は必死で思い出そうとしている。しかし、もどかしそうな顔をしたかと思うと、弱々しく首をふった。

「少しお時間をいただけますか。こちらには昔の知り合いが、まだ残っております。それとなく探って、分かりましたら先生にご連絡を――」

「ご迷惑がかかりませんか」

「大丈夫です。仮に何かありましても、もう私は、ここには住んでおりませんから」

　確かにそうだが、彼女の身にまで危険がおよぶかもしれない。くれぐれも注意するようにと、晃一は念を押した。

「ところで――」

　八重が気になっていたらしい疑問を口にした。

「問題の『だれまさんがころした』という替え歌は、どこから出てきたのでしょう？」

「……さぁ」

　しばらく晃一は首をひねっていたが、

「覚えていません。ただ、どうして替え歌ができたのか、予想はできそうです」

「教えて下さいますか」

「近隣で子どもの行方不明が続いて、垂麻家の悪い噂が流れた。それが子どもだった私たちの耳に入ったかどうかは分かりません。でも間違いなく親には注意された。垂麻家の名前は出さないまでも、近くで遊ぶなときつく言われた。とはいえ瓢簞山は、我々だけの遊び場でした。親にはないしょで、そのまま遊び続けた」

「そうでしょうね」

「その前に、おそらく『だるま』と『たれま』が似ていることを、誰かが指摘していた。そこに子どもの行方不明と垂麻家の悪い噂が重なり、誰が言うともなく『だるまさんがころんだ』をもじって、『たれまさんがころした』と歌いはじめた」

「大人は隠しているつもりでも、子どもは敏感に察してしまうものです。まして自分たちと同じ子どもが関わっている事件ですから、すぐ反応を示したのでしょう。それが替え歌という形になったわけですね」

「ただ、さすがに『たれま』と名指しするのはまずい。『ころした』と言ってますから」

「瓢簞山という場所を考えると、よけいに危険です」

「そこで『誰だ？』という問いかけもふくめて、『たれま』を『だれま』とした。でも、このままでは『ま』だけ残りますから、魔物の『魔』でも当てはめたのかもしれません。つまり『誰魔さんが殺した』というわけです」

　漢字の説明をしてから晃一は付け加えた。

「ひょっとすると『誰魔さんが殺した？』という疑問文だった可能性もあります」

「それを思い出されたのでしょうか」

「あくまでも漠然としていますが……」

この晃一の解釈に、とりあえず八重は納得したらしい。

「そして『誰魔さんが殺した？』と唱えながら遊びはじめた。その結果、垂麻家の鬼っ子を呼んでしまったのではないでしょうか」

晃一はうなだれながら、

「しかも我々は、さらにとんでもないことをしてしまった……」

「何でしょう？」

優しく八重が声をかける。

「ヨシコちゃんが垂麻家の者に連れ去られた事実を、大人たちに言わずに黙っていたことです。そのせいで彼女は帰って来なかった……」

「けれども人影が垂麻家の鬼っ子だと、当時の先生たちに分かるはずがありません。そもそも連れ去られたという認識が、みなさんにあったのでしょうか」

「蘇った記憶では、人影がヨシコちゃんに覆いかぶさると同時に、あたりが真っ暗になってしまい、そのまま……」

「どういうことでしょう？」

「……分かりません。何が起こったのか、ちょっと説明できません」

「他のお友だちなら――」

覚えているのではないか、と八重は言いかけたらしい。だが、ほとんど死んでいることを思い出して、とっさに口籠もったみたいである。

「そうですね。大仁多達芳の記憶が戻れば、あるいは——。ただ当時、私たちに起こった現象が理解できなかったとしても、瓢簞山で遊んでいてヨシコちゃんが消えたと、そう言って騒ぐことはできたはずです」

「警察は動いたと思いますか」

「……駄目かもしれませんが、ヨシコちゃんが助かった可能性は、黙っていた場合よりも高くなったでしょう」

「…………」

八重が何も言わなかったのは、晃一の指摘通りだと感じたからだろう。

「それなのに黙っていたのは、きっと瓢簞山で遊んでいた事実を、みんなが自分の親に知られたくなかったからです」

「みなさん、まだ子どもで……」

「その日だけであれば、そういう言い逃れもできます。でも翌日からヨシコちゃんの姿は、ぱったり見えなくなったはずです。そこで勇気を出して大人にしゃべっていれば、彼女は無事に戻れたかもしれません」

「速水先生は——」

八重が言いよどんでいる様子だったので、晃一はうなずいて先を促した。

「何が起こったのか、よく理解できなかったのでしょう？」

「後ろをふり向いたときは、そうでした」

「それなら——」

「しかし数日後に何があったのか、みんなに教えられました。そして……このことは黙っていようと、そのとき全員で決めたのだと思います」

「………」

「はっきりとは思い出せませんが、そうだったような気がします。だから誰もが、このことを忘れようとした」

「………」

「あのとき鬼をしていたのは、大仁多達芳でした。遊びの途中から、彼の様子がおかしくなりました。みんなの後ろに、いつの間にか本物の鬼が出現していることに、それが少しずつ友だちに近づいて来ていることに、きっと気づいたからです。その時点で遊びをやめて、全員で逃げれば良かったわけですが、どうしてもできなかった」

「………」

「いかに彼が利発だったとはいえ、まだ子どもですからね。その場の異様な雰囲気に圧倒されて、樹の前から動けなくなった。そこで彼は、とにかく全員を自分のほうへ集めようとした。あの遊びを利用して、ひとりずつ捕虜にしていった。けど間に合わなかった」

「だからといって彼だけに、罪があるわけではありません。私も同罪です」

「………」

　うつむく八重に、力なく晃一が尋ねた。

「ヨシコちゃんのご両親は、その後……？」

「確か店をたたまれて、よそに引っ越されたはずです」

「そうですか」

商店街を探しても該当する酒屋が見つからないわけである。

「垂麻家の件といっしょに、ヨシコちゃんのご両親の行方についても、ちょっと訊いてみましょうか」

「お願いできますか」

ここは八重の好意に甘えることにして、晃一は頭を下げた。だが顔をあげると、彼女がとても妙な表情をしている。

「どうされました？」

「まさかとは思うのですが——」

ためらいながらも八重が、

「今回の件にはヨシコちゃんの……、あの歌声が彼女のものだとしたらですが……、その—怨《おん》念《ねん》のようなものが、からんでいるのでしょうか」

「…………」

「……いえ、そんなこと、あるわけないとは思うのですが——」

「実は私も、ちらっと考えました」

先ほど頭をよぎった事実を、正直に晃一は告白した。

「速水先生も……」

「ですが、ヨシコちゃんの幽霊や怨念というのは、さすがにないかと思います」

「……やはり、そうですか」

「そういうものが存在するのなら、とっくに出てきているのではないでしょうか。何よりも当時、すぐに現れたはずです」

「三十年も経ってから……というのは、確かに変ですよね」

「ただ――」

そこで晃一が意味深長な口調で、

「多門英介が三十年ぶりに瓢箪山へ行った。しかも自殺を考えていて、それを電話ゲームで決めようとした。そのうえ電話をかける相手が、当時ヨシコちゃんの失踪に関わっていた者ばかりだった。瓢箪山、桜の樹、当時のメンバー、死に対する思い、三十年目という節目……これらの要素がつながった結果、信じられないような現象が起きた――とも考えられます」

「それが――」

「はい。だれまさんがころした……という謎の歌声なのかもしれません」

「それは――」

「現象の正体までは分かりません。それこそヨシコちゃんの霊だと言う人もいるでしょう。でも、もっと漠然とした曖昧なものだと、私は感じています」

「いずれにしても、そういうものなのですね」

「……何とも言えません」

晃一は首をふったが、八重は一種の超常的な現象だったと理解して、彼女なりに納得したようである。

「これからどうされますか」

「思い出した過去の恐ろしい出来事を大仁多達芳に話して、他に忘れていることがないか、二人で検討するつもりです」

「先生方で充分に話し合われたうえで、すべて警察にお話しされたほうが、良いかもしれませんね」

晃一は肯定の返事をしなかった。肝心な手がかりを隠された警察に対する不信感もあったが、これは自分たちがケリをつけなければならない事件である――という意識が、さらに強まったからだ。

そんな彼の気持ちを察したのか、八重がさり気なく、

「あまり無茶なことはなさらないで下さいね」

「…………」

「速水先生？」

「……はい」

うなずいたものの口だけであることは、きっと八重にも分かったに違いない。

「色々とありがとうございました。こんな事件に巻きこんでしまって、本当に申しわけありません」

さらなる忠告を避けるため、晃一は丁寧に礼を述べた。

「いえ、私は何もできませんでしたから……」

「そんなことはありません。沼田さんとの通話には、間違いなく多門くんも救われたはずです。

それに今、こうして貴重な情報を提供していただきました。我々は沼田さんに、いくら感謝してもしきれないくらいです」

恐縮して頭を下げる八重に、心から晃一は頼んだ。

「これからも多門英介のような人たちのために、どうか生命の電話の活動をぜひ続けていって下さい」

ところが八重は小さく首をふった。

「えっ？　まさか……」

「はい。規則を破った以上、引退するべきだと思います」

「し、しかし……」

夫の自殺を乗り越えるのに十年、生命の電話の相談員になって十八年である。それだけの長く大変な経験を、たった一度の規則違反で――と晃一は驚いた。
だけど、それほど重いということか……。

生命の電話のボランティア活動が、いかに真摯な精神に支えられているか、その厳しい現実を目《ま》の当たりにして、彼は身の引き締まる思いを味わった。

最後に尋ねる恥ずかしさを覚えながら、生命の電話について、また八重自身の取り組みについて、晃一は教えて欲しいと頼んだ。彼女は少しためらったようだが、彼が真剣に聞く姿勢を見せると、とても謙虚な口調で説明してくれた。

沼田八重とは喫茶店の前で別れた。さっそく地元の知り合いに、垂麻家の鬼っ子とヨシコの両親について、それとなく聞きこみをはじめるつもりらしい。

別れる前に晃一が、「生命の電話の活動は、できれば続けて欲しい」と再び伝えると、にっこりと彼女は微笑みながら、「よく考えてみます」と返事をした。だが引退の決心が固いことは、どうやら間違いなさそうに見えた。

三鷹のマンションに帰ると、電話の留守録が二件あった。一件目は西東京精神保健福祉センターの常葉良光からで、課長の幕間方正の出身地は確かに摩館市に間違いないという録音が聞けた。

やっぱりそうか。

読みが当たって晃一は喜んだ。しかし幕間が今回の事件の犯人だとは、どうしても思えない。常葉良光の人物評から考えてみても、こんなことができる器では決してないだろう。多門英介の自殺の候補地が摩館市の瓢箪山と知って、垂麻家に迷惑がかかるのではないかと心配して、それで普段より熱心になっただけではないか。

二件目の留守録を再生しながら、汗ばんだシャツを脱ぎかけていた晃一は、たちまち自分の顔から血の気が引いていくのが分かった。

流れてきたのは円覚警部の声で、大学の研究室の窓から大仁多達芳が転落した……と伝えていた。

第十七章　鬼の正体

速水晃一はものすごい絶望感に囚われながら、円覚警部の携帯に急いで電話した。

「もしもし、速水です。それで大仁多達芳は？」

「重体です」

死亡したわけではないと分かり、ひとまずほっとする。だが楽観はできない。

「ひどいのですか」

「四階から転落しているので……。ただ窓の下の植えこみの上に落ちたため、幸い命は取り留めたようです」

「どこの病院ですか」

すぐに駆けつけたかったが、面会謝絶のため会えないと言われた。

「突き落とされた……。そうですね」

「応接セットのソファから窓まで、大仁多さんを引きずったらしい跡が認められます」

「争った跡ではなく？」

「おそらく犯人は、彼に睡眠薬を飲ませたのでしょう。テーブルの上には、ひとつだけですが珈琲カップがありました」

「犯人は自分の分だけ洗って仕舞った?」

「ええ。実は内原慧さんですが、体内から睡眠薬の成分が検出されています。内原さんは酒に混ぜて、大仁多さんは珈琲に混入して飲まされた。そして二人とも、高所から突き落とされたわけです」

「大学の校内で、犯人らしき人物の目撃情報は? 研究室に何か手がかりは残っていなかったのですか」

いらだちを抑えられない晃一に、冷静な口調で円覚が答える。

「犯行は日中でした。人の出入りの多い時間帯を狙ったのでしょう。犯人にとっては皮肉なことに、そのお陰で転落した大仁多さんは早期に発見され、命が助かったわけです」

「犯人には誤算でしょうね」

「これという手がかりは、今のところ見つかっていませんが――」

思わせぶりに円覚が言葉を切ったので、晃一は尋ねた。

「何か気になるものがあるのですか」

「応接セットのテーブルの下に落ちていたコピー用紙に、大仁多さんの手書きの文字が残されていました」

「まさか、ダイイングメッセージ……。いえ、達芳は死んでいませんが……」

「何か薬を盛られたと察した大仁多さんは、とっさに近くの紙に、素早く犯人を示す手がかりを書き記した。そして犯人に気づかれないように、その紙をテーブルの下に落としたのかもしれません」

「彼は何と書いたのです？」

「アルファベットの大文字で、『ＴＦ』と」

「ＴとＦ……」

「心当たりはありますか」

　とっさに思いつくものは何ひとつない。

「……いえ、特に思い浮かびません。イニシャルということは？」

「それは真っ先に考えました。しかし、いくら関係者を洗っても、ＴＦに該当する者がひとりもいないのです」

「イニシャルではない……となると何かの略称ですか。たとえばトランスフォーメーションを、つまり『変身』を意味していたとか」

「その可能性は充分にあります。大仁多さんはＴＦで、何を伝えようとしたのか」

「考えてみます」

「ひょっとすると我々よりも、速水さんのほうが解きやすいかもしれませんね」

「彼が私に残したメッセージだと？」

「いっしょに事件を追っておられた。違いますか」

「ええ、まぁ……」

　沼田八重に会ったことを話そうかと思ったが、やめておいた。下手をすると彼女に迷惑がかかってしまう。

　達芳の容態に変化が起きる、または面会が可能になった場合、必ず知らせて欲しいと頼んで晃一は電話を切った。

しばらくは呆然としてしまったが、はっと我に返ると仕事部屋に入ってパソコンを起動させる。それからインターネットに接続して、普通に「ＴＦ」を検索した。するとヒットしたのは次の六項目だった。

フランス領極南諸島の国名コード。

力の単位（トン・重量トン）。

タスクフォースの略称。

サンダーフォースの略称。

トランスフォーマーの略称。

トイズファクトリーのオリコンでの略称。

さらに各項目のなじみの薄い言葉を調べると、タスクフォースは特定の問題を解決するために一時的に組織されたチームのことで、サンダーフォースはテクノソフトが開発したシューティングゲームの総称、トランスフォーマーはタカラトミーが製作した変形ロボットのホビーシリーズの総称、トイズファクトリーは日本のレコード会社だと分かった。

「うーん……」

すべての意味を理解したところで晃一はうなった。いくら考えても犯人を指し示していそうな項目が見当たらない。どの略称も今回の事件とは結びつきそうにもない。

晃一が頭を抱えていると、固定電話が鳴った。意外にも相手は沼田八重だった。彼と別れてから商店街の知り合いを訪ねてみたが、まだ何の収穫もないのだという報告を、わざわざ律儀に知らせてきたのである。

礼を言ったあとで大仁多達芳の件を伝えると、八重は絶句した。達芳のメッセージだとは教えずに、それとなく「ＴＦ」について尋ねてみたが、まったく何の心当たりもないという。くれぐれも気をつけるようにと忠告されたので、同じ言葉を彼女にも返して、最後に重ねて礼を述べておく。

その夜、晃一は事件を最初からふり返った。これまでに見聞きしたすべてをノートに書き出しながら、ずっと考え続けた。その過程で「ＴＦ」についての解釈も試みた。そうやって深夜まで熟考して、シャワーを浴びてから就寝した。

翌朝の起床後も事件の検討を続ける。ようやく昼前になって沼田八重に電話をして、あることを尋ねた。彼女は度肝を抜かれた様子ながらも、「そう聞いたような気もします」と答えた。

「どうされるおつもりです？」と訊かれたので、「もう少し調べてはっきりさせてから、円覚警部に話します」と応じたが、そんな気など実はさらさらなかった。

昼食をすませると、晃一はマンションを出た。相変わらずの暑さに閉口しながら、ゆっくりと駅まで歩く。電車に乗って人の多さに気づいて、今日が日曜だったことを思い出す。しかも学校の夏休みが、もうすぐ終わる時期らしい。道理で子どもの姿が目につく。しかし彼が電車を乗り継ぐにつれ、少なくとも子どもの人数は減っていった。

最後に乗った電車から晃一が降り立ったのは、摩館駅である。駅前に広がるロータリーを過ぎて、前中町の商店街をぶらつき、前河町の古本屋を覗いて、川添町の橋から夜見川を見下ろしたあと喫茶店で一休みして、ようやく布引町へ向かう。彼が目指すのは、もちろん瓢簞山である。

途中で墓地を覗いたが、あの老婆の姿はなかった。少し日がかたむいたとはいえ、まだまだ高いからだろう。もっと夕まぐれになってから、日課の散歩をするに違いない。そして墓地のベンチで一休みする。

本当は晃一も、あたり一帯が茜《あかね》色に包まれた時刻に来たかった。だが、これ以上の時間つぶしには耐えられそうもない。

黒い森を横目で見ながら鳥居を潜り、瓢箪山の麓に着く。一度だけ上を見あげて、あとは黙々と石段を登りはじめる。たちまち両側の樹木に日差しが遮られ、とたんに涼しくなる。と喜べたのも少しの間で、そのうち全身から汗が噴き出してきた。

ようやく天辺に着いたところで、しばらく息を整える。石畳の参道の先の達磨堂に目を向けるが、そちらには進まない。境内の東側にそびえる大きな桜の樹を目指して、まっすぐに歩いていく。

だぁーれまさんがぁ、こぉーろしたぁ。

巨木の前に立ったとき、そんな歌声が聞こえたような気がして、とっさに晃一はびくっとした。耳をすますが、もう何も聞こえない。恐る恐る樹の裏を覗く。誰もいない。そのまま崖まで進んで、垂麻家を見下ろす。まるで人の住んでいる気配が少しも感じられない屋敷を、じっと見つめ続ける。

どれほどそうしていただろうか。おもむろに晃一は樹のほうを向き直ると、落ちついた口調で声をかけた。

「やっと来ましたね」

「………」

返事はないが、桜の樹の向こう側に誰かがいた。その気配だけは伝わってくる。

「もう少し夕暮れになるのを、実は待ちたかったのですが、時間をつぶすにも限度がありますからね」

「………」

「なぜ夕方にこだわるのか――訊かないのですか」

「………」

樹の向こうから返答はない。

「三十年前に、だれまさんがころした……の遊びをしていた時間帯と、ほぼ同じになるのを待つためです。それに意味があるのかと問われれば、特にありませんと答えるしかないわけですが……。これは一種の感傷でしょうか」

「………」

「どうやら私ひとりで、しゃべらなければならないらしい。異論や反論があるときは、どうぞ遠慮なく口をはさんで下さい」

晃一はそう断ってから、一方的に話しはじめた。

「多門英介の電話ゲームに端を発した旧友たちの連続死は、本当に訳が分かりませんでした。色々と調べるうちに、小学生のころに瓢箪山で遊んだ、だれまさんがころしたと、そのころ近隣の子どもが行方不明になっていた事件で、犯人と疑われた垂麻家の鬼っ子の存在が、どうやら深く関わっているみたいだと分かってきた。しかし、どちらも三十年も前の話です。しかも当地では、今なお垂麻家の影響力が残っている。にわか素人探偵が調査するには、かなり荷が勝っていたわけです」

「…………」

「何より手がかりが少な過ぎました。状況証拠と呼べるものだけで、具体的な物証がまったくありません。そんな中で大仁多達芳が、『ＴＦ』の文字を残してくれた。これは突破口になる。いえ、そうしなければならない」

晃一は昨夜ネットで調べた「ＴＦ」の略称に関する六つの意味を説明したあと、

「正直とほうに暮れました。いくら考えても分からない。でも具体的な手がかりは、これしかありません。この六つの意味を、あきらめずに何度も検討しました。すると、ある人が言っていたある説明を思い出したのです」

「…………」

「ある人とは、多摩市にある西東京精神保健福祉センターの常葉良光さんです。ある説明とは、彼と上司の幕間課長は、同センターに設けられた自殺対策用の特別なプロジェクトチームの一員だということです」

「…………」

「特定の問題を解決するために一時的に組織されたチームのことを、タスクフォースと言います。元々は軍事用語で、機動部隊のことらしいのですが、それが広い意味で使われるようになった。タスクフォースすなわちＴＦです」

「…………」

「日曜の夜に多門英介が瓢簞山にいると知っていた者は、二つのグループに分かれる。ひとつは生命の電話の関係者と西東京精神保健福祉センターの職員で、もうひとつは瓢簞山の仲間です。ただし前者と英介の間には何のつながりもない。まったく動機が見出せない。そのため容疑者からはずれたわけですが、本当にそうでしょうか」

「…………」

「幕間課長は、その問題ある勤務能力にもかかわらず、センターでは優遇されている。何か強力な後ろ盾があるとしか思えない。ちなみに彼は、摩館市の出身です。しかも、ちょうど垂麻家の鬼っ子に近い年齢ですね」

「…………」

「この土地の年配の方にお訊きしたところ、垂麻家の鬼っ子が養子に出された先は、いかにも垂麻に縁がありそうな名前の家だった、という証言を得ました。垂麻と幕間、確かに似ています。『垂れる』に『幕』という取り合わせも、そうです」

「…………」

「幕間課長には日曜の夜、常葉良光さんを迎えに行く前に、いったん瓢簞山へ登る時間は充分にありました」

「…………」

「とはいえ常葉良光さんの話を聞く限り、幕間課長に今回の事件を起こせたとは、とうてい思えません。彼が垂麻家の庇護《ひご》の下《もと》にあるのは、おそらく間違いないでしょう。でも、その程度の人物と見たほうが良い。そう考え直しました」

「………」

「そこまで解釈を進めたところで、そもそも達芳にセンターのプロジェクトチームの話をしただろうか――と、ちょっと不安になりました。またＴＦがタスクフォースを意味するなど、あまりにもメッセージとして迂遠《うえん》過ぎる。これを書いた達芳の状態を考えると、もっと単純であったはずでしょう。この手のメッセージは、しばしば解釈する側が、いたずらに難しく考え過ぎる傾向があります。それに私もはまってしまった」

「………」

「でも、この間違った解釈は、決して無駄ではなかった。お陰で私の頭が回りはじめたからです。では、最も単純なアルファベット二文字の略称とは何か」

「………」

「もちろん氏名のイニシャルです」

「………」

「ただし関係者に、イニシャルがＴＦの者はいない。そこで考えられるのは、実はメッセージが完全ではないという可能性です。達芳は書きかけの状態で、意識を失ってしまったのではないでしょうか」

「………」

「Ｔが完成していることは、その形と順番から考えてもまず間違いない。残るＦが他の文字の書きかけだった場合、当てはまるのは何か」

「…………」

「Eしかありません。つまり達芳は、『TE』と書き残したかった」

「…………」

「関係者でこのイニシャルを持つ人物は、ひとりです」

「…………」

「円覚高明――、警部しかいません」

そのとき巨木の向こう側から、ゆっくりと人影が出てきた。

「やっとご登場いただけましたか」

姿を現した人影は、円覚その人だった。

「ようやく正体を見せる気になったわけですね」

しかし彼は、晃一には目もくれずに崖の前まで進むと、垂麻家をじっと眺め出した。

「ご生家を目にするのは、久しぶりですか」

「…………」

「垂麻家の鬼っ子は、あなたですね」

「速水さんは――」

そこで円覚が、ようやく晃一に顔を向けた。

「日曜の夜、多門英介さんが瓢箪山にいると知っていたのは、二つのグループに分かれるとおっしゃいました。私は、どちらのグループにも属していません」

「その通りです。ただし幕間課長のご注進によって、それを知ることはできた」

「そう信じておられるなら、否定しても無駄ですね」

「私のマンションでお話ししたとき、債権者から逃げている多門英介は、達磨堂の裏にでも隠れていたのではないか、と警部は口にしました」

「それが何か」

「地元の人に聞いた限りでは、瓢簞山や達磨神社という呼称は、もう誰もしていないそうなんです」

「……速水さん、それらの名称は、生命の電話の相談員が多門さんから教えられ、それを長谷川刑事が事情聴取で知り、そして私に伝わった。どこに問題がありますか？」

「確かに長谷川刑事は、瓢簞山と言いました。でも達磨神社とは口にしていません。単に神社としか言っていないのです。いえ――」

　円覚の反論を察して、晃一は片手をあげて制しながら、

「仮に事情聴取の記録に、達磨神社と記されていても、普通それを達磨堂とは表現しないでしょう。そんな呼び方をするのは、ここをよく知っていた者だけです」

「推理が脆弱《ぜいじゃく》ですね」

　まったく動じる様子がない円覚に、怯むことなく晃一も、

「その弱い推理を続けましょう。先ほど垂麻と幕間が似ていると指摘しました。似ていると言えば、垂麻と達磨です。童謡のもじりも、そこからはじまっている。という風に考えたところで、あなたの名前にも結びつくと気づいたのです」

「なるほど」

相変わらず警部はポーカーフェイスだったが、異を唱えるつもりはないらしい。

「達磨とは達磨大師のことですが、円覚大師と呼ばれる場合もあります。これは果たして偶然でしょうか」

「ええ、偶然でしょうね」

平然と円覚は返したが、晃一は気にした様子もなく、

「念のため当時の記憶がある人に、この件について訊いてみました。すると確かに、そんな珍しい名前の家に垂麻家から養子に出された者がいた……ように思う。という貴重な証言を得られました」

「――ように思う、ですか」

墓地の老婆ではなく沼田八重に尋ねたため、それ以上の詳細を聞くのが無理だったことを、もちろん円覚に言うつもりはない。

「ただし、こういった名称に関する手がかりは、あくまでも補足的なものです。私が何より警部を疑った理由は、他にあります」

「何でしょう？」

「この事件に対する、あなたの姿勢です」

「ほうっ」

「早くから連続殺人だと疑いながら、一向に具体的な捜査をしなかった」

「それは警察という組織が――」

「連続殺人事件だと認めなかったからですか。では、どうして警部はご自分の意見を提言しな

かったのです？　有田悠二の死では無理だったとしても、立て続けに小田切早弥香が死んで、しかも二人とも多門英介とのつながりがあると分かったのですから、いくら何でも連続殺人を疑うくらいはするでしょう。実際に警部はそう口にしていましたよね」

「つまり連続死の情報を、私が故意に握りつぶしたというわけですか。そんなことを仮にしたとして、長谷川刑事が気づきませんか」

「本庁の警部に盾突くような、所轄の刑事がいますか。それに有田悠二以降の死は、他府県の事件です。しかも最初は事故や自殺のあつかいだったかもしれない。果たして長谷川刑事が、どこまで気づいていたか疑問です」

「なるほど」

「幕間課長から連絡を受けて、多門英介の件を知った警部は、その内容から三十年前の事件に結びつけた。英介は当時の瓢簞山での遊びを、そのころの友だちに電話でしゃべったらしい。そこで多門の実家に忍びこんで、まず年賀状を探して持ち出した。それから本人に会って、誰に電話をしたのか聞き出そうとした。しかし失敗したため、彼を崖から突き落とした」

「自殺願望を持ち、癌に侵されていたかもしれない被害者を、なぜわざわざ殺害する必要があったのです？」

「彼に会って身分を知られたから、という理由はあります。しかし必ずしも本人に会う必要はない。その時点で私の名前は判明していたのですから、電話をかけたメンバーを探る方法は、他にも考えられたはずです」

「その通り」

「では、英介を殺害した一番の動機は何か。それは連続殺人を実行するためには、彼が邪魔だったからです。旧友たちが次々と死んでいる……と、もし英介が自殺する前に気づいたら、どうなるでしょう？　彼が本当に自殺するか、いつ実行するかなんて、あなたにも分かりませんからね」

「そうなると電話ゲームのことを思い出し、過去の事件に結びつけるかもしれない？」

「絶対にそうだとは言えませんが、その危険は充分にある」

「なぜ死体を隠したのです？　そのままにしておけば、自殺と判断された可能性が高いのに」

「崖から突き落とすさいに争ったため、彼の遺体に格闘の痕が残ってしまった。下手をすれば他殺と見破られる。そこで仕方なく遺体を隠した。違いますか」

「確かに有り得る状況ですね」

「真っ先に英介を殺害した警部は、長谷川刑事が行なった私の事情聴取に目を通し、そこに記されている小学生時代の友だちの名前を、多門家から持ち出した年賀状で見つけ、そしてひとりずつ消して――」

「あなたの事情聴取には、小学生時代の友人の名前が何人も出てきます。そこから、いったいどうやって絞ったのです？」

「だからこそ警部は、事件について相談するふりをして、私に近づいたのです。瓢簞山の六人のメンバーが誰だったのか、それを探るために。見つからない英介の携帯電話の、登録された名前からでも推測は可能でしょう。でも彼が当時のニックネームで登録していれば、かなり困難になってしまう」

「なるほど」

「メンバーがはっきりすれば、それぞれに接触するのは簡単です。英介の捜査をしていると言えばすむ。いえ、何も自分の姿をさらす必要はない。相手の確認さえできれば、こっそりと近づいて突き飛ばせばいい。内原慧の場合は、彼の仕事を利用することも可能です」

「確かお仕事は、書籍販売でしたね」

「彼が勤めていた版元では、警察署や警備会社に向けて、武道関係の書籍を出しています」

「それに興味を示して、相手の気を引いたわけですか」

　いかにも他人事のように円覚は応対しながら、

「あなたが言うように、瓢簞山の六人のメンバーを聞き出すのが目的なら、あそこまで事件の情報を色々と、すべて提供する必要がないのでは？」

「警部は肝心なことを、私に決して教えなかった」

「何のことでしょう？」

「だれまさんがころした——というキーワードです。これを伝えて、私や達芳の記憶が戻っては困るからです」

「なのに他の人への電話では、その言葉を口にした。おかしいですよね。電話の翌日に殺害しているとはいえ、それまでに過去の記憶を取り戻して、速水さんや大仁多さんに連絡するかもしれないのに。矛盾していませんか」

　そう言いながらも円覚は、晃一の返答を待たずに続けた。

「第一いったい連続殺人をする暇が、本庁の警部にあると思いますか。小田切早弥香さんが殺された水曜日など、私は一日で東京と京都を、二往復したことになるんですよ」

「その通り。あまりにも不自然です」

「えっ？」

「今回の連続殺人は、とても警部には実行できない」

無表情だった円覚の顔に、はじめて小さな変化が現れた。

「私の容疑は晴れたわけですか」

「あなたが垂麻家の鬼っ子である事実は、もちろん別にしてですが——」

「…………」

「いい加減に認めてはどうですか。私個人では無理でも、それを突き止める方法がいくらでもあることは、あなたなら分かるはずです」

「まぁ認めたところで、過去の事件の罪に問われるわけではありませんからね」

「拉致の罪は時効でしょう。そこに殺人と死体遺棄の罪が加わったとしても、すべて時効であることに変わりはありません」

鎌をかけながらも糾弾する晃一に対して、円覚は冷静なままである。

「しかし、道義的な責任は残ります。まして警察官であれば——」

「警察が身内に甘いことは、有名でしょう。ましてキャリア組であれば——」

晃一はにらみつけたが、円覚の眼差しに変化はない。

「そのうえ零落《おちぶ》れたとはいえ垂麻家も、まだ力は残っていますからね」

「…………」

「そもそも今あげられた罪は、どれひとつとして実証は無理です」

「……」

「という話は置いておいて、連続殺人に戻りましょう。私が速水さんに近づいたのは、何が起きているか分からなかったからです。それを探るために、あなたと大仁多さんに接近したわけです」

「三十年前のあなたの犯罪が原因だと、やはり考えましたか」

晃一の皮肉な物言いは一向に通じた風もなかった。それまで通り円覚は淡々とした口調で応じた。

「その心配をしたからこそ、何が起こっているのか、私は突き止めようとしたのです」

「ひとつ訊いてもいいですか」

「どうぞ」

「我々のことを、あなたは覚えていましたか」

そんな質問かという表情で円覚は答えた。

「もちろんです。ただし、どこの誰であるかは知りませんでした。でも、こうやって対峙すれば、あのときの誰だったかは、すぐに思い出せたでしょう」

「ずっと我々のことを放っておいて、不安ではなかったのですか」

「どうして不安がる必要があります？　あのときの全員の表情から、あなた方が沈黙を決めこむだろうことは、たやすく予想できました。実際あのあと、何も起こりませんでしたよね」

「……」

「先ほど速水さんは、私の過去の罪をあげましたが、みなさんの沈黙の罪は、いったいどうなさるおつもりなんです？」

「……」

お前に言われたくない――という言葉が喉元まで出かかった。だが円覚の指摘は間違っていない。彼が殺人者だという事実は、晃一たちの罪とは何の関係もない。

「まぁお互い、過去のことは忘れましょう」

まるで罪人に許しを与える宗教者のような態度で、円覚はしゃべった。

「もっとも今回の事件で、その過去が蘇ってきたわけですが――」

「そう考えてしまったことが、そもそもの誤りだったのかもしれない」

「どういう意味です？」

円覚の眼差しが鋭くなったように見える。

「多門英介の事件について、警察は借金取りなどの金融関係者の中に、犯人がいるのではないかとにらんだ。過去の悪夢を知らないうえに、現在の英介の窮状は分かっていたのですから、極めて真っ当な捜査方針だったと思います」

「そうですね。初動捜査としては、何の問題もなかったでしょう。お陰で私も、かなり救われました」

「あそこで殺人事件と見なされていれば、その後の旧友たちの連続死も、遅かれ早かれ連続殺人の疑いを持たれたはずですから」

「そういうことです。で、それがどうしたと？」

珍しく円覚が好奇心を覗かせている。

「つまり警部も私も、過去にこだわり過ぎたのかもしれない。事件の根っ子は、現代にあったとしたら、どうでしょう？」

「まさか本当に、金融関係者の中に犯人がいると……」

「それでは英介の事件は解決しても、あとの連続殺人の説明がつきません」

「では、いったい——」

「ＴＥのイニシャルを持つ人物は、関係者の中では円覚高明警部ひとりだと言いました。しかし実は、もうひとり存在したのです」

「誰です？」

「多門英介……。日本の氏名の表記にしたがえば、すなわちＴＥです」

「……」

同じ無表情でも、円覚が絶句したのが分かった。

「し、しかし彼は……」

「崖から突き落とされ、そのまま引きずって行かれたように見えますが、肝心の遺体は見つかっていません」

「本人の偽装だったと？」

「崖の上から何か大きなものを落とせば、転落の痕跡は作れます。靴の片方を崖の縁に、ポーチを崖下に残しておく。岩に付着した血痕は、注射器で自分の血を抜けば用意できる。崖から落とした大きなものを藪まで引きずり、いかにも遺体を始末したような跡も演出は可能です。

こういう瓢箪山での偽装工作の前に、彼は実家に何者かが侵入した形跡も作っておいた。あくまでも自分が被害者だと見せるために」

「動機は？　彼には動機がないでしょう？」

「いえ、極めて現実的な動機があったのです。それこそ目の前にぶら下がっていた。ところが、警部も私も過去の事件にばかり囚われていたせいで、それがまったく見えていなかった」

「何ですか。多門英介さんの動機とは？」

「嫉妬です」

「えっ……」

「自分の窮状とは裏腹に、かつての旧友たちは全員が成功している――と間違った思いこみをした彼の心に芽生えた強烈な嫉妬と、癌で余命がいくらもないと絶望した自暴自棄な衝動とが、同級生連続殺人へと彼を駆り立てたのです」

「確かに現実的な動機ですね」

　充分に有り得ると納得したのか円覚は補足するように、

「生命の電話の相談員の事情聴取書にも、みなさんの現在の生活を、多門さんが非常に羨望していた様子が、はっきり記されてありました」

　同じ情報を沼田八重から得ているが、もちろん晃一は黙っていた。

「英介の事件のことを、みんなは知りません。だから急に彼が現れても、きっと大丈夫だったはずです。仮に私や達芳から連絡がいっていても、借金取りから逃げるための偽装工作だと説明すれば、誰もが受け入れたでしょう」

「彼だからこそ、被害者たちに難なく近づけた」

「そうです」

「どうして多門さんは、過去の事件を利用しようとしたのか」

「おそらく何の問題もなく暮らしている旧友たちに、まず過去の罪を思い出させて、それから手にかけるつもりだった」

「なるほど」

「電話口で聞こえた『だれまさんがころした』の歌声も、彼の演出でした。生命の電話にかかってきた通話で、この言葉が聞こえたということは、何よりも彼が犯人だった証拠になりませんか」

「多門さんの心はその時点で、かなり歪《ゆが》んでいたみたいですね」

そんな言葉とは裏腹に円覚は、特異な心理状態だった多門英介を抵抗なく受け入れているようだった。

「あなたの推理は見事ですが――」

ただし警部は小首をかしげつつ続けた。

「少し気になることがあります」

「何でしょう？」

「日本の氏名の表記にしたがえば、確かに多門英介はＴＥです。しかし大仁多達芳さんの研究室の扉の表示は、『Tatsuyoshi Ônita』でした。つまり大仁多さんが多門英介さんを犯人として告発したのなら、『ＴＥ』ではなく『ＥＴ』と記したのではありませんか」

「さすがですね」

「…………」

円覚が怪訝《けげん》そうな口調で、

「どういうことです？」

「言葉通りですが――」

「……ＴＥは、多門さんじゃないとでも？」

「違います。大人になって変わってしまった可能性があるとはいえ、あのえいくんに人殺しは絶対に無理です。しかも瓢箪山の友だちを、嫉妬や羨望などという動機で次々と殺害していくなんて、どうしても考えられません。有り得ないことです」

「速水先生――」

円覚がはじめて、にっこりと微笑みながら、

「さすが作家だけあって、先生の想像力は大したものです。それは認めますが、先ほどからの迷走する推理は、いったい何なのでしょう？」

笑顔の円覚に対して、あくまでも晃一の表情は厳しい。

「昨夜から今朝にかけて、私がたどった思考の流れ、そのままをお話ししています」

「ほうっ、推理の道筋ですか」

「私の愛読書は、刀城言耶《とうじょうげんや》先生の事件簿ですので、畏れ多いとは思いましたが、それに倣《なら》ってみようとしたわけです」

「その方は、確か……」

円覚が思い出す前に、晃一は問いかけた。

「ところで警部は、問題の『だれまさんがころした』の歌声について、どんな考えをお持ちですか」

すぐに円覚が返してきた。

「生命の電話の相談員が耳にし、被害者の何人かが聞いたらしい、例の童謡ですか。私が速水さんたちに、意図的に話さなかった――」

「そうです」

「多門さんが犯人だと考えない限り、これは確かに説明できないかもしれませんね」

「でも、彼は犯人ではない」

「率直に言いますと、私はあまり重要視していません」

「どうしてです？」

「はっきり聞いたのは、生命の電話の相談員ひとりでしょう」

「有田悠二と小田切早弥香も――」

「いえ、それは家族の証言に過ぎません。しかも、何か童謡らしきものを聞いた……という極めてあやふやなものです」

「詳細は分からないまでも、すべての状況に鑑みて、それが『だれまさんがころした』だった可能性は、逆に高いと言えませんか」

「そういうとらえ方もできますが――」

「第一それに、まったく今回の事件とは無関係な、生命の電話の相談員が耳にしている事実は、かなり重く見るべきではありませんか。たったひとりですが、それが部外者であることこそ、重要なのではないでしょうか」

じっと考えこんでいた円覚が、とても興味深そうな口調で、

「なかなか説得力がありますね」

「この童謡こそが、事件の謎を解く重要な鍵かもしれない——という考えに、私は最終的にたどり着きました」

「で、どう解釈されました？」

そこで晃一は、沼田八重と交わした「ヨシコの声ではないか」という説を、彼女の名前を出さずに話した。

「速水先生……」

円覚の声音には、これまで聞いたことのない落胆が感じられた。

「脆弱さがあったとはいえ、ここまで極めて論理的な推理を進めてこられた先生が、そういうオカルトじみた説を口にされるとは……、ちょっと困りましたな」

「垂麻家には達磨神社という、かなり不可解なものが存在しているではないですか」

「それと事件とは——」

「関係ないと言えますか。垂麻の鬼っ子が誕生した背景には、あのお堂の達磨が関わっていると、そう考える人もいるくらいです」

「おせっかいな宗教者の戯言などは——」

「それに事件の根っ子には、あのときの瓢箪山での遊びが、やはり横たわっている。まったく

関係ないとは、どうしても思えないのです」

「事件については、そうかもしれません。しかし、あのときの子どもの声が、今になって聞こえるなど——」

「有り得ませんか」

「当たり前でしょう」

「その子どもを三十年前に、あなたが手にかけているからですか」

「…………」

「とっくに死んでいるため、声など聞こえるわけがない。それを知っているからですか」

「違いますか、警部？」

「……速水さん」

円覚は大きくため息をつくように、改めて晃一の名を呼ぶと、

「仮にヨシコが生きていても、もう立派な大人ですよ。子どもの声は出せないじゃありませんか。あなたが言っていることは——」

「話がそれました、元に戻しましょう。完全に第三者である生命の電話の相談員が、子どもの声を聞いている。これは事実です」

「まぁ、そうですが……」

「しかし、そのとき電話をしてきたのは多門英介ただひとりで、彼の周囲には子どもどころか、人っ子ひとりいなかった」

「それも間違いないと見て、まぁ良いでしょう」

「そして今回の事件には、三十年前の出来事が影を落としており、そこにはヨシコという子どもが関わっていた」

「だからといって――」

「その子どもの声が聞こえたとは、どうしても考えられませんか」

「私は警察官ですよ」

「垂麻家の人間としてなら、どうです？」

「……」

信じられないことに円覚が浮かべた表情は、そういう奇っ怪な現象が瓢簞山では起こり得るかもしれないと、まるで肯定しているかのようである。

「認められそうですか」

「……」

「警部？」

「あれは――」

「はい？」

「あの堂の中に祀られたあれは、とても恐ろしくて……」

そう口にした円覚の顔は、とてつもない恐怖に歪んでいた。目の前の男が何かに対して怯える姿など想像できないだけに、晃一は度肝を抜かれた。

だが、それも一瞬だった。すぐに元のポーカーフェイスに戻ると、円覚は何事もなかったよ

うに、

「もし認めたとして、それで何が分かるのです？」

「いったいお堂の――」

「その話は、今は関係ありません」

「でも――」

ぞっとするほど冷たい眼差しに見つめられ、晃一は話を戻すことにした。

「いくつかの条件が重なって、ヨシコの声が聞こえたのかもしれない。そうとでも解釈しなければ、とても説明のできない現象です」

「それを認めたとして、何か進展があるのですか」

「ちょうど三十年目の八月という節目に、瓢箪山という問題の場所で、桜の樹の側で、電話とはいえ当時のメンバーの全員とつながった。しかも電話をした多門英介は、死に憑かれている精神状態だった……。だからヨシコの声が聞こえた」

円覚は口をはさまずに、じっと晃一を見つめている。

「超常的な解釈ではありますが、それなりに筋は通っている」

「そう見えますね」

「ただ、どうしても不可解な点が出てきます」

「何でしょう？」

「多門英介がかけた月曜日から金曜日までの電話では、誰もヨシコの声など認めていないのに、生命の電話でその声が聞こえてから、連続殺人の被害者になる者が次々と耳にしたらしい――

という点です」

「つまり？」

「どうして五人への電話がすべて終わってから、まったく関係のない土曜日の電話で、まず声が聞こえたのか」

「瓢簞山の仲間への電話が、一巡するのを待っていた？」

「それぐらいしか、最初は理由を思いつけませんでした。しかし、どうして待つ必要があったのか、まったく分かりません」

「そんな現象を、そもそも論理的に考えることが――」

「ナンセンスだというご指摘は、今は置いておきます」

円覚は仕方ないとばかりに、

「いいでしょう。それで納得のいく理由はあったのですか」

「ええ」

「何です？」

「そこに最後の条件が加わったため――というものです」

「その条件とは？」

「電話に出た人物が、ヨシコの母親だった……」

第十八章　最後のひとり

「ほうっ」

円覚は感心した声を出したが、すぐさま突っこんできた。

「およそ考えられないほどの、とてつもない偶然ですね」

「そこまで条件がそろったからこそ、問題のヨシコの声が聞こえた。そう逆にとらえることもできます」

「ただ、生命の電話の相談員——いいえ、もう速水さんもご存じですから、沼田八重さんと言っても良いでしょう」

「私が会ったことを？」

「もちろん知っています。それに今、あなたは母親と言われた。なぜ相談員が女性だと分かるのか。これだけでも相談員の素性を知っていると見なせます」

まったく油断も隙もない男である。

「その沼田さんですが、イニシャルは『ＹＮ』ですよ」

「達芳が残した『ＴＦ』は、氏名のイニシャルではなかった」

「では、何です？」

「それが『TE』の書きかけという解釈は、そのまま活かします。そのうえで『TE』でも、まだ完成していないと考えてみました」

「メッセージは三文字だったと？」

「そうです。彼はTとEのあとに、Lと書くつもりだったのではないでしょうか。すなわちテレフォンの略です。達芳を訪ねたときに、沼田さんは自分の名前を口にしたと思いますが、彼には生命の電話の相談員という印象が強かった。そのため、とっさに『TEL』と書こうとした」

「意味は通りますね。ですが、彼女は家族を失くしてから十年、それを乗り越え相談員になってから十八年が経つと聞きました。つまり合計すると二十八年で、三十年前の事件とは年数が合わないのでは？」

「研修生としての養成課程が二年あるので、合わせて三十年です」

「しかし沼田さんの子どもは、男の子だと聞いています。ヨシコでは有り得ませんし、あのころ行方不明になった子どもの中にも、該当する少年は見当たりません」

「それは私も、当時の新聞を確認して知っています。垂麻家が裏から手を回して、記事になるのを阻止したとも考えられますが――」

「そんな画策をするなら、ひとり目からしているでしょう」

晃一はうなずくと、

「つまり報道された三人の中に、ヨシコがいることになる。三人と言いましたが、摩館市の子どもは伊倉吉彦くん、ひとりだけです。沼田さんのご主人の名字は、伊倉だったのではないでしょうか。氏名が『いくら』だからこそ、店の名前を『鮭富』にした」

「なるほど、イクラとサケですか」

「ヨシコちゃんは、『大仁多くん』のことは『おおたくん』と、『前中町』は『まえかちょう』と言っていました。どちらも第三音節を飛ばしています。となると自己紹介の『酒屋のヨシコ』に対しても、同じ癖が出てしまった可能性があります」

「さか×やのヨシ×コ――というわけですか」

「さかなやのヨシヒコ。つまり『さかやのヨシコ』の本当の意味は、鮭富という屋号の魚屋の息子である伊倉吉彦くんだったのです」

「女の子の格好をしていたのは？」

「あまりにも似合うからか。もしくは近隣で、歳の近い男の子が立て続けに失踪していることから、用心のためにさせたのか」

「あのとき私には、男の子だと分かりましたよ」

得意がるでもなく当然のように言う円覚を、できるだけ晃一は無視しながら、

「おそらく英介は生命の電話で、あのときの出来事をしゃべった。どこまで話したかは不明ですが、きっと私だけでなくメンバー全員の名前もふくめて、かなり詳細に語ったのでしょう。そのため沼田さんは、だれまさんがころしたの遊びの様子を聞いているうちに、何が起きたのかを悟ってしまった」

「我が子の失踪の謎が解けたのが、生命の電話にかかってきた目撃者との通話だったとは、あまりにも皮肉じゃありませんか」

再び円覚の発言を、努めて晃一は無視すると、

「今回の事件を一からふり返ったとき、最初に引っかかったのは、多門英介の通話内容を教えてくれた沼田さんの、ある発言でした」

「何についてです？」

連続する無視を気にした風もなく円覚が尋ねる。

「英介のあざです」

「昔のアニメに描かれるような、黒い雲の形をしていたとか」

「英介は、そういう表現しかしていません。それだけで空に浮かぶ雲か、または虫の蜘蛛かまでは、ちょっと判断できないはずです」

「彼女は何と？」

「前向きに考えれば、その形からチャームポイントになるかもしれない――と。これは虫の蜘蛛の格好を言っているとは、とても思えません。空に浮かぶシュークリームのような雲だからこそ、チャームポイントという言葉が出たわけです。つまり彼女は、実物を目にしているのではないか。では、いつ、どこで？」

「問題の日曜日に、瓢簞山で――としか考えられませんか」

「そこから沼田さんに対する疑惑が芽生えました」

「なるほど」

「彼女との会話を思い出してみると、他にも気になる点があります。まず『だれまさんがころした』の歌声を、みんなが死ぬ前に聞いていたらしいと口にしたこと。有田悠二と小田切早弥

香の家族が、そんな風にも考えられると証言しているだけなのに、みんなが聞いていると言うのは変でしょう」

「つい口をすべらせたようですね」

「また私が思い出した過去を大仁多達芳に話して、二人で検討するつもりだと伝えると、先生方で充分に話し合ったうえで、警察に話したほうが良いと彼女は答えた。そのときは何とも思いませんでしたが、私と達芳を指して『先生方』と表現したのは、すでに彼が大学の准教授だと知っていたからではないでしょうか」

「午前中に大仁多さんを転落させて、それから速水さんのところへ行った。当然その前に年賀状を手がかりにして、大仁多さんの住居を突き止め、あとは尾行して勤務先も調べているはずです」

晃一の解釈を補足してから円覚が先を促した。

「内原慧さんのときは?」

「彼の仕事にからめたのかもしれません」

「どうやってです?」

「西東京生命の電話では年に一度、各自がテーマを決めて研究した成果を発表します。沼田さんの今年のテーマは、『電話相談を支える基本図書』とのことでした。慧の会社では医療と看護関係の企画として、メンタルヘルス・シリーズを出しています。生命の電話の基本図書に、まさにふさわしい本ではありませんか」

「考えましたね」

「慧の携帯に電話をして、英介に紹介してもらった、この番号も彼から聞いた——と言えば、おそらく慧も信用したでしょう」

晃一は巨木のある枝に目をやった。それは英介が首吊り用のロープをぶら下げたに違いない枝だった。

「自殺するかもしれない多門英介を、どうして犯人はわざわざ殺害したのか。それは自らの手で、どうしても彼の命を奪いたかったからです」

「速水さんたちが通報していれば、息子さんは助かったかもしれない。三十年も前の出来事とはいえ——いや、この場合は時間など関係ない。何があったのかを知った瞬間、殺意が芽生えた。動機としては充分でしょう」

他人事のような言い方に、さすがに晃一はキレかけた。しかし自制心を働かせて、あくまでも冷静に話を続けた。

「その前に英介が、さんざん友だちの成功話をしたことも、沼田さんの動機になったに違いありません」

「というと？」

「ひとり息子は、そんな人生を歩めなかった。いいえ、英介が訴える窮状にさえ、彼女は羨望に近い念を覚えたのかも……」

「それも人生だと？　何より生きている証拠だと？」

ゆっくり晃一はうなずくと、

「ここに沼田さんが線香をあげに来ていたのは、もちろんみんなの供養のためではありません。

むしろ逆です。ひとりずつ復讐《ふくしゅう》を遂げるたびに、息子さんに線香を手向けて報告していたのです」

「線香の件は知りませんでした」

のほほんと答える円覚には取り合わず、晃一は先へ進んだ。

「最初の被害者が多門英介だったのは、その状況を考えれば納得できます。でも彼が連続殺人で一番目になるのが、本当に正しい順番だったとしたら――」

「連続殺人の順番？」

「多門英介、有田悠二、小田切早弥香、内原慧という殺人の順序は、あのときのだれまさんがころしたで、鬼だった大仁多達芳の捕虜になった順番と同じです」

「……吉彦くんの後ろに迫る、私の存在に気づいた順、ということですか」

どうやら円覚は感心したらしい。満足そうな笑みを浮かべつつ、

「気づいていながら、見ているだけで何もしなかった。だから、その順番で殺した。いやはや、そこまでは分かりませんでした」

「人影に気づいたのは、もちろん達芳が最初でしょう。しかし最初であるがゆえに、あとまで残しておいた。最も罪があるからこそ、最後に手をかけることにした」

「速水さんだけ例外なのは、あなたが私に気づいた直後に、私が吉彦くんを攫ったからですか。つまり速水さんには、見ているだけで何もしなかった――という時間がそもそもなかったことになる」

「本当にそうでしょうか」

「ほうっ。最後の被害者は、あなたかもしれないと？」

「あのとき、あの場にいた私に罪はなかった。仮にそう言えたとしても、その後の沈黙の罪は歴然と存在します」

「ならば沼田さんは、あなたと会ったとき、どうして殺さなかったのです？　機会がなかったのですか」

「いいえ、瓢箪山に戻ろうと言われれば、私は同行したでしょう。あとは崖の近くに立たせて、英介のように突き落とせば終わりです」

「その多門さんですが、遺体を隠した理由は？」

「途中で連続殺人が発覚した場合、彼を犯人に仕立てあげるためではないか、と私は見ています。友だちの現在の暮らしを羨んでいた、という英介の反応は本当でしょうが、それが動機になると沼田さんは考えた。この場合に必要なのは、死んだはずの多門英介が実は生きていて、旧友たちを殺害しているのではないか——という疑惑だけです。実際に罪を着せるわけではなく、要は彼女が連続殺人をやり遂げるまでの間、彼がダミー犯人になってくれれば良い。そんな万一の事態に備えて、彼の遺体を瓢箪山の北の道まで引きずって行って、車でどこかに運んだのでしょう」

「なるほど。話を戻しますが、あなたを殺害しなかったのは？」

「大仁多達芳の殺害に失敗したかもしれない——と、沼田さんが思ったせいです」

「突き落とすとき、または落としてから、下の植えこみが目に入った。それで失敗したのではないかと心配した？」

「そうです。いずれ新聞に記事は出るでしょうが、悠長に待ってはいられない。かといって警察に訊くこともできない。そこで私を情報源にしようと考えた。そのため実行する気もない聞きこみの約束を私として、経過報告の電話を装い、達芳の容態を探った」

「とっさの判断とは思えない、素晴らしい機転ですね」

「そもそも私の名前だけを警察に教えたのも、いざというとき接触して、私から情報を得る心づもりがあったからでしょう。あなたと同じです」

晃一の皮肉な物言いを、円覚は無視すると、

「大仁多さんに止《とど》めを刺してから、最後に速水さんを殺害して、息子の復讐を果たすというのが、沼田さんの計画だったわけですね」

「いいえ、最後は円覚警部、あなたです」

じっと相手の目を見つめながら晃一が言い放った。

「ほうっ、私の正体を見破っていると？」

「生命の電話で多門英介が、だれまさんがころしたの詳細を話した。だったら当然、垂麻家の鬼っ子についても口にしているはずです。それに沼田さんは、ここで英介と顔を合わせている。あのときの出来事を、さらに詳しく話した可能性はあります」

「どうでしょうね」

「仮にまだでも、いずれ沼田さんは突き止めますよ」

「その前に、私が逮捕すれば――」

「警部の少年時代の犯罪が、明るみに出るだけです。仮に沼田八重さんが捕まらなくても、私

が告発します」

「実証は不可能だと、先ほど申しあげたはずです。沼田さんを逮捕しても、暴《あば》かれるのは速水さんたちの罪だけです。連続殺人の動機は、そこにあるのですからね」

「大本の根っ子は、垂麻家の鬼っ子こと円覚高明が、子どものころに犯した忌まわしい拉致と、何らかの恐ろしい行為ではないですか」

「何度も言っている通り、それを証明するのは、まず無理でしょう」

いつしか瓢簞山には逢魔ヶ刻が訪れていた。西側に茂る樹木の合間から、鈍い橙色の木漏れ日が境内に射しこんでいる。まるで血潮のような残照に照らされた円覚の顔が、あたかも赤鬼のように見えた。

垂麻家の鬼……。

もはや鬼っ子ではない大人の鬼が、そこに立っていた。少年時代だけでなく、以降もこの男はおぞましい罪に手を染め続けたのではないか。ひょっとすると警察官になってからも、警視庁の警部という立場になった今も、ずっと密かに続けているのでは……。

気がつけば晃一は、円覚に詰め寄っていた。

「なぜ子どもたちを攫ったのです？」

「…………」

「それも男の子ばかりを？」

「…………」

だんまりを通すつもりかと思っていると、意外なことに円覚は、それまで見せたこともない困惑した表情を浮かべた。とほうに暮れているようにも映る。

「答えて下さい」

「一言で説明するのは、ちょっと難しいですね」

「時間はあります」

「言葉では説明しきれない——と言ったほうが良いでしょうか」

円覚は思案するような仕草をしてから、

「それでも、まだ速水先生なら、ああいった作品を執筆される速水晃一なら、私の気持ちを理解できるかもしれません」

「なんとも光栄なお言葉をいただきまして——」

すかさず晃一は皮肉を返したが、すぐに真剣な口調で、

「では、教えて下さい。どうして子どもたちを攫ったのか」

「…………」

「円覚警部？」

「……やはり速水晃一とはいえ、こればかりは無理でしょう」

かすかに首をふる円覚の顔が本当に残念そうだった。その表情を目にしたとたん、思わず晃一はぞっとした。それでも怯まずに問い詰める。

「どうやって子どもたちを攫ったのです？　みんなに何をしたのです？　いったい彼らをどこへやったのです？」

だが彼の問いかけを耳にした円覚は、たちまち満面に笑みを浮かべた。まるで当時の自分の

行ないを思い出して、その内容に酔いしれるかのように……。

しばらく忘我《ぼうが》のような状態が続いてから警部は、

「最初と最後の質問には、幸い答えられます」

「えっ？」

「彼らをどうやって攫ったのか――。もっとも私にも、よく分かりませんが……」

「そんなわけ――」

抗議する晃一を身ぶりで遮ると、

「もちろん自分で計画を立て、誰にも見られないように実行しました。ただ、それだけではなかったような気がします。それは運があったというよりも、まるで何かの力が働いていたかのような感じがありました」

「達磨堂の……ですか」

晃一の指摘に、かすかに円覚は肩をすくめた。合理的な解釈しか認めないというポーズをとっていた警部だからこそ、この証言は衝撃的だった。

「自分の意志ではなく、異形の達磨に操られたと、そう言いたいのですか」

「いいえ、すべて私の考えです」

どうやら円覚はむっとしたらしい。

「やっぱり速水先生でさえ、そんな理解しかできないのであれば――」

「分かりました」

らちがあかないと思った晃一は、もうひとつの質問について尋ねた。

「では、彼らはどこにいるのです？」

「たとえ場所が分かっても、決して発見できないところです」

そう言いながら円覚が再び崖のほうを向いた。その彼の一連の動きで、晃一は瞬時に悟ることができた。

「垂麻家の地所ですね。あそこのどこかに、子どもたちの遺体が埋められている。違いますか。たとえば谷間に隠したとか」

「それを今、私が認めたとして、どうすることもできませんよ」

「すべてを話して下さい。公《おおやけ》にして下さい」

さらに詰め寄る晃一に対して、円覚は崖から垂麻家を眺める姿勢のままで、

「誤解のないように言っておきますが、すべてを公にすることで世間から受けるであろう諸々の仕打ちを、私は何ら恐れているわけでも、嫌がっているわけでもありません。ただ自分の考えが理解されないこと、それが我慢ならないのです。間違いなく常人には認められない――いや、とうてい受け入れられないに違いない」

「このまま逃げるつもりですか」

「逃げる？」

ちらっと晃一に目をやると、やれやれ……という風に円覚は首をふりながら、

「速水さんでさえ、そういう観点でしか私を見られ――」

そのとき突然、巨木の裏から人影が飛び出した。

「あっ！」

晃一が気づいて声をあげた直後、

「うわぁ！」

円覚の背中に突進した人影が、彼の叫び声と共に崖下へ落ちていった。

成長した垂麻の鬼っ子を突き落とした影の正体は、沼田八重だった。

終章

瓢箪山の東の崖から転落した二人の明暗は、円覚高明が一命を取り留め、沼田八重は即死する——という皮肉な結果に分かれた。落ちる瞬間、晃一には円覚が下で八重が上に見えたのだが、それが途中で入れ替わったらしい。もしかすると警部が、とっさに身体をひねったのかもしれない。どこまでも悪運の強い男である。

多門英介の死体は、沼田八重が入居しているマンションの裏に広がる雑木林の一角から発見された。あまりにも埋め方がおざなりだったため、警察犬によって難なく捜し出すことができたらしい。やはり彼女には、死体を永遠に隠す気などなかったのだろう。

しばらく世間の関心は、この二人がからんだ事件ほぼ一色となった。それは一部の週刊誌で「だれまさんがころした殺人事件」または「誰《だれ》魔《ま》連続殺人」などと呼ばれ、マスコミがいっせいに飛びついた。

現職の警視庁の警部が、少年時代に手を染めたらしい犯罪が——ほとんどは秘密のベールに包まれたままとはいえ——原因となり、三十年もの時を経たあと、被害者の母親が復讐のために起こした事件である。騒ぎにならないほうがおかしい。この非常に複雑怪奇な背景をテレビは扇情的に報道し、各週刊誌も同じ調子で書き立てた。

ところが、やがて警察の捜査もメディアの報道も、現代の連続殺人事件にのみ偏りはじめた。三十年前の出来事については、三人の子どもの行方不明が関係しているとも、それに特定の人物が関わっていたとも、とうてい証明できるものではない――と、最終的に見なされたからだ。そもそも事件と呼べる出来事が起きたのかどうか、それさえ確かではないと、いつの間にか決めつけられてしまった。

残念ながら、ほぼ円覚高明の予測通りの展開になった。ちなみに警部は重体を理由に、いっさい表には出て来なかった。彼の実名を報道したメディアも、ほとんどない。一部の週刊誌は暴露したが、円覚家と垂麻家から名誉棄損の訴えを起こされて、多額の慰謝料を支払う羽目になっただけである。

そのうえ連続殺人事件を起こす動機が、息子の失踪と夫の自殺とされていたのが、どうしても立ち直れなかった沼田八重の妄想という新しい解釈に、次第に取って代わられ出した。短期間に四人もの命を奪い、二人を重体に追いこんだ犯行の異常性が、一気に取りざたされるようになる。

速水晃一は精力的に、沼田八重の弁護に回った。しかし、なかなか思うような成果が出せない。やがて世間の関心は、新たに起こった「六《む》蠱《こ》」と名乗る犯人による猟奇的な連続殺人事件へと移りはじめた。

警察は絶妙のタイミングで被疑者死亡のまま書類送検して、この事件にケリをつけた。円覚は何の処分もないまま、いつ退院したのかも分からないうちに、忽然と姿を消した。

そんな状況の中で救いを見出せたのは、大仁多達芳が意識を取り戻して、その後も順調に快復したことである。

面会謝絶がとけて晃一が会いに行くと、達芳は事件の進展を知りたがった。身体に差し障るから駄目だと言っても、まったく聞く耳を持たない。晃一が何も教えなくても、彼は遅かれ早かれ情報は仕入れるだろう。そこで仕方なく、かいつまんで話した。

やはり相当ショックだったのか、達芳の顔色が変わった。予後に影響すると晃一は心配したが、幸いにも杞憂《きゆう》に終わった。

肉体的にも精神的にも達芳が快復したころに、二人は病室で事件の残った謎について話し合った。

「垂麻の鬼っ子の姿を一番長く見ていたはずの大仁多くんの記憶が、どうしてなかなか戻らなかったんだろう？」

「うーん、そうだなぁ……」

達芳自身にも明確な答えはないらしく、ちょっと困惑している。それでも自分なりの解釈を口にした。

「あまりにも強烈過ぎる体験だったからこそ、記憶の封印が最も深かったのかもしれない」

「それは考えられるな」

「とはいえ完全に忘れられたわけではない……ような気がする」

達芳のつぶやきを耳にして、ふと晃一は思いついた。

「大仁多くんの『怪異を感覚的に覚える光景』という例の視点は、それに由来してるんじゃないか」

「えっ……？」

「その封印された記憶が、君自身の特殊な興味となって表れ、大仁多くん独自の景観学として花開いたのだとしたら――」

「……なるほど」

自分が携わる研究の根源に、子ども時代の忌まわしい事件が関わっている。その可能性を示唆されて、達芳は心穏やかでいられなかったかもしれない。にもかかわらず彼は否定も肯定もしなかった。旧友の指摘を素直に受け入れたようである。

そんな彼の様子を目にして、軽々しく口にすべきではなかったと、晃一は遅まきながら自分の不明を恥じた。

ちなみに伊倉吉彦が攫われた瞬間の記憶を、達芳は完璧に失くしている。あたりが真っ暗になって……という点では晃一と同じだが、それ以外はまったく覚えていなかった。おそらく転落の後遺症によるものだろう。

「円覚高明は子どもたちを次々と攫って、いったい何をしていたのか。残った謎で一番大きいのは、これだな」

黙ってしまった晃一に代わり、達芳が話を進めた。

「この問題については、仕手河原先生にも意見を訊いたんだろ？」

「……うん。でも教授が言うには、歪んだ性的あるいは一種の殺人嗜好《しこう》という動機から、達磨堂が関係した呪術的な目的まで――そこには子どもの生贄も含まれる――あまりにも様々な解釈ができるため、新たに決定的な証拠でも出てこない限り、結局は謎のままだって――」

「確かにな」

「大仁多くんは、どう思う？」

「こうちゃんとの会話から感じたのは、呪術的な臭いだった。本人はいたって合理主義者らしいのに、この件に関してだけオカルト性を覚えるのは、それが真実だからじゃないかな。ちょっと逆説的な物言いだけど……」

「いや。よく分かるよ」

この謎については二人の間でも結論は出なかった。ただ晃一は「子どもの生贄説」が気になっていた。達芳に言わなかったのは、それが正解かもしれない……という推理にたどり着くのが怖かったからである。

「英介が日曜の夜に電話をかけた、またはその予定だった七人目とは、いったいどこの誰だったんだろう？」

「……謎のままで良いのかもしれない」

最後に残った疑問を晃一が口にすると、とても淋しそうな表情を達芳は浮かべた。

「どうして？」

「誰にでもひとつや二つ、家族や友だちも知らない、何か心の支えどころを持っているからさ。いや、持っているべきなんだ」

「つまり英介には、ぼくたちの知らない友だちがいたってこと？」

こっくりと達芳がうなずく。

「そうかなぁ」

「じゃあ、こうちゃんの意見は？」

「そんな人物は最初からいなかった。英介の精一杯の見栄《みえ》だった。そう考えたほうが、はるかにすっきりする」

「……ああ」

達芳は再びうなずきつつも何とも言えない口調で、

「でも、えいくんには我々の知らない、彼だけの友だちが、きっといたんだよ」

「…………」

「どうしようもなく追いつめられて……、最後の最後になったとき、ふっと思い出すような友だちが、彼にもいたんじゃないか」

「……そうだな」

それほど現実は甘くないと思いながらも、旧友の想いが事実であれば良いと、晃一も祈るような気持ちになった。

病室にしばらく沈黙が降りてから、ぽつりと達芳がつぶやいた。

「沼田八重さんには、本当に申しわけないことをした」

「……うん」

晃一はうなだれながら絞り出すような声で、

「殺人を正当化するつもりは少しもないし、殺された旧友たちを思うと、なんともやるせないけど……、彼女の動機は痛いほど理解できる」

「ぼくもだよ」

「なのに誰もが、まるで冷酷で残忍な殺人鬼のように、いつしか彼女をののしるようになっていて――」

「……そうか」

「確かに早弥香は、十歳の善則くんの目の前でホームから突き落とされた。極悪非道な犯行と言われても仕方ないかもしれない。でも、それじゃ沼田八重さんが味わった三十年間の苦しみは、いったいどうなる？　息子の失踪と夫の自殺を乗り越えて、生命の電話の活動に二十年もの間、ずっと関わってきた彼女の功績は？　今回の事件で、すべてなかったことになるとでも言うのか」

　次第に激昂しはじめた晃一をなだめるかのように、達芳が冷静に応じた。

「だからなんだろうな」

「えっ、何が？」

「沼田さんは三十年もかけて、息子と夫の死を受け入れた。もちろん本当のところは分からない。でも生命の電話の相談員を辞めずに続けていた事実が、それを物語っているような気がするんだ」

「一度しか会って話してないけど、その見方は正しいと思うよ」

　晃一のフォローに、達芳はあいづちを打つと、

「それが、えいくんの電話で一気に崩れた。三十年もかけて築いてきたものが、ほんの数分の会話で瓦解《がかい》してしまった。この反動はとてつもないほど大きかったに違いない」

「だから彼女は、矢継ぎ早の殺人に手を染めた……」

「きっと自分でも、あの犯行をやめることができなかった……」

「……」

「何でもそうだな。築きあげるためには、労力と時間が大いにかかる。けど、それが崩れ去るのは、ほんの小さな切っかけと、あっと言う間の時さえあれば、それで足りてしまう」

「ヨシコ……じゃなくて吉彦くんについては、どう思う？」

　唐突な晃一の問いかけに、達芳は少し考える素ぶりを見せてから、

「沼田さんの犯行を助けたかどうか——ってことか」

「……うん。少なくとも彼の導きがあったような気がする」

「そうだな。彼女の犯行は、けっこう場当たり的だった。それでも捕まらなかったのは、吉彦くんのお陰だったのかもしれない」

「沼田さんは、そんな息子の存在に気づいていたのか」

「どうだろうな。もし察していたとしたら、どんな気持ちだったのか……」

「……」

　病室が再び静寂で満たされて、二人の間に重苦しい空気が漂ったあと、達芳が急に話題を変えた。

「ところで、新作はどうなってる？」

「どうって……、まったく進んでないよ」

「そのテーマでは、もう書かないのか」

　いったん晃一はうなずいてから、慌てて首をふった。

「そうじゃない。新たに構想を練り直して、もう一度はじめから取り組むつもりでいる。タイトルは『七人の鬼ごっこ』のままだけど、内容は今回の事件を題材にしようと思う」

「ノンフィクションなのか」

　意外そうに訊く達芳に、晃一は答えた。

「違う」

「それじゃ、フィクションとして書くのか」

「小説でもない」

「おいおい」

　お手上げだという表情の達芳に、晃一自身も戸惑いをあらわにしつつ、

「ぼく自身にも、まだよく分からない。書いてみないことには、どんな作品になるのか見当もつかない。それが今の正直な気持ちだ」

「そうか」

　どうやら達芳は納得したらしい。病室ではじめての笑顔を見せると、

「それがどんな作品であれ、こうちゃんなら見事にやりとげるよ。ぼくにできることがあれば、何でも協力するからな」

「ありがとう」

　大仁多達芳には話さなかったが、速水晃一の胸にはある決意が秘められていた。もっとも旧友は、薄々それに感づいているような気もする。いずれにしても作品が完成するまでは、誰にも打ち明けるつもりはなかった。

今から執筆する作品が、母子《おやこ》二人に対する鎮魂《ちんこん》の書であると同時に、ひとりの殺人者に対する告発の書となることを。

参考文献

『実践 電話カウンセリング いのちの電話の現場から』奈良「いのちの電話」協会編 藤掛永良・今井靖親監修 朱鷺書房

『ひとりで悩まずに…いのちの電話』樋口和彦監修／斎藤友紀雄・平田眞貴子責任編集 ほんの森出版

『自殺予防いのちの電話 理論と実際』日本いのちの電話連盟編 ほんの森出版

『いのちの電話 絶望の淵で見た希望の光』ダイアン・アッカーマン著／二階堂行彦訳 清流出版

解説

若林　踏

ホラーとミステリの融合を試み続ける作家が挑んだ「回想の事件」小説。三津田信三『七人の鬼ごっこ』を評するならば、そのような表現が相応しいだろう。二〇一三年に光文社文庫に収められた。今回の中公文庫版は再文庫化に当たる。

内容を紹介する前に、本作の単行本版刊行時における作者の状況を振り返っておきたい。三津田信三は二〇〇六年に怪奇小説家の刀城言耶《とうじょうげんや》を探偵役に据《す》えた『厭魅《まじもの》の如《ごと》き憑《つ》くもの』（原書房→講談社文庫）を発表し、二〇〇九年の『水魑《みづち》の如き沈むもの』（同）まで年一作のペースで〈刀城言耶〉シリーズの長編作品を刊行した。このシリーズの特徴は、緻《ち》密《みっ》な論理を重ねる本格謎解き小説の醍醐味《だいごみ》を描きつつも、ホラーに落とすのかミステリに落とすのか、物語の最後の最後まで読者を翻弄《ほんろう》する構造を持っていることだ。三津田はデビュー作『ホラー作家の棲む家』（講談社ノベルス、講談社文庫収録時は『忌館《いかん》　ホラー作家の棲む家』に改題）に始まる〈作家三部作〉においてホラーとミステリの融合《ゆうごう》を既に試みていたが、本格謎解きミステリの書き手として認知を広めたのは〈刀城言耶〉シリーズを書き始めて以降と捉えて良いだろう。実際、第三長編『首無《くびなし》の如き祟《たた》るもの』（原書房→講談社文庫）と続く『山魔《やまんま》の如き嗤《わら》うもの』（同）は二年連続で本格ミステリ大賞小説部門の最終候補作に選ばれ、二〇一〇年には第五長編『水魑の如き沈むもの』で第一〇回本格ミステリ大賞をついに受賞する。つまり『七人の鬼ごっこ』が刊行された二〇一一年は、「ホラーと謎解きを掛け合わせることに挑む本格ミステリ作家」という現在まで続く作者のイメージが確固たるものになった時期でもあるのだ。そのような流れを念頭に置いた上で『七人の鬼ごっこ』という作品を読むと、非常に興味深いものが浮かび上がってくる。というのも本作は三津田が〈刀城言耶〉シリーズで培《つちか》ってきた謎解きの技巧が洗練された形で描かれつつ、それまでの三津田作品とは異なるタイプのミステリにも挑戦しているのだ。

「西東京生命の電話」に一本の電話が掛かってくるところから物語は始まる。電話を掛けてきた男は、相談員の沼田八重《ぬまたやえ》に「自分は生死をかけた電話ゲームを行っている」という事を告げる。会社をリストラされ、両親を失い、父親の経営していた会社の処遇にも悩み疲れていた男は、自殺を決意した。だが、死ぬ前に男は、ある運試しを行う事にする。毎晩ひとりずつ幼馴染の友人に電話を掛け、相手が出れば首吊りはしない。これを一週間続けて生きていた場合は、もう一度人生をやり直す。ところが電話を掛ける事ができる友人の数は五人だけだった。そこで男は六日目の相手に「西東京生命の電話」を選んだのだという。男の自殺を止めるために沼田は精神保健福祉センターに連絡を入れる。沼田からの連絡を受けてセンター職員の常葉《ときわ》良光《よしみつ》は、自殺場所となる可能性がある摩館《まだて》市の瓢簞山《ひょうたんやま》へと上司と共に向かう。だが、そこで常葉が見つけたのは崖下に残った血の跡だった。何者かが崖から転落したのかと思われるが、周りには死体らしきものは見当たらない。

　ここまでが第三章のあらすじだ。第四章から視点人物となるのは、速水晃一《はやみこういち》というホラーミステリ作家である。ある晩、速水のもとに刑事が訪ねてくる。速水の幼馴染である多《た》門《もん》英介《えいすけ》が自殺を思わせる状態で行方不明となっているというのだ。「西東京生命の電話」に生死をかけたゲームの電話を掛けてきた男こそ、この多門英介である。速水は多門が電話を掛けた五人の幼馴染のうちの一人だった。刑事によれば血痕が見つかった現場近くの藪には何かを引き摺ったような痕跡があり、更に多門の自宅には何者かが侵入した形跡があったという。つまり多門の失踪は自殺ではなく、他殺の可能性もあるのだ。速水は刑事に問いかける。「もし多門英介が殺されたのだとすると、彼が電話をかけたメンバーの中に、その犯人がいるとしか考えられない……ということですか」と。

　以降は速水晃一が探偵役となり、幼馴染からの不穏な電話に始まる一連の怪事件を追う物語が展開する。本作は現代を舞台にした三津田作品の中では、どちらかといえば本格謎解きの骨格が非常にはっきりとした部類に入るものだ。不可解な点が多く残る現場から人が消える、という人間消失の謎でまず読者の心を摑む。さらには幼馴染の中に犯人がいる可能性が出てくる展開を描き、複数の容疑者が用意されたフーダニットの趣向を匂わせることで本格ミステリファンの興味をいっそう掻き立てる。何より圧巻なのは終盤における目まぐるしい推理場面だろう。〈刀城言耶〉シリーズでは推理が出されては打ち消され、また新たな推理が構築されるという、いわゆる多重解決と呼ばれる趣向が巧みに使われているが、『七人の鬼ごっこ』も然《しか》り。提示される推理が次から次へと更新されていく様子はスリリングかつ異様な迫力をもって読者を飲み込もうとするのだ。

こうした濃い謎解きの要素で読ませる一方、三津田作品におけるもう一つの重要な要素、すなわちホラーの描写についても、作者の面目躍如《めんもくやくじょ》というべき見せ場が満載だ。取り分け本作で読者を戦慄《せんりつ》させるのは不気味な声にまつわる演出だろう。物語冒頭で多門からの電話を受けた相談員の沼田八重は、電話の向こうから奇妙な声が聞こえてくるのに気づく。それは「だぁーれまさんがぁ、こぉーろしたぁ……」という、子供が童謡のようなものを歌っている声だった。この不吉な調べはその後も物語の中で繰り返し響き渡るのである。ヴァン・ダインの『僧正殺人事件』やアガサ・クリスティーの『そして誰もいなくなった』、横溝正史の『悪魔の手毬唄《てまりうた》』を筆頭に、ミステリ作品では童謡が物語を盛り立てる重要な小道具として使われるのは定番だが、本作では恐怖を掻き立てるのみならずミステリとしての筋立てにも密接に絡んでくる点が巧い。

と、ここまでは論理と恐怖の融合という、既存の三津田作品にも共通する読みどころを語ってきた。だが本作にはもう一点、大事な要素が含まれている。それは「回想の事件」の形式を使ったミステリである事だ。「回想の事件」あるいは「記憶の犯罪」などという表現でも示される形式を持ったミステリ作品がある。『五匹の子豚』といったアガサ・クリスティーの諸作が良い例で、過去に起こった出来事を探偵役が当時の関係者の証言を集めながら再構成していくタイプのミステリ、という説明が分かりやすいだろう。このタイプのミステリでは記憶の曖昧《あいまい》さや改ざんといったものが謎を解く重要なポイントとなる。

「回想の事件」としての『七人の鬼ごっこ』の特長は、主人公である速水晃一が探偵役として過去の出来事を再構成しつつ、自分自身の記憶とも向き合わなければいけない役目を負っている事だ。現在で起きる怪事件を解く鍵《かぎ》を探すべく、速水晃一は幼馴染たちと過ごした日々にも目を向けることになる。だが、それは速水自身にとって掘り起こしたくない記憶を呼び覚ます可能性も孕《はら》んでいるのだ。本作にあるのはホラーの描写がもたらす恐怖や、ミステリの趣向がもたらす驚きだけではない。過去と向き合わなければいけない痛みや苦々しさも感じるのだ。深い余韻《よいん》を残す結末も含め、〈刀城言耶〉シリーズやメタフィクションの要素が強いホラー小説とはひと味違う雰囲気をまとった作品だと言えるだろう。

近年の三津田信三は終戦直後の産業史が盛り込まれた〈物理《もとろい》波矢多《はやた》〉シリーズや、登場人物の愉快な造形とユーモラスなやり取りが微笑ましい〈怪民研〉シリーズなど、ミステリとホラーの融合という大柱は守りつつ多彩なテイストの作品に挑んでいる。だが、記憶と向き合う痛みを描く「回想の事件」ミステリの本作は、その後に書かれた作品と比べても実は特異な味わいを持つ。「ホラーと謎解きを掛け合わせることに挑む本格ミステリ作家」というイメージだけに留まらない、三津田作品の多面的な魅力を本作で是非とも感じていただきたい。

（わかばやし・ふみ　ミステリ書評家）

本書は『七人の鬼ごっこ』（二〇一三年九月　光文社文庫）を加筆・修正したものです。

またこの物語はフィクションです。実在する人物、団体等とは一切関係ありません。

中公文庫

七人《しちにん》の鬼《おに》ごっこ

2024年7月25日　初版発行

著　者　三《み》津《つ》田《だ》信三《しんぞう》

発行者　安 部 順 一

発行所　中央公論新社
〒100-8152　東京都千代田区大手町1-7-1
電話　販売 03-5299-1730　編集 03-5299-1890
URL https://www.chuko.co.jp/

DTP　ハンズ・ミケ
印　刷　大日本印刷
製　本　大日本印刷

Published by CHUOKORON-SHINSHA, INC.
Printed in Japan　ISBN978-4-12-207541-2 C1193

恐怖の体験
続々‼

〈STORY〉
作家の元に集まった五つの幽霊屋敷話。
人物、時代、内容……
バラバラなはずなのに、ある共通点を見つけた時、
ソレは突然、あなたのところへ現れる――。

〈解説〉大島てる

これまでとは全く異なる
「幽霊屋敷」怪談に、驚愕せよ。

装画／谷川千佳

中公文庫

三津田信三

Shinzo Mitsuda

わざと忌み家を建てて棲む

〈STORY〉

「幽霊屋敷って一軒だけで充分に怖いですよね。それが複数ある場合は、どうなんでしょう」知り合いの編集者・三間坂が作家・三津田の元に持ち込んだのは、曰くある物件を継ぎ接ぎした最凶の忌み家、そしてそこに棲んだ者達の記録。誰が、何の目的でこの「烏合邸」を作ったのか？　怖すぎると話題の「幽霊屋敷」怪談、再び！

〈解説〉松原タニシ

忌まわしい「継ぎ接ぎの家」が、現実にあるのです。

装画／谷川千佳

中公文庫

〈S T O R Y〉
蔵から発見された三つの記録。それらはすべて「家そのものが幽霊」だという奇妙な内容で——。

〈解説〉芦花公園

もし何かが「一つずつ減っている」
または「増えている」と感じたら、
この読書を中止してください。

装画／谷川千佳

中公文庫